* 扉の図はオスティア Ostia antica の劇場遺跡にある彫刻の断片。
おそらく演劇の仮面を表したもの。photo S. F.

ドッソ・ドッシ Dosso Dossi (1474-1542)、「蝶を描くユピテルとメルクリウス、ウィルトゥス」
（*Giove pittore di farfalle, Mercurio e la Virtù*, 1523-1524 circa）
(oil on canvas, 111.3×150 cm. now in Warwel Royal Castle, Cracow)
＊この絵については、第一書の注 65 を参照されたい。

訳者例言

● これは Leon Battista Alberti (1404-72), *Momus fabula* (*Momo o principe*) の翻訳である。これには欧文による幾つかの翻訳があるが、ここではそれらを参考にしつつラテン語テキストの文脈に沿う翻訳を心がけた。

● 原テキストでは段落の区切りが明確ではなく、数ページにもわたって一つの段落が続いている場合があるが、訳者の判断で適宜分割している。

● 固有名詞のカタカナ表記については、実在する人物や地名については原則としてその地域の言語表記に従うが、神話に登場する神々の名称の場合は、ギリシア伝来のものでもローマ神話に取り入れられている場合はラテン語の読みを採用している（ゼウス→ユピテル、ヘーラー→ユノー、ヘルメース→メルクリウス、アルテミス→ディアナ、アフロディテ→ウェヌス、アレス→マルス、アポローン→アポロ、ポセイドン→ネプトゥヌス、ヘーパイストス→ウルカーヌス、ヘーラクレース→ヘルクレス、等々）。

● 本文中、〔 〕で括ったものは訳者が補ったものである。

目次

モムス――あるいは君主論

緒言

君主、すなわち造物主たる至高・最強の神について、すべての人々がこぞって最高の賛辞を与えているのは、あらゆる事物それぞれに最もふさわしい特徴を割り振ったということであり、それらのまさに神業ともいうべき完璧さ、それこそが全能の神であることを保証する唯一のそして完全なる特権なのであった。

実際、星々には力強さを与え、天空には壮大さを、地には美しさを、魂には分別と不滅性を、こうした類いのあらゆる素晴らしき属性をほとんど一つ一つのものにまで、それらが他のものと決して見紛うことがないように、いかなる点から見ても完璧な独自性をそなえるようにしようとした。そしてまさにこれらの能力をそなえることこそが、もし私の間違いでなければ、神たる証の筆頭のものであり、唯一無二の存在であることを示すものなのである。

それらの事物のどれもが、他のすべてと同じところが全く無いということは、昔人にはほとんど神のなせる業と考えられたのである。こうして恐ろしい出来事や驚異、見慣れぬものの出現や新しい種の発見などは、希にしか生じないものであるがゆえに、昔は神々の神聖なる顕現のうちに数えられていた。そして自然は、こんにちに至るまでの人間の記憶から読み取られる限り、無限と、希に起こる不思議さとを兼ね併せたものとして現れているのであって、希に起こるものでないかぎり、美であるとも壮大であるとも考えられないほどとなっている。

おそらくこのゆえに、ある人物について、その才能が群を抜いて際立ち、その生き方や何かの得意技などの理由から、並外れていて珍しいということに気づくと、神様のようだと言い、これも神の教えるところだとして、あたかも神に向けられるような称賛と栄誉の対象としてしまう。こんなわけで我々は、希少なことはすべて、当たり前のことから外れていて他のあまたのことどもとは違うユニークだと見なされることについては、何か神がかったものだとしてしまうのである。

多くの事柄で、単にそれがユニークであるというだけの理由から高く評価されている例があるのを指摘できる。とりわけ昔の著述家の言ったことなどは、それがつまらない当たり前のことであっても崇められてしまっているのではないか。それとは逆に、あまり喜んで読まれず称賛されないことになるのが、他のすべての著者たちが口を揃えて祀り上げているようなことは言っていないと認められるようなものたちだが、しかしこれまではほとんど読まれることも深く検討されることもなかったけれども、読者には知りえないしまた予見もできないようなこと以外は書かないというのが、著述家の義務だとも考えたいところではある。

このような考えを持ち出してしまうと、私はいかに難しくともそこから逃げるわけにはゆかないことになりかねないのではあるが、これまでかくも数多の著述家たちの中の誰か一人でも、余人が考察の対象に取り上げていた以外のものを抽き出し得ていたというような例は、ほとんど指摘不可能である。いにしえは箴言そのものだ。「これまで言われていなかった台詞など言われ得ない。」

それゆえ私の考えるところでは、なにかしら新しい主張を提起することができる希有な類の人物のように見えたとしても、常識や大衆の期待の外にある事柄を最初に言い出したわけではないのだ。彼は、有名で広く知れ渡った主題に対し、新しい思いもよらないようなやり方で立ち向かう術を知る者の位置の、ごく近いところにいるということに過ぎないのである。それゆえ、もしある著述家が、厳しく選り抜かれた表現や、威厳、多様さ、語り口の優雅さでもって、読者に生活を楽しむ糧を与え、それと同時に鮮やかな着想や好ましい話題で読者を楽しませもてなすことに成功しているようならば（ラテン人の中には、いまだそうしたところにまで到達している例は見られないが）、山のごとく群れをなす取るに足らぬ著述家たちの中に彼を埋もれさすべきではないと考える。

私としても、このただ一つの目標に向けて真摯な努力が続けられるだけの能力を持ちたいと望むものではあるが、それが難しいことであるのは間違いない。おそらくこの課題は、実際のところ、哲学にとっては二義的問題どころではない難物だと言った方が分かりが良いであろう。そしてこれはこの仕事を通して学んだことだが、独創性をかなり犠牲にしながらも品格と真面目さを保つことがどれほどの労苦を要するものかということであった。また、議論をより真面目なものとしつつも楽しく好ましく、並以上に品格高い形式を失わないようにすることを以て義務と心得る著述者は、他の者ならば試みようとは考えもしないほどの更なる労苦に遭遇することとなる。もっとも、ここで議論しているところの独創性追究に関わっては余沢もあり、陳腐きわまる観念を説明するに当たってもそれをいかにももっともらしい判断であるかの如く装うことができるだろう。

しかし私はそれとは違うやり方で、読者が楽しめるように努めることにし、その一方では読者が先入観なしに自ずと有益な考え方を深める方に導かれるよう考えた。その目論見が成功しているかどうかは、読み終えた段階で各自判断されたいが、この私の娯楽的戯作が、あたかも薬味のごとく、深刻な話題を肩の凝らない愉快なものになし得ているとの印象を受けられるのであれば、間違いなく大いに楽しんで読んで頂けるだろうことを請け合っておく。

ところで、ここでこの拙著の目論見を説明しておくのも場違いではないと思われるが、それによって中身の理解をより容易にしておきたいし、神々を登場人物にすることで、私の語り口に詩人の専有物とされる自由さを採り入れられたことなどへの釈明のためでもある。

私の理解しているところでは、昔の著述家たちは神々の名前のもとにあれこれ様々な心の性向を結びつけることを当たり前と見なしていたようである。そのようなわけで、一方ではプルートや、ウェヌス、マルスや無分別なクピドを登場させ、それらに対するものとしてパッラースやユピテル、ヘルクレスやその同類を持ち出し、前者の象徴するのが、貪欲さや快楽をむさぼるとか、狂乱的激情などの破滅的性向であり、後者によっては知力や判断の揺るぎなさを表している。これらの性向のおかげで心は、あるときは美徳に染め上げられ、理性により導かれ、逆にそれらを悪用し意地悪や無分別を犯しあるいは企むことにもなる。これらの人間の性向の対立現象は永遠に絶えることがないしまた折り合いを付けることも難しいものであるからには、ホメーロスやピンダロス、ソフォクレス、それに優れた詩人たちまでもが、まさにそうした者たちを舞台に登場させているのも何ら不思議ではない。しかしこの話題は、私が聖性や神性について書く気になったときのためにとっておくことにしよう。

以上のようなことを踏まえて、私は詩人たちに倣って君主論を書くことに取りかかったのであるが[二]、理性的な心が如何にして国のかたちすべてを支配するものであるかについて、神々を利用しそれらに託して、特別な皮肉を篭め、熱狂に駆られた人間たち、痛癪持ち、道楽者、無知な輩、軽薄な連中や猜疑心の強い者たち、その反対に真面目で、分別があり、活動的で勤勉でまた品行方正な人々を表し、それら二つの人生モデルから招来するところを体現する神々が、様々な出来事にどのように対処するのか、それら望ましい特質や否定的なそれ、国家の繁栄や権威、信頼性などがもたらす政治的な安定あるいはその破壊を語ることとした。

四書からなるこの書物では、もし私が自分の仕事を過信しているのでなければのことだが、いかにして最良の君主が育つかについての少なからざる見解が見出されるはずだし、それに加え、君主に付き従うものたちについての控えめながら暴露的な一連の記述も提示されているはずである。しかし私は、君主の宮廷に充満する追従者たちのことに触れるのは慎重に避けておいた。それらについては昔の詩人たち、とりわけ喜劇作家たちによる物語のなかで徹底的に語り尽くされている。追従者のそれは、私が批評の対象として取り上げている人格とは大きくかけ離れているもので、少なくとも状況のしからしむるところでは何らかの役に立つ場合があるのだとしても、それを推奨するようなことを避けるのは、私自身が最も忌み嫌うそのような人種の真似をしようという気持ちにはいかなる場合であったとしてもなれないからである。このどうしようもない私の欠点についてはあなた方読者の判断に委ねる。

　実際、前書きを書くに際して一切追従を言わず、献呈相手に対して大仰な称賛を振り向けるべく飾り立て美化した賛辞を、その実空疎なものを、慣習に従って書くことをしない人間など他にいるだろうか？　私は読者に対して前書きを全く文飾無しで差し出し、読者がそなえておられるであろう素養がどれほど大なるものであるかなど一切顧慮することはしておらず、読者や私を知る者なら誰もその誠実さを疑うことがないようなことだけを書いた。読者諸氏もそれぞれの活躍を通じて、あまねく世の中で紛れもない名声を広められ、子孫にその栄誉を伝えておられることであろうし、それ以上追加の賛辞は不要であろう。私としては、私のあるかぎり、読者諸氏の言葉や動向を注視し大切にしており、この書物をそっくり読者に捧げて、熱心に読んで頂けるようお願いするのみであり、読者におもねるような、つまり空疎な賛辞ではない、模倣のための最上の手本となることの方を望みたい。

　しかしこれぐらいで切り上げよう。あとは、お暇な折りにひもといて頂いて、私の望むようなかたちで、また読者の気分に従って読み進んで頂けるものならば、読者が楽しみをおぼえられるそのたび毎に、私も共に喜びをおぼえることであろう。望むところはまさに、幾度も出くわす喜劇的状況を描き出して笑いを誘う私の機知や思いつきに対する称賛であって、そのような状況がこの物語に山盛りとなっているのである。とにかく慰みとして読んで欲しいが、同時に私の労苦と老いぼれ方に対しは温かい見守りをお願いする次第である。お幸せに。

一　"nihil dictum quin prius dictum"——これはテレンティウス Terentius (c. 195/185-c. 159 BC) 作の喜劇「宦官」*Eunuchs* の序詞（line 40）の言葉をそのまま引いたもの。

二　この著作の主目的が君主論つまり政治的論議であることが表明されており、ヴァティカン図書館蔵の手稿には *De principe* の題が付されている（ただしこれは後の手により、もとあった題 *Polycrates* を消して書き加えられたもの）。ヴェネツィアの稿本では *Momus, sive de Principe* となっている。オクスフォード大学蔵の手稿では *Momus fabula* とだけあって、principe の語は見当たらない。各種稿本については巻末の「解題」を参照されたい。

三　この時代の慣例として、特定の人物に宛てた献辞を付すのが著述のマナーとされているのであるが、あえてそれをしなかったのは、あるいは内容の過激さをおもんばかったのか、あるいはこれが少数の身近な人々だけに読まれることを考えていたためなのか、その辺りの事情は不明である。

第一書

私がこれまで幾度となく驚かされてきたのが、卑小な我ら人間の生の歩みの中でも、様々な意見の相違や判断の食い違いがあるのに気づいたことである。しかし、かの大いなる神々の心にも、その知恵に対してあらゆる称賛が与えられてきたその彼らの間にも、人間と同じようなことがあったのを看取ってからというもの、人間の愚行に驚くことなどは止めてしまった。実際、私が彼らの中に見出した性向や性格の違い様は、ほとんど信じがたいほどであった。ある者は重々しく厳めしく振る舞い、別の連中はいつも笑い出しそうだし、また別の者たちは、今度は他の者たちとあまりに違っていて、辛うじて天上の住人の仲間と言えるかどうかという具合である。

しかしその連中がいかに互いに折り合いをつけにくい性向を体現していると言っても、人間たちの間でも神々の中でも、これほど奇妙で桁外れの性格を見出すことは絶えてなく、別の様々な機会でも出くわすことがないだろうと思われる唯一の例外が神々の世界にはおり、その名をモムス[一]という。この仁についての評判といえば、大いなる矛盾した精神の持ち主の典型で、とてつもなく強情で、口うるさいアラ探し屋、はた迷惑、未曾有の厄介者とされている。その言葉や行動によって身内までも困惑させ苛立たせる術を身に着け、することなすことすべて人の心を傷つけ怒りで満たしてしまわずにはいない。つまるところモムスは、各人がみな互いに仲良く付き合っている神々の中では孤立しており、信じられないほど皆から忌み嫌われていたのだ。

言い伝えによれば、昔、彼の不躾な侮辱的言辞を排除し閉め出すべきだとする要求が、天上界の神々から全員一致で承認されたことがあった。しかし彼の前代未聞の性格の悪さと彼が創り出したものの悪辣さはあまりにも強力で、神々すべてや天上界全体、果ては宇宙の全機構を瀬戸際まで追い詰めるほどであったのだという。私がこの話を文字に書き留めることにしたのは、道理の導きによる生き方に役立てるためであった。しかしより分かりやすくするには、まずモムスが追放されることとなった原因とその放逐の経緯を検討して置かなければならない。その上でその後の話へと進めて行くことにするが、そちらは滑稽で愉快な場面で満たされているのみならず、それに劣らず真面目で重要な議論が詰まっている。

全能の神ユピテル（ギリシア神話のゼウスに当たる、英語で言うジュピター）がその驚くべき作品、つまりこの世界を創ったとき、あらゆる部分をさらに飾り立てようと望み、神々にもそれぞれの持てる技に応じて優美で品のある作品を加えるよう命じた。天界の住人たちは喜んでユピテルの命令に従い、皆てんでに、モムスを除いて、様々なものを、ある者は人間を、ある者は牛を、またある者は家屋を創り出してみせ、ユピテルを喜ばせようとした。モムス一人だけは、生来強情で傲慢な彼は、自慢するだけで何も提出することをせず、他の者たちがこぞって何とかして素晴らしいものを創り出そうと熱狂している中で、片意地を張ることを楽しんでいたのである。しかし、大多数の者たちが口々に自分こそユピテルからの恩顧とその権威に対してより敬意を払っているのだと主張し議論を重ねていたのには全く反応を示さず、それどころか、そうした誘いやら説教、懇請すべてにうんざりしてしまい、とうとう苛立って叫ぶのである、「勝手にしてくれ、うるさい連中め、もう沢山だ。」そして自分にふさわしいことを考えつく。世界中をナンキンムシやら毒毛虫、アブ、スズメバチ、ゴキブリなど、とにかく自分と同様ないやらしい生き物で一杯にしてしまう。

初めのうちは神々からは、これはたいしたことではなく悪ふざけの思いつきと受け取られてしまう。しかし彼は人を嫌がらせずにはいられないたちなので、今度はその巧みな弁舌でもって、重箱の隅をつつくようなやり方で、他の者たちの献上物やその作者への誹謗を始める。そしてとうとう、その無礼さで絶えず皆から忌み嫌われることとなる。

それらの作品のなかでも天上界でとりわけ称賛を得たのは、パッラース（ギリシア神話の知恵の女神アテーネーの枕詞で「光り輝く」の意だが、アテーネーとは別人格の神として扱われる）[三]が考えた牛や、ミネルウァ（ギリシア神話のアテーネのローマ・ヴァージョン）[四]の家屋、プロメテウス（ユピテルに滅ぼされた巨人族の生き残りの神で人間に火を与えた罪でコーカサスの岩に縛り付けられた）[五]の人間などであった。それらに最も近い順位にあったのはフラウスの女神（偽りの擬人化）[六]、で、彼女の思いつきは素晴らしいものとして受け取られたが、それは人間に女性的な魅力、すなわち、とりつくろいや、微笑み、涙などを賦与したことであった。他のすべての神々の作品もそれに僅かに及ばずといったところであったのだが、モムスだけは、それらを辛辣にこきおろし次のように言う。

牛は確かに有用な生き物で難儀な仕事にこき使うことができるが、しかし眼が正しく額の正面についておらず、角で突きかかろうとしても、眼が地面に釘付けになってしまうので敵を狙って倒すことができないのであって、これはひとえにその作者の至らなさのゆえで、眼のうち一つだけでも上の方に付けておくべきだったというのである。同様に家屋についても、そこら一杯に散らばっている無能な神々のものと等しく何ら取り得はなく、それというのも、好ましくない地域からより安全な地帯へ馬車のように運んでゆくことができないからだという。人間についてはどうかと言えば、確かにこれには神と似たところがあることは認める。しかしその称賛の対象とされる美しさは、それの製作者の発明によるものではなく、神々の姿に似せただけだとする。しかもそれを創る過程で、無分別にも、心を胸の奥の方に押し込んで隠してしまっており、これは本当は顔の正面の見付け易いところに配置しておく方がよかったのだという。

　しかし何と言ってもこれ以上にくだらぬものはないとしたのが、フラウスの作品である。彼女は愛すべきユノー（ユピテルの妹で妻となる。ギリシア神話のヘーラーに当たる）[七]を退けて神々の王の愛人となることを画策していると言いふらしたのだ。ユピテルは昔から紛れもない漁色家で[八]、若くて可愛らしい娘には眼がない。そうすれば奥方は怒って同衾を嫌うだろうし、たぶらかしの達人の女神ならこの君主の寵愛を独り占めにしてその尻を追いかけ回させることだろう。しかしユノーがもしこのことを聞きつけてしまったとしたら、そしてもしその愛の結びつきを永遠に保ちたいと望んだとすれば、フラウス女神を神々の集まりから追放することが決議されるだろう。モムス自身は彼女の愛を失うことを恐れていながら、繰り返しフラウスを色きちがいだとする悪口を言い続けていたのだが、この度は必要以上に悪態をついた。一方女神の方では、こうした悪意に満ちた陰口をたたかれたことに対し、全面的に復讐することに肚を決める。

そこで、不実な愛人に仕返しをするやり方で、自分の得意技を用い、偽ってモムスと仲直りしてみせる。しょっちゅう彼のそばにくっついて絶え間なく話を交わし、その言うことにはいちいちうなずき、言いたいだけ言わせる。そしてやおら、その愛人に対し、どっさりと根も葉もない作り話の陰口を大事な秘密であるとして持ちかけ、偽って、神々について自分が虚実取り混ぜありったけ捏造した沢山の悪口を、彼の口から言わせるように頼み込み、しつこく繰り返し言わせるようにして、しまいにはそれがとんでもない大事とならずには済まないように仕組む。

もしその企みが軽率な連中の間に向こう見ずの論議を巻き起こすことに成功し、望むらくは、そこからその連中の間に我慢ならない気を起こさせ、モムス一人に対する憎悪の気持を掻き立てることができれば、その決定的瞬間には、より効果的なとどめの一撃を加えることができるだろうというのである。その上、フラウス女神は、毎日のようにユピテルに会いに行くようにしていて、様々な請願者の口から出たモムスに対する苦情を伝え続けるが、自分自身はそれらの邪推とは関わりがないように見せるべく、過去にはモムスのひどい性格について訴えていたことがあったのに、偽って、ほとんど恋人としてのつとめであるかの如くに弁護を始め、長々と冷静に、大方の非難や断罪からモムスを擁護し、そして言うのである、モムスも心底では悪くなく、おそらく度を過ごした反抗的精神の持ち主で、そのために毒舌がひどすぎるように思えたとしても、それは本心ではないのだと。

女神にとって好都合なことに、目を見張り耳をそばだたさせるような、打撃を与えるに最大の機会がそこに現れることとなる。神々は、神まがい、すなわち人間が創り出されたことをあまり歓迎しておらず、ましてやこの連中が空気や水、家屋、花々、葡萄酒、牛、その他諸々の喜びの源となるものを手に入れるようになるのは、天上界にとってあまり結構なことだとは考えなかった。そこで至高の神ユピテルは、天界の住人たちからの賛意を得ることで自らの権力を強化するべく、次のような約束をする、すなわち、自分がある限りはそれについての措置を講ずることを約束し、天界の住人たちの中に、将来にわたって誰一人、人間よりは神のままでいる方がよいとは考えない者が現れることのないようにすると宣言する。そして人間の心に不安や恐怖を植え付け、また病や死、苦痛を課すとした。かくて人間たちは、これらの災厄のおかげで、いまや野生の生き物たちにも劣る情けない状態に陥ることとなるのだが、これで神々の人間へのやっかみは収まるのみならず、それは憐れみへと変わったのである。

ユピテルとしては更に支持を集める必要上、天空全体を美化することに着手する。天空内の住まいの配置を定め、眼を見張るような彫像や、黄金やらダイヤモンド、その他あらゆる類の好ましいものでもって、盛り沢山、各種取り混ぜそれらを豪華に飾り立てた。最終的にはそれらをフォエブス（本来は太陽神アポロの枕詞「光り輝く」の意だが、アポロとは別人格の神として扱われているようである）[九]やマルス（ギリシア神話の軍神アレスのローマ・ヴァージョン）[一〇]、自分の父のサトゥルヌス（ローマの祖神に当たる農業神、ユピテルの父とされる）[一一]、メルクリウス（ギリシア神話の商業・情報の神ヘルメースに当たる）[一二]、ウェヌス（ギリシア神話の美の女神アプロディテのローマ・ヴァージョン、いわゆるヴィーナス）[一三]、ディアナ（森や狩の女神アルテミスのローマ・ヴァージョン）[一四]らの神々に与え、また天界の住人たちから歓迎されるように、彼らを煩わしさから解放し、それぞれにふさわしい役割を与え、高位の役職と指揮権限を与えた。

まず最初の上級役職である天体の運行と火の管理全般をファト神（「運命」の擬人化）[一五]に委ねることとしたが、彼はこの任務には最もふさわしく責任感があり、ひとときも休むことなく動き続けるタイプで、どんな細かなことでも怠けて見過ごすことがない。それはいかなる誘いや賄賂を使ったとしてもその厳格な任務遵守を踏み外させることができない、染みついた性根から発したものなのである。そのことは公けに表明されなければならないのであって、場合によっては時間を好きなように動かしたいという大それた願望に対して認証を与えることもないわけではないが、それは彼の権能に対して与えられた特権であって、彼の気の向いたときにしか認められないのであり、他の神々にそれを許すのも、同様に彼の純然たる慰みとしてなされるのである。しかしこのことが意味するのは、その願望が認められるのは神々それぞれの功労に対する正当な見返りとしてであり、彼の好意的認可によって、各人がそれぞれの役割を果たしながら自由な生活ができるようにということなのである。

火の使用管理がファトに委ねられたことを述べたからには、その火がいかなるもので、その管理がどれほど重要なことであるかについて説明しておくのが良いだろう。神々のところには神聖な永久に絶えることのない火があり、その驚くべき数々の特質の中でもとりわけ、何ら固形や液体の燃料を必要とせず燃え続け、炎を絶えず輝かせているということが挙げられる。それどころか、それが燃え移りまとまって一つになったときには、あらゆるものを不滅で不朽のものとなしてしまうのだ。一方、その火の炎を地上のものに向けると、それが固形物であれ液状であれ、息を吹きかける間もなくたちまちそれらを分解してしまい、そしてすぐさま元のところへ帰ってしまう。同様な神聖な火は、ウィルトゥスの女神(「美徳」の擬人化)[一六]が織り出す布の糸の間にも燃え続けていることを付け加えておこう。

この聖なる火の炎から発するきらめきは、すべての神々の額の上で輝いており、彼らをいかなる形にも望みのままに変身させる力をそなえている。あるものは黄金の雨や白鳥に姿を変え[一七]、またあるものは別の生き物になるなど、彼らの恋愛衝動次第である。プロメテウスがその火の粉の一つを盗み出し逃亡したときには、聖なるものを冒瀆した咎でコーカサスの山に鎖で繋がれたのであった。それゆえ、火はそうした大事な行ないを仕上げるために用いられるものであり、天上界の者たちはそれぞれの火を特別な預かりものとして、盗難やその他の脅威から防ぐべく注意を払うのである。

しかしここらで火の話はきりあげて、物語の本筋に戻ることにしよう。ユピテルが贈り物とした火は、天上界から有難い恩寵として受け取られ、たちまちにしてこの不死の世界に溢れ、その群衆すべてに信じられないような速さで行き渡り、人々はユピテルに謝意を伝えるべく王宮に殺到した。そして、てんでに我こそは最大級の賛辞を表そうと競い合い、そうすることが自分の務めだと考えたのであり、また至高の君主たるユピテルは、その賢明さにより、天界共同体の利益を図るという神聖な基本原則に沿う施策を行なったのだという点で、皆の考えは一致していたのである。ただ独りモムスだけは、浮かぬ顔で不機嫌な態度をとり、眉をしかめてこの謝恩大行列を睨みつけていた。この間、例の悪巧みの女神は、敵の動向を観察することに専念していて、モムスがユピテルに対し含むところがあるのに気づき、その企みに取りかかり、必要な準備を開始する。

たまたま宴会場の裏の近くの広場には、テムポーレ（時の神ないし「間の良さ」の擬人化）の娘のウェリーナ（「真実を語る」の擬人化？アルベルティの創作）、それとユピテルの愛人の一人が母親であったと言われるプロフルア（「流れる」という言葉からアルベルティが創作したもの）[一八]がモムスのすぐそばにいたのだが、フラウス女神はそれらのニンフたちに、地べたに座り込んで身を潜め、何か別の仕事をしているように見せかけるよう命じておいた。これらの準備作業はユピテルの関心を惹くことができるように、正確にその目的が果たされるようでなければならず、そこで交わされる会話がすべてこっそりと盗み聞きされるようにしておかなければならなかった。

　こうして罠をかけておいて、女神はほおえみながら愛人に近づく。挨拶を交わしておいて、ややあってから、突然、眼を剝いて叫ぶのである。「どうしたの、モムスさん。あなたはユピテルが天界に贈って下さったご褒美のことでは、この無邪気な人たちとは違う考えを持っていらしたのかしら。あたしと同じ考えじゃないの。あたしは大事なあなた以外の誰にも自分の気持ちを言う勇気はなかったのだけれど。だけどどうしてあたしに気持ちを隠すの。あたしの正直さや貞節さを認めてくださらないの。あゝ、あの人たちと比べ、なんて私たちは可哀想なの……、いや、いや、いまいちど考え直して。あゝ、ユピテルの創ったものの美しさを疑うようなことは言わないで頂戴、だって大勢の神々の君主が創られたものは絶対に超えられないし、それと肩を並べることなどできないのは分かりきっているのだもの。あなたは賢いのだから、私が説明したがっていることをもっと良く分かっていてくださるでしょう」、女神はこのように言う。

　それに対しモムスは答える、「全くあんたの言うとおりだ。だけど俺にはまだ、これらが馬鹿な殿様の仕業なのかそれとも野心的な君主のしたことなのか、はっきりしないんだ。」すると女神は泣きながら言う、「どうしたら《クイド・トゥム》[一九]、そのどっちかだと言えるの、だって彼にはどこにも落ち度はないし、むしろ考え深いじゃない。」モムスはそれに答えて、「あんたはあの全くの馬鹿げたことを考え深い行ないだと言うのかね。いったい全体、道理の代わりにそれで物事を治めようとでも言うのか。あんたは俺にそれをどう思うかと聞いてきた。おゝ、もっと真面目に考えて判断が下されていたなら、この神の国もどんなに住みやすくなったことか。いや全く、この殿様は目先の楽しさだけ考えて、この後もしかして、自分がこの先他人の食卓の分け前で生きなければならないような事態を招くかもしれないのを考えずにやってしまった。」

「これは神々の王たるべき者が、狂気に囚われたとすべきじゃないか。全能のユピテルはたまたま自分の満足のために、事の良し悪しはともかく、人間たちが創られたとき、苛立ちに任せて俺たちのやっかみと張り合うようなことをやってしまった。天界を命限りある連中にではなく昔ながらの住民に引き渡すまではいっとき知恵が働いていたのに、人間どもに対してはひどい残酷さで自分の荒れ狂った怒りを振り向けて踏みつけにしたのだ。稲妻やら雷鳴やら、疫病など、もっと難儀で我慢できないような諸々のこともひとまとめにして哀れな人間の命に押しつけた。恐怖と、あらん限り思いつく限りの悪を。その一方では、それらの災難に打ち勝つことはできないまでも、この哀れな連中には、敵つまり死の苛酷さから逃れようとする不屈の力を与えてしまった。それどころか、無分別なユピテルさん、お前さんは戦えば勝てるかも知れないと考えさせるような忍耐心を惨めな彼らから取り去って置くことをしなかったために、この神々の長たるお前さんとそっくりに苛立たせ身構えさせてしまった。」

「天界の運行と火の管理は、俺たち皆に差し迫る恐れへの同情などお構い無しになされた施策だと言えるんじゃないか。一体どこにこんなに非常識で、自分のしたことがひどい結末にならずにはいないことに無頓着で、鈍感な者がいるだろうか、ユピテルさんよ、これは誰あろうお前さんの失敗に他ならないし、お前さん自身を裏切ることじゃないか。お前さんはファトたちに限界ぎりぎりまでのとてつもない権限を与えてしまっていたことを忘れたのかね、これら星々や惑星の導きを任された連中が、何か新しいことを望み始めたとしたら、そのことは彼らの身についた習性となってしまっているのだから、いずれはこの天界に別の王を迎えようとは考えない者がいるだろうか。」

「えゝっ」とフラウスが口を挟む、「別の王ですって。」モムスは言う、「だってそうじゃないか、ユピテルが神とは別ものだと考えてしまえば、どうして彼が神々の王でいられるというのかね。」フラウスは言う、「あなたの仮定はたしかにありそうなことに思えるわ。だけどいったい、あのとてつもない権力を担うにふさわしい人などいるかしら、たといそれが運命だとしても。」

モムスは次のように言ってのける、「馬鹿なことを言いなさんな。考えてもご覧、神々はみなおとなしくて野心など持ち合わせず、権力の座に就くような機会がいつか訪れたとしても、尻込みしてしまうように見えるだろう。」フラウスは言う、「確かに。あなたが最高の栄誉にふさわしい人だということは私も認めているし、こんな大きな仕事となればあなただって心が動くのは分かるわ。だけどそうなると、私はどうなるの、どんな役割になるの、もしあなたがその権力を握ったとしたら。」モムスは言う。「俺にとっては、第二のユノーということになるだろうな。」するとフラウスははじけたように泣き出して言う、「だって誰からも奉られるような人なら、心変わりしないでいられるかは分からないわ。モムスさん、あなたは別の愛人を見つけ出してしまうでしょう。そしてこのフラウスは、あなたに見捨てられてやけになり、あなたを悩ませるわ。」

この後もあれこれ様々なことを話し続けるが、最終的にフラウスはその場で、もし彼が神々の王になったときには、フラウスをユノーの地位に就かせると誓わせてしまう。その一方では、相手を意気揚々と引き上げさせておいて、ウェリーナとプロフルアに対しては、ユピテルについて語った決定的な瞬間での言葉やその態度など、すぐそばに隠れて見聞きしていたことすべてを証言するように命じていたのだった。

物事はすべて計画通りに運んだ。ユピテルは、自分が権力を失う事態に直面するかもしれないという激しい不安に悩まされ、モムスに対しそれまで他のことでは抱かなかったような敵意を密かに募らせることとなる。しかしこのように自分が敵意を抱き怒り狂うだろうことは敵も見通していて、その思うつぼにはまることになると気づくと、手荒い復讐をする権能を誇示することとなる。すべてのことがユピテルを苛立たせ身震いさせていたのだが、彼はそれを押し隠していた。そして神々の臨時集会を招集し、ニンフたちの乳母であるプロフルア女神と、テムポーレの娘ウェリーナに、モムスが彼らのすぐそばで言ってしまった言葉をそこで証言するようにとの命令を与えた。神々の父であり人間どもの王であるユピテルは、当日は審議を最大限の厳粛さで執り行なうことを考え、裁判官を指名して、法に則り弁論に裁定を下させようとした。しかしことここに至ると、すべての席から、モムスによる王位僭奪という社会的危機を訴える声が誰からとなく一つになって、「反逆者を牢屋にぶちこめ！」、「プロメテウスのところに一緒に鎖で繋げ！」という叫びとして発せられた。

それまで政敵たちが同様な反逆罪に問われて、嵐のような敵意に見舞われ屈服させられてきた経緯を考えて、モムスは恐れおののき、逃亡することに決めた。素早い逃げ足で天空の川であるエリダヌス[二〇]まで行ってあわよくば小舟をせしめ、流れに任せて我々人間の住むところまでやってこようと考えた。しかしうるさい密告者たちの眼から逃れる中で、うっかりと天空の井戸と呼ばれている深い穴にはまり、そこから下界に落ち込んでしまう。

　そこで神の目印である頭の聖なるバンドを捨てておいて、第二のタゲス（エトルリアの祖神で小人の姿をしていた）[二一]だと称してエトルリア地方[二二]に出現することにした。そこの住人たちがきわめて篤い信仰心に染まっていることを知ると、まず自分の唯一の仕事と見定めた復讐のための準備に取り掛かり、エトルリアの人々に自分の為すことに眼を向けさせ真似させるように仕向ける。かくてそこの大勢の者たちの中の誰一人、その世界の隅々まで、神々のことをモムスの記憶と結びつけることをしない者がいないほどとなったのであり、彼は真の告発者であり最も手厳しく神々を批判する者と見なされるに至った。

　彼は詩人を気取り、群衆に向かって、神々についてのいかがわしい話を、あることないこと取り混ぜ語って聴かせた。学校や劇場、通りなど、あらゆるところで、ユピテルによる密通やら強姦、不倫などの恋愛沙汰が話題となった。またフォエブスやマルスらをはじめ、神々一人ひとりの信じられないような悪行が広場で囁かれる。そうした実話や作り話が取り沙汰されるうち、終いには、これらの醜聞やそれらからの反響が日々膨れあがって周知の事実にまでなり、今や神などはいないのであって、男神にしろ女神にしろいずれそいつらは破廉恥漢であり不良であるとしか考えられなくなった。

それに続いて今度は哲学者を装い、髭を伸ばし放題にし、ひとを脅かすような格好で、眉毛も太く、態度も尊大で勿体ぶり、大学へ出かけては満員の聴衆を集め、神々の権能などというものは全くくだらない思いつきに過ぎないのであって、迷信に取り憑かれた脳みそから発するものであるとする学説を主張する。神などというものは、とりわけ人間の問題に取り組もうとするような神などは存在しないと言い、結論としては、生きとし生けるものはすべて、一つの神性、すなわち「自然」を共有するのであり、その自然こそが、人間のみならず、役獣や鳥たち、魚、その他すべての生き物に至るまでを統べる役割を担っているのであって、すべては非常によく似た行動本能を、感情を表わしたり、自分の足らざる部分を補い、また生き延びようと努めるなどの本能を具えていて、それと同様な法則によって導かれ支配されることは望ましいことなのだという。「自然」が創り出した数多のもののなかでは、他にとって何らかの役に立たないようなものはない。それ故「自然」が創り出したものはすべてそれ固有の明確な役割を持っており、それが人間から見て良いものか悪いものかを問わず、もし「自然」がそっぽを向いたり助けてくれなかったりしたときには、ファトもたちどころにその力がなくなってしまうのだ。多くのものが偏見によって欠陥品とされているのだが、それは全然違う。人間の生は自然の慰みに委ねられているのだ、と。

こうした論法によってモムスは、相当数の者たちを折伏し追随者となし終えたことで、今や生け贄の儀式はなおざりにされ、昔ながらの厳かな祭典も流行らなくなり、神々への崇敬も同様に人間たちの間では廃れかけていた。この知らせが天界側に届くやいなや、皆はユピテルの宮殿に押しかける。彼らは自分たちの境遇を嘆き、あたかも危急存亡の事態であるかの如くに、その状況への援けを求め、いったん人間たちの間に神への信仰や恐れがなくなってしまえば、もはや神を名乗るべき動機もなくなってしまうのではないかと懸念したのである。

その間、モムスの方は、なおも執拗なその復讐の手を休ませることなく、当時のあらゆる思想に対する激しい攻撃を仕掛けていた。以前から哲学者たちは寄ってたかっては神に関わる問題を議論してきており、それは一つにはこの哲学者という稼業につきものの妬みから、また一部は些末なことにこだわる習性から出たものであったのだが、彼らは互いに、はじめからしまいまで、他を遮ったり競ったりし続けていた。しかしモムスは、粘り強く、断固として、ただ独り、皆からの攻撃に耐えて、さらに素早くその強力な論法で受け答えしていた。

ある者は宇宙を統べる一個の首長が存在するということに異を唱え、またあるものは、数量の対偶理論を展開して、それによれば人間の数は不死の者たちの数と等しいはずだと主張した。ある者は純粋知性の存在を言い、それは地上の被造物や人間たちの堕落しやすい物質性により汚されることのないものであって、神性も人間性もそこから糧を導きを引き出すのだとする。またある者は、神というのはすべての被造物に注ぎ込まれた力のようなものと考えなければならないと断言し、それがすべてを動かすのであり、人間の心はそれが放射してきたものなのだとする。そしてこうした互いに相反する学説は当の哲学者たちの間にも不和をもたらし、モムスへの反論のために団結しようとすることへの大きな障害となった。

当のモムスの方は、それらの疑問に対しては相変わらず断固として、粘り強く自分の見解を守り続け、神の存在を否定し、人間の間違いは、「自然」以外の神性のようなものが天空での惑星の運行を支配していてそのことが感動を与えるというように考えてしまうことだとする。「自然」は、人間という種に対しては、機械的に定められたその役割を果たしているだけであって、そこに我々が働きかける必要もなければ、また我々の祈りによってそれに影響を与えることはあり得ないのだとする。結論としては、神などを恐れることは何の役にも立たず、もし存在するのだとするなら、それは「自然」そのものの好意に他ならないのだという。

哲学者たちの間のこうした対立反目は、天上界の連中を驚かせ、それらの議論がはっきりと聞き取れるような天界の一箇所に集まって、論争の結末を不安に駆られながら注視するのであるが、ときにモムスの返答に不安になり、また一方では哲学者たちの発言に元気づけられたりしていた。実際、哲学者たちは、もともと野心的な性質なのだが、自惚れ屋で論争ではかっとなりやすく、モムスに対しては激するばかりで、遠慮会釈無く嘲笑を投げつけるのである。そしていつも悪口で終わってしまう。終いには議論で激するあまり、ことの成り行きで、長談義の挙げ句に拳を振り上げ、爪でモムスの顔をひっかくようなことにまでなる。

誰か責任のある人物がいてなだめてくれたことで、どうにか騒ぎは収まる。モムスはそうした人物に援けを求めるべく、その髭の間から痛めつけられた顔を示してみせた。実際、モムスは、論敵たちの手に囲まれながら、肘で押し分け逃げ道を必死で探していたのであり、犬儒学者だとして首を絞められ髭に噛みつかれまでしていた。責任者も、自分の面前で立派な髭を蓄えた人物に対しこのような目に余る暴行がなされたことに対しては黙っておられず、下手人を捜そうとする。しかしモムスを非難する大勢の哲学者たちの吠えたてる中では、ことの経緯がはっきりとは聞き取れなかったため、それは不可能であった。どうにか状況を取り繕い終わると、彼は下手人たちの前に、勇敢にも噛みつかれることに耐えたこのちんちくりんの犬儒学者を連れて行くが、見ると当人は傷だらけで、拳骨で殴られた眼を腫らしながらも、大きな咳払いをして口の中に入った髭を吐き出しつつ懸命にしゃべり、笑ってこれ以上この件にはこだわらないとして済ませたのである[二三]。

天上界の住人たちの考えでは、神に向かって手を上げることを人間におぼえさせてしまうというのは、どんな悪漢であれ前代未聞のことであって、神の威厳にとって決して望ましいことではなかった。また一方で懸念されていたのは、モムスがこれまでしでかしてきたような復讐行為を、無知で不信心な輩の賛同を得て更に続けることになれば、信仰のしきたりや神に対する神聖な務めが急速に廃れ忘れられるであろうのは必定だということであった。そこでこの問題を審議するための議会が招集され、二つの動議が提案された。その一つは、全会一致で承認され、神の威厳と権威を回復させるべく、誰か天空の神々の中で人間たちの間で人気の高い者を派遣し、何らかの仕掛けにより昔ながらの儀式や神への信仰に輝きと力強さを取り戻させようというのである。

二番目の動議については、有力者たちからは支持されたのだが意見が分かれた。これはモムスを召還して、彼の逃亡の後、神々の共同体の中でも誰もまともには受け取らないような馬鹿げた言辞が行き交うことになった経緯に鑑み、その性根のほどを詳しく天空の住人たちに知らしめ、そうすれば、この悪質極まる逃亡こそが彼の本性を表すものであり、排除すべき非道であることが、彼を罰するに充分な証明として認められるであろうというのであった。

最終的には、ユピテルの裁定と議会の承認により、女神ウィルトゥスを、そのいでたちの荘厳さが発揮する威力や、人間たちから多大な声望を集めていることをもって、特別な任務のための全権を賦与して地上に派遣することとなり、女神は神々の共同体が致命的損害を受けるのを避けるべくこの任務を受諾した。

女神の出発が決まると、あらゆる類の神たちが寄ってたかって助言を与えにやってくる。天上界の議員の誰もがそれぞれに、使節メムバーとの個人的な関係を理由に、この共通の危機から救うための何らかの戦略を授けようと躍起になり、使節たちそれぞれにふさわしい形で、人間どもを神々に仕える聖職者的存在となし、神々の聖なる尊厳を護るべく介入する方策を授けようとした。使節たちは、神々にとっての重大な危機にもかかわらず、予め準備していた楽観的な声明を発表し、このドラマティックな機会に対処するために事態に見合った可能なすべての方策を執るとした。

女神ウィルトゥスは、四人の成人前の子供たちを抱えており、いずれも天界の若者たちの中の花と言われ、その美しさ、しとやかさ、気取りのなさ、心根の優しさで知られていた。女神が彼らをこの旅に伴えば、彼らの優雅さのおかげで、他の手段無しでも、伝統的に神々をもてなしてきた者たち、すなわち権威のある人間たちや英雄たちを手なづけることができるはずで、その美でもって彼らを惹き付ける術を知っているからだというのである。モムスの企みを打ち消すのにはなんと素敵な方策だろう。

そこで女神は行列を方陣体形に整える。前列の一方の側にはトリウムフス（勝利ないし凱旋の擬人化）[二四]、もう一方にはトロファエウス（トロフィの擬人化）[二五]の二人の息子たちを配し、紫の縁取りのある着衣（プラエテクスタ）[二六]を着せた。中央には母であるウィルトゥス、二人の娘、ラウス（称賛の擬人化）[二七]とポステリタス（未来・将来の擬人化）[二八]がそれに付き従う。女神の出発を見送る神々の群れは長い列をなし、七マイル先まで続いた。ある地点まで来ると使節たちは白雲に乗り移り、大気中を滑るように地上まで降り下るのである。天界中では神々たちがこのウィルトゥスの出発に双手を挙げて歓迎の意を表し、女神は必ずやその随行者たちと共に、モムスが天界の王座に対してしかけた罪深くも執拗な攻撃による危機を克服しおおせるだろうと信じていた。

そしてどうなったか。その出現で地上にはどれほど盛大な歓迎の催しがまき起こったことか。女神の降臨に際しては、風にも、泉にも、川の流れにも、丘にも、微笑みがあふれ出たのは言うまでもない。見よ、花々が剥き出しの岩の上にまで姿を表し、女神が通るのにほほえみかけ頭を垂れ、香りを放って道一杯をかぐわしい香りで満たす様を。見よ、囀る小鳥たちが辺りを飛び交い、色とりどりの翼をはためかせて賑わし、歌でもってこれらの聖なる客を歓迎する様を。

そしてそれからどうなったか。人間どもの眼はすべてこれらの神々の容姿に釘付けとなる。多くの者たちは仕事を放り出して、この常ならざる見ものの後にくっついて、できるだけ長くそれを賞美していられるようにと飛び出すのである。ある者などはそれについて行ったもののあまりの驚異に仰天して、完全に身動きできないほどとなった。すべての者たちが大通りから小路に至るまで道の両脇に飛び出してきていて、一家の母親から嫁入り前の娘たち、年寄り連中など、あらゆる世代の人間たちで埋め尽くされた。誰一人として次に現れるのが何者なのか、それで一体何事が起こるのか分からず、互いにたずね合っていたのである。厳かにゆっくりと歩を進めつつ晴れやかな顔で軽く会釈してゆく女神の振る舞いは、信頼と尊敬を印象づける。彼らは儀式用大通りを通って、学校や劇場の前を通過し、最終的にプブリキ・ユリア（公共の正義の意）の神殿[二九]に落ち着くこととなる。

モムスは神々の行幸を注意深く見守っていた。一方では神々への憎しみや彼を取り巻く面倒な状況などをおもんばかって、彼らの眼を避けていたのであるが、その反面では彼らについていきたい気持ちもあって、それというのも、ウィルトゥスの娘ラウスの美しい姿を遠くから見て、激しい恋心を掻き立てられ始めていたからである。彼は神々が派遣されたのは自分のためであると気づいていた。彼は幾つか違う考えも密かに温めていたこともあって、不安な眼で見つめていた。神々がなぜ彼に対し怒ったのかその原因は分かっている。彼が被害を被ったことから分かったのは、彼が身を寄せようとした人間どもが、考えていたよりずっと乱暴で野蛮であったということである。また、神々はいつも祈られるとそれに負けてしまうことも分かった。

そこで考えたのは、彼のような亡命者が神々の使節に近づくには、大袈裟な服従や追従の儀式無しでは済まされないだろうということであるが、その一方ではモムスは哀願するような態度を示すのは自分には全くそぐわないと考えていたことでもあったから、生まれついての不満居士という役割を一時控えるよう自制する方法などは知らないため、果てしない強情を貫き続けていた。だが彼の片意地があのいつも優しく協力的な女神をも怒らせてしまうだろうことも明らかで、自分を擁護しこの件で相談に乗ってくれそうな相手に刃向かうのは、自分の意図すべきところではないのも理解していた。こうした中で更に、ラウスに惚れ込んでしまったことがそこに加わる。ついに彼は女神を訪問することを決意した。

そして勇をふるって自分を抑え、次のように言ったものである。「不名誉がその頂点に達したときこそ、モムスよ、首尾一貫した態度を貫くべき最上の機会なのだ。面目を保つには、若干の犠牲を払うだけでも充分昔の権威を取り戻せるだろうし、この糞まみれの状況から抜け出せるはずだ。注意深く仮面《ペルソナ》をかぶって状況に合わせるようにし、かしこまってお願いすれば、モムスにとって事態は好転するだろう。それでも、モムスがモムスでなくなることはない。いつもそうであったような無責任な強情者でなくなるはずもないのだ。それで結構。心の底では本来のままでいながらうわべは取り繕い、また必要とあらば状況次第でその弁舌でもって偽って同意したりとぼけたりもできる。これで惹き起こされる馬鹿げた状況の中で自分が優位に立ち、他の者たちはそれを認めざるを得ないようなこととなって、笑っていられるようになりたいものだ。」

　そのようにあれこれ思いを巡らしながらモムスは神殿の近くまでやってきたが、この僅かの時間の間にこれほど多くの大群衆が殺到していて、また様々な見世物が整えられていたのを見て驚かされた。その有様とはつまり、若い神々の中でも、ラウスが特に可愛らしく頼りなげなタイプで、ある種誘いかけるような眼差しを投げかけて来るかに見えることから、彼女に対する狂おしい欲望を掻き立てさせ、大群衆をまるで女神たちへの襲撃包囲網のように群がらせていたということである。彼らは皆、その小娘への好意を示そうとして躍起になっていた。ある者は楽器を奏で、歌い、踊り、軽業をして見せ、またある者は自分の富を誇示しようとし、詰まるところ誰もが、自分を他人より目立たせようとしていたのである[三〇]。ラウスのこうした媚態は、彼女の母が同様なことをせずとも、その技巧でもって万人に好意を抱かせ、特にその優美さに気づかせるのに大きな役割を果たしていた。

モムスはこのライヴァルたちの中でもみくちゃにされていることに飽き飽きしていた。それでも行かなければという思いに突き動かされて、ウィルトゥス女神と話し合うために、会見で赦しが得られるであろうとの大いなる望みをもって、彼女の一行が休んでいた近くの食堂に出かけた。実際のところ彼は、良い結果が得られるかどうか事前に調べることなしで出かけていって、群衆の見ている神殿入口の前で赦しを乞うようなみっともない様子を曝すことを恐れていたのである。

女神は言うだろう、「あなたが私たちに対して仕掛けてきた沢山のことを思い出して見なさいよ、もうそんなはた迷惑なことをしないと誓って頂戴。」もしそんな言葉を投げつけられたとしたら、モムスはなすすべもなく聴いているだけで、眼も顔も、心までも動顛してしまうだろう。さんざん苦しんだ末に〔食堂の〕入口に到達して、そこでやっとの思いで自分の苦境について少しばかり述べたのだ。しかし女神が優しく受け容れてくれるのを見ると我に帰り、言葉を続けた。そして昔の交友関係や共同で当たった仕事、女神への敬愛感情などの昔話をする。自分の災難を嘆き、援けを求め、あらゆるやり方で懇請したのである。女神はこの好機を利用する術を熟知していたから、この亡命者を元気づけておいて、状況に最適の解決策を与える。

女神はとりわけ、彼が誰彼構わずに悶着を起こしたことで不名誉を蒙ったわけだが、そのように皆からの憎しみや反感を買うような行為は、つまり立て板に水の弁舌で誰かが反論を差し挟むのに直ちに反撃してそれらを封じてしまうようなやり方は、今回かぎり止めた方がよいと告げる。自分が興奮してしまったことを見過ごしてくれるよう、そしてこの性分を抑えてくれるよう請願するのだ。彼の置かれた立場からして、自分が蒙った被害の話にこだわるのは全く無駄なことである。大事なのは、神々へ刃向かうことよりは、ここで神々との関係において事態が逆転するようにすることである。彼がこれまで自分の企みでやってしまったことやかつてのそのやり方を振り返って見るなら、後悔して見せる以外には方策はなく、それというのも、彼の行為は誰も助けることができるとは考えない地点まで落ち込んでいるからである。それでも、かつての馴染みということを持ち出せば、天上界の連中も、公私ともに彼の救済を考えないようにすることを止めさせる手がかりとして利用できないことはないだろうし、それを利用すれば彼らにとっても大いに利益になるはずだからである。そして今は、彼が率先して、人間どもの心に神々への崇敬と宗教心を取り戻すことをやるべき番だということを理解しなければならないのであり、それは彼自身の言動が危機に陥れ、ほとんど凋落せんばかりとなっていたのだ、と。これらの言葉を与えられモムスは途端に幸せな気分となって、そうすることが神々と折り合いをつけるために彼が為すべきことと判断し、どんなことでも約束し、あらゆる類の保証を与える準備に取りかかるのである。

その間にもさらに大勢の訪問客がやって来ており、上流社会の貴紳たち、その中にはヘルクレス（ギリシア神話のヘーラクレースのローマ・ヴァージョン、多くの難行を成し遂げた英雄で、力の象徴とされる）[三一]、セメレ（ギリシア神話のディオニュソス＝バッカスの母）[三二]の息子であるリベール・パテール（リベール小父さんの意。リベールはローマ土着の農業神であるが、ギリシア神話のバッカスのイメージと重ね合わされるため、セメレの息子としたものか）[三三]やメディウム・フィディウム（本来は「信用にかけて誓う」という常套句をアルベルティがあたかも神のように仕立てたもの）[三四]、ティンダリダス（スパルタの王ティンダレウスの息子たちの意、カストールとポルクスの双子の兄弟）[三五]、カドムスの娘マトゥータ（セメレの妹でディオニュソスを養育したとされる）[三六]、カルメンタ（ローマ神話で予言・産婆の神）[三七]、ケレス（農業・豊穣の神ユピテルの妹）[三八]、また彼らと同等の顔ぶれが含まれており、彼らは大群衆から押し出されて来て、その中にモムスも巻き込まれていたのだが、彼らも神殿に入って女神に表敬を果たそうとしていた。彼らは自分たちも神々の一党であったのだとして丁重に扱われることを求め、服装も態度も好き放題に飾り立てていて、それぞれに自分たちの家に招待してもてなしたいと言い張っていたが、一方モムスは、女神に会えて与えられた希望で浮かれてしまっていて、少しばかり興奮しすぎていた。ところがこの自薦合戦やら批判やらが果てしなく続き、それも立ったままでなされるので、終いにはこの大袈裟な張り合いが神殿の外にまで広がりかねない気配にうんざりする。思いがけないこうした無礼に憤慨し、モムスは怒りを爆発させてしまう。民衆の中に紛れ込み、次のように怒鳴った。

「いつまで耐えなければならないというのか、市民たちよ、これらの支配者たちがこうした非道を続けていることに。奴らが金持ちでいることを見過ごすのか、地獄へ堕ちろ、禍いあれ。奴らが我々貧乏人からせっせと盗んでのし上がり、そのおかげで奴らに我々のような真面目な人間をさげすむのを許しているのではないか、彼らの汚いやり口をだまって見ているのか。宝石やら金やらをきらめかせ、香水の香りをばらまいて、他愛のない遊びに興じ、贅沢に耽っている。奴らが着飾っているのを見ながら、我々は擦り切れて汗まみれの着物でいつまでも貧乏暮らしではないか。どこまで奴らの許し難い傲慢さに耐え続けるのか。どんな優れた人間でも、貧乏であれば、奴らが許さない限りは、家族もろとも、奴らの仲間に入ることはできないのだ。我々みなの自由にとっては言い表すことすらできないような災厄だ、何たる堕落だ。奴らの横暴のために、それがすべて消し去られ、駆逐されてしまう。我々は、こんな非道な挑発に対しては、勇気を振るって我々の尊厳を護ろうではないか。我々はこれだけ大勢なのだから、少数の連中のとんでもない厚かましさをみんなで一緒になってはねのけられないことがあろうか。こんなことに屈服するのは全く唾棄すべき恥辱だ。今こそ我々も自由な市民であることを示すべきだ。立ち上がれ、勇気のある者たちよ、そしてもはや抑圧には屈しないことを示そう。奴らが自分の威勢を保っていられるのはこれが最後だということを、そして抑圧に対しては死を賭してでも自由を守り抜くことを見せつけよう。立ち上がれ、市民たちよ、立ちふさがる傲慢さを力で抑え込もう。真の市民であると思う者には救世主も味方する。立ち上がれ、市民たちよ、武器を執れ。」三九

これがモムスの演説であった。そうこうする間、市民たちは彼の周りに集まっていたが、民衆というものはもともとが社会改革を叫ぶ指導者なら誰にでも付き従いたがるものなので、熱心にこの叛乱宣言に聞き入っていて、そのうち怒りに震えだし、一斉に寄り集まってお大尽たちへの反抗スローガンを叫び始める。

女神がその場へ駆けつけてきて神殿に入ろうとしたとき、扇動を始めた人物、つまりモムスに呼び止められたが、その表情と身振りだけで、落ち着き払った威厳に満ちた態度で、この群衆の大騒ぎを惹き起こした張本人をなだめることにあっさりと成功し、そしてモムスに向かって次のように言う、「どうしたのですか、モムスよ。何を始めようとしているのですか、ついさきほど私に何を約束していたの。こんなに手の付けられないまでに群衆を興奮させ恐ろしいことに駆り立てて、私の娘たちまで危険に曝すようなことにしてしまって、武器をとって暴動を起こさせようとして。私たち神々が天上から降りてきたのは、この場で出てくるかも知れない死人や負傷者の血をばらまかせるためだとでも言うのですか。お願いだから、モムスよ、これをかぎりにしっかりして、正気に戻って頂戴。」

モムスは答える。「私は、まわりの状況がすべてこうも裏目に出てしまったことや、とりわけこの人間どもの不作法に絶望して、すんでのところで恥をかくところでした。ウィルトゥスさん、もしお気に障ったのなら、ここで決めてしまって下さい。私はこの後もまた永久に反逆者に戻ってしまわなければならないのか、それともおとなしくしていなければならないのかを。」

女神は言う。「分かりました。私があなたに良かれと気を配っていないわけではないのを信じて欲しい。あなたが自分の為すべきことを希望を持って確かな見通しで実行されるというのであれば、あなたを信頼して、約束通りなさるか見守りましょう。人間たちに対するあなたの振る舞い次第で、神々からも評価されることでしょう（そうあって欲しいものです）、約束を違えるつもりはないと約束して頂戴。そうすればあなたの後ろ盾になりましょう。モムスよ、あなたの性格は分かっています、後はあなた自身で判断して、あなたの救いになりそうでまた神々にも喜ばれるだろうと思うことをやるのがよいでしょう、何よりもあなた自身の判断でやることです。今こそ自分から進んで、かつての神々からの愛顧にふさわしい威厳を示すことです。そうすれば私が約束した以上の見返りがあるでしょう。」この助言に対してモムスは言葉を失い、暖かい忠告には涙で答えるしかなかった。

しかしそこへ別の事態が出来し女神を動揺させることとなる。一人の老女がこの騒ぎに恐れをなして割り込んできて、歳のせいで萎えた体を引き摺り、震えて息を切らしながら小声で言った。「えゝ、あんた。危険が迫っているのが分からないの。ここから逃げなさい、お馬鹿さん、お前さんに仕掛けられようとしている攻撃から逃げなさい。偉い人の一人が短剣を抜いて手下の一人にあんたを殺すよう命じていたのを見ましたよ、あんたが人々に命令したことで危なくなっているのですよ。」

女神は面前でむごたらしい暴力沙汰が起こりそうなことに慌てて、ヴェールをモムスの頭に、つまり彼が天空から逃亡したときに井戸の所に置き放しにしてきた聖なる被り物のあるべき場所へ、巻き付けて言った。「これで好きな形に姿を変えて、攻撃から逃れなさい。その上であなたのやらなければならないこと、つまり神々の期待に応えられるようなことをしなさい。あなたの良い行ないが大いなる喜びを与えてくれるきっかけとなるでしょう。」そして女神は貴人たちに向かって、今夜は神殿の中で自分たちだけで過ごすことにし、そして、明朝になったら大事なことを話し合いましょうと告げた。言い終わると来客たちに挨拶して、素早く神殿の重いブロンズの両開きの扉を閉め、安全のため誰も入ってこられないようにし、何か突発的な暴行などを防ぐことにした。

モムスは自分の屈辱的なへりくだりが期待以上の良い結果を招いたのを見て、一気に気力を取り戻し、身も心も、また何か悪さを考えることができるまでになった。そこで独創的で誰も思いつかないような変装で身を隠す方法を、それも単純で怪しまれることのないようなやり方を考えだし、実際にはあとはどうなるかなどにはお構いなしの悪戯を企んでいるのだが、そのことは押し隠しておいて、悪戯のつけを払わされることになるだろう相手が〔騙されたことに気づかず〕喜んでしまうように仕組んだ。

テルシテース（トロイア戦争の英雄アキレウスの従者で醜いことで知られた）四〇の妹で、町中の誰とも比べられないほど醜いことで有名な娘がいた。この娘はたまたま黄疸に悩まされて、その治療のために田舎へ行ってしまっていた。モムスはこの娘に化けて、他の娘たちがてんでに街角や小路などでおしゃべりしている中に紛れ込んだのである。ところがその印象をまことに美しく仕立て上げて現れ、顔も以前の醜く青ざめたそれではなく、まるで奇跡のように頬も赤らみ素晴らしい魅力的な姿となっていて、以前とは全く違う美しいブロンドの髪をその手で撫でおろしていた。

娘たちはみなそれを羨み、あのあまりぞっとしないテルシテースの血統の女の子が、どうして突然こんなにかつてないほど溌溂となれたのか聞きたがった。モムスは、あらん限りの愛らしいそぶりで答える。「いらっしゃい、お聞きなさいよ、羨ましがり屋さん、お嬢ちゃんたち、よく聞いて頂戴、これから話すことをちゃんと聞いてね、それはきっと役に立つし、楽しいことよ。あんたたちでもこんなに可愛くなれる方法を教えてあげるから。それどころか、誰でもあたしなどよりもっと綺麗になれるし、もっとぽっちゃりして魅力的になれるのよ。私がこんな風に振る舞えるなんて考えもしなかったような素晴らしい贈り物を、神様たちがして下ったのだから（あたしの恥を白状してしまうのだけれど）、きっと心底から喜んでこの娘たちと連れだって市場に出かけられるようになると思うわ。だけど天の上の神様たちのお慈悲に縋らなくちゃ。ウェヌス様、バッカス様、それに金色に輝くアウロラ様（暁の神）[四一]、どうかあたしを助けて頂戴、あなた方の尊く情け深い指図に従いますから、私に下さったこの思いがけないご慈悲を、この可愛い娘たちにも与えてくださいますように。」

このモムスの言葉がどれほど娘たちに聞きたい気を起こさせ、またどれほど訴えたかは言い表しがたいものがある。そこでモムスは全くの作り話を、大袈裟に色づけして話し始める。それはおおよそ以下のようなものであった。田舎にいて、早朝、明け方近くに、一晩中色々な悩みで眠れなかったために疲れてうとうとしてしまっていたが、夢の中で死んでしまった乳母と出会い、ある悩みについて話し合っていた。その困り事というのはこうである。自分のような娘が、それが課せられた運命なのだとしても、別段性格が悪いわけでもないのに、容貌が醜いというそれだけの理由で、誰からも辛く当たられ、皆から力ずくで仲間外れにされてしまうということであった。しかし老乳母は夢の中で次のように言った。「もう泣き疲れてしまうようなことは止めなさい、私の愛しい子よ。可愛くなれる方法を教えましょう。神様たちに、ウェヌスやバッカス、アウロラ様たちにお供え物をしなさい、その像の祭壇前に自分の手で摘み取ったばかりの花輪を捧げて、美しくなれるようにお願いしなさい。神様方はあなたのお詣りを憶えてらして喜び、あなたの望むようなことをしてくださるでしょう。」

　この乳母の物語を演じて見せたことで、モムスは娘たちの心を期待と願望で満たすことに成功した。彼らが興奮しているのを見ると、一人ひとりの顔を見つめて、さらに話を魅力的に飾り立てて続ける。「あたしの乳母はこんなふうに言ったの。そこであたしは眼が醒めるや否や、夢を信じてすぐにお供えをしたわ。信じて貰えるかしら。こんな風になりたいと願った途端、何か姿が変わったような気持ちになったの。するとまもなくあたしはまた眠ってしまい、夢の中でアウロラ女神様が樹の汁と白粉でお化粧する方法を教えて下さり、軽石を渡されて、クロッカスとソーダで髪を染めて下さったの[四二]。だからあたしたち若い娘は二重に運がよいことになるわ、だってアウロラ様へのお詣りのおかげでこのやり方を真似することができるのだし、それに何か悩み事で困ったりしても、天におられる神様方に向かって打ち明ければ、うまく取りはからって下さるのだもの。こんな風にすれば安全とご加護を天にお願いすることができるのよ。こんな風にしてお願いと同情を神様にお縋りすれば、天上の世界とじかにつながっていられて、それに頼ることが簡単にできるのよ。だからあなたたちも、怖がらずに神様に何でもお願いしてごらんなさい。」

この作り話を、モムスはありったけ飾り立てて語り終え、その上で娘たちの一人一人に、化けるためのほとんどあらゆる方法を伝授した。しかし仮装する習慣を身に着けることが必要とされるのは、人間同士の付き合いでいつも相手に気を遣わなければならない事態や、身内の間でも意地悪をされていつまでも不平を言ったりするのを避けるためなので、こうした化粧の方法は秘密にしておくようにと告げる。

モムスはこのように巧みに仕事をやりおおせたことで、ほとんど狂喜せんばかりとなっていた。モムスは次のように自分に言い聞かせる。「全く皆が言うように、どんなことも運命の悪戯なのだ。俺の身の上がこんな風にして、かくかくしかじかで変わったなぞ、いったい誰が考えられただろう。ほんの少し前までは運が悪かったおかげで仲間はずれになり、人間どもや神々からまで嫌われ嗤われていたのだ。それが今では、突然、全く夢も希望もないようなところから脱け出して、楽しくてたまらないようになった。踊り出さずにいられるわけがない。しかしまだ、このさきも喜んでいなきゃいけないのかどうか良く分からない、つまり、逃げ隠れていたところから呼び出されたのが昔の権威を取り戻させるためだったのか、さもなくば、心の中にいままでなかった楽しくてたまらないような考え方が突然飛び出してきたからなのか。ともかく、いろんな嘘や悪巧みにびくともしないようになりたいなら、人間どもと良く付き合うことがいちばんだ。この二本足の動物、人間とは、なんたる種族であることか。消えてなくなれ。しかし、こんな逃げ隠れして辛い目に遭ったのにも、良いことはあった。狡猾さと虚言でもって姿を偽りあるいはこっそりと姿をくらまし、仮装したりまた元に戻ったりすることにかけては、正真正銘の熟練者となった。」

「実際、神々の中にいたままだったら、こんな有難い役に立つ技術を身に着けることなどできなかったことだろうし、その情痴騒ぎや甘い生活の中では考えられなかったことだ。いまや真っ当な形で難儀から脱け出したからには、フラウスよ、お前さんなどは恐れるに足りないだろう。あゝ、しかしもしこんなことになると想像できていたとしたら、あのまま昔の恵まれた境遇のままでいたとしたら、こんなに日々難儀と付き合わされなければならなくなる結果を想像できていたなら、追放されることにはならなかっただろう。裏切り者のフラウスめ、お前の卑劣な企みのせいでこうなったのだ。しかし神々のところへ戻ったなら……。」

「いやそれはどうでもよい。一つだけ確かなことがある。もう誰もモムスを騙すことはできないはずだ、いまやペテン師となるためのあらゆる術を頭の中に叩き込んでいるのだから。本題に戻ろう。こんなことを行なってきたのは次のような目的のためだった。人間どもの中にいて、反発や難儀に耐えながらも、彼らに偉大な行ないや有名になるための戦略を教えることであった。たとえば、俺が復讐する方法を見付けたことがどれほど素晴らしいことかを称賛できるような者がいるだろうか。俺は自分のやったことの結末ははっきりと分かっている。いずれ人間は神々にお詣りするのはうんざりだと気づくだろう。人間の生意気さ加減は承知している、彼らには自分がどれほど身勝手で無茶な存在であるかに早く気づかせるほうがよいのだ。神々に仕える義務など信じないという以上に高貴で素晴らしいことがあるだろうか。むやみに願い事をし、思い上がった野心を抱き、際限もなく要求し、神々が否と言えるはずがないと信じ込み、願ってもいないことまでしてくれるものだと考える。しかし結局は、よほど困っている男のような場合を除けば、誰彼なく皆が、神々への無理な要求をすることには飽きてしまうだろう。あの暢気な同僚たち、永遠の怠惰と静かな暮らしを天上の素敵な住まいで送ることに決め込んでいる連中は、そうしたお詣りに対して何か考えるとしたところで、自分の身の周りのことに役立てれば良い方で、ガニメデス（羊飼いの美少年で鷲に化けたゼウスに天上界へ拉致された）四三やらウェヌス、クピド（英語のキューピッド、ウェヌスの息子）四四といったたわけた連中の慰みのため下げ渡してしまったりするのだ。それどころではない。人間たちに何か施しをしようとし始めたとしても、益体もない怠慢のため日々仕事は貯まって行くばかりだ。でなければ怠慢や無関心のため全く何も考えてやらずに終わるかだ。後はなんにもしない。全く聞く耳を持たず、ただ命令をしたがるばかりだ。」

「もし彼らの神としての権威に崇敬心を抱く者たちがいなかったとしたら、お高くとまっていることに何の価値があるというのか。そのうえ神たちときては分不相応に野心的で、信じられないほど貪欲に大衆からの崇敬や追従を欲しがり、しかしそれと同時にぬくぬくとした全くののらくらの暮らしを好むのだ。彼ら、どっぷりと首まで甘い飲み物や食い物の中に浸かっている連中にとっては、知らないことや今まで見たことがなく予期しなかったような刺激を与える出来事についてはどうして良いか分からず、誰も共通の問題に対する有効な解決法を知らない。議会審議での罵り合いはひどいことになるだろう。俺の仕掛けたことがどれほど威力があるかを知るはずだ。実際、彼らのいつもの振る舞い方は良く分かっているから、激した議論のなかでお互いの憎しみや怨みが生まれて来るだろうことは眼に見えている。その騒動での怒りの大部分が逆に俺の方に向けられてくるのは間違いないが、俺の方は、そんな逆恨みの攻撃に対しては、自分を正当化し真正面でそれらを受け止めるべく、彼らの聖なる権威を呼び覚ますように常に誠意を篭めてしゃべることができるし、俺の真っ当な理屈が通るかぎりは誰も俺に罪をかぶせることはできないはずで、しかも精一杯やれば、思いがけないような出来事もうまく乗り超えられるだろう。ところで最後はどうなるか。俺があの田舎娘たちをみな可愛くしてしまえば、〔あの好色な〕ユピテルは放ってはおくまい。ユノーもおさらばになるぞ。」

こんな筋書きに想いを巡らせているとき、モムスは突然、別のとんでもなくおぞましい、破壊的で天上界や地底のすべての神々にとって、またおよそすべての人種にとっても、唾棄すべき企てを思いついてしまうのである。この浅はかな思いつきは、もしそれを思いつきなどという言葉で済ますことが許されるとすればだが、それがどれほどの災厄をもたらしまた非難されるに充分な悪を惹き起こし得たかについては、ここで語っておくに値する。そしてまた、当の愚行はその着想の独創性において、読者の好みに訴えるような要素を含んでいるのだ。

前に触れたごとく、モムスはウィルトゥスの娘の一人ラウスにすっかり惚れ込んでしまっていた。そこで彼は彼女をものにせずにはおかないと決心する。扉を閉ざした神殿の周りを巡り歩いて、入れそうな場所すべてを調べて回り、何度も丹念に確かめてみた。しかし門のかかった扉を相手にしてはどんなことをやっても無駄だと悟り、やりかけていた攻撃の手順や方針を転換することにした。それでも、その場を少し離れてもう一度神殿の方を見やり、その場で一息ついてから上を見上げると、少し離れた裏側の窓の一つがたまたま開いたままとなっている。それを利用することで、隠れてやるかあるいは力づくでやるか、ともかく何とかして自分の欲望を果たすことに肚を決めた。こんな人通りの多いところに梯子を持ってくるというのは難しく骨が折れるうえ、到底安全とは言えない。そこでその窓に目を向けたまま幾度も考えをめぐらしあらゆる方策を探り、あらゆる危惧について考えた。欲望のためすっかり興奮しながら、期待と懸念の間を行ったり来たりする。

しかし我に返ると、ウィルトゥスから与えられたヴェールのあらたかな力のことを思い出し、勇気を取り戻して手足で力のかぎり神殿の壁に取り付いたが、その壁は年月のため風化してざらざらになっており、それにしがみついて爪と髭を石の目地に食い込ませて、蔦に変身して窓の高さまで這い上がった[四五]。その地点からだとラウスの姿を見ることができて、偶然、彼女は独りだけでまだ起きており、母や兄弟たちはみな眠っていて、彼女は髪飾りを付け直すべく壁の方を向いていたが、その神殿の壁は磨き上げられて鏡のようになっていたのである。モムスは恋の衝動を抑えきれず興奮して大胆になってしまい、黙って潜んで待つことができなくなる。そこでそろりそろりと壁一杯に広がり、腕をのばしてしがみついていたが、心は不安で一杯だった。こんなかたちで待つことやその姿勢でいること自体、彼に取ってどれほど耐え難いことであったかは言葉に尽くしがたい。娘のすぐそばまでくると更に情欲が激しく高ぶるが、一方では恐怖のためぞくぞくし震えてくる。飛びかかろうとする途端、微かな不安にも怯える。もう一度向こう見ずな行動に駆り立てられたかと思えば、土壇場でいっとき躊躇する、あまりの緊張でおびえきった心の動揺のため、そのすべての葉がざわめき出すのを抑えきれない。

若い女神は、葉叢がざわつく微かな気配に気づいて、目を上げて見た。するとそこに蔦の小枝や葉叢がぶら下がってきていて、まるではしゃぎまわっているようである、髪飾りを付け直すのを中断して、いつもの不用意さで、その緑の小枝のひとつで冠を作ろうとした。このときのモムスの大胆さは何と言えばよいだろう。娘がそれに触れようとすると、その小枝は彼女に力一杯絡みつき締め上げ、他の神たちを起こしてしまうことのないよう充分に注意を払いながら、易々と思いを遂げ、勝利をもぎ取りおおせた。そして窓辺に引き下がり、そこでしばし勝ち誇ってひと休みし、その恋の成就について思い返していた。

しかしこの破廉恥な行ないが、ここに至って招来したことを見るが良い。下層出身の粗暴なごろつきたちで、神々に対しても、また人間に対しても、よりよい安楽な生活ぶりなどにも、全く思いを致さずまた敬意を払わない連中が、群れをなして、神殿を荒らし汚す目的でこの蔦をよじ登り、蔦の枝葉をところかまわず掴んで無理やりぶら下がって、窓から中へ入ろうとした。これがモムスにもたらした結果は、髪を引っ張られた格好となって、風化していた壁のかけらもろとも下に引き摺り下ろされ、モムスはその攻撃には耐え切れなかった。そこでモムスは鉄砲水に姿を変えてこの恥知らずのごろつきどもを臭い下水の中に流し込んで沈めてしまう。

ウィルトゥス女神は、娘がもがいて上げた最初の悲鳴で目がさめていたのだが、彼女には知恵とこのような状況の際とりうる最良の判断ができる度胸がそなわっており、こんにちでもおよそ教養があり人生経験の豊富な人物がそれを身に着けているのに出会うことがある。起こってしまったことは消し去ることはできないのだから、こちらも騒ぐのを控え、自分の身内の恥を世間に曝すことがないように、また、娘がいましがた受けたのと同じような災難が、自分の大事な子供たちに降りかかるのを避けようとした。この重大な事件に対処すべく、何か別の事態が生じてそれに対応しなければならなくなる時まで眠っているふりをして、じっと聞き耳を立てていた。不安に耐えながら成り行きに任せ、静かにその結末がどうなるか待っていたのである。

娘は、モムスの予期せぬ襲撃で恐怖に陥り、髪のことはそっちのけでどうにか気力を取り戻そうとする。そしてまさにそうしたときに自分の体が犯されてしまったことに気付くが、さらに信じられないような言葉に尽くしがたい痛みを感じた。そしてそこで見たのは、自分の力だけで外へ出てきてしまった赤児であった。拾い上げて明るいところで見ると、それが恐ろしい身の毛もよだつような怪物であったことで驚愕しまた恐怖に襲われてしまう。とりわけおぞましいのが、その信じられないような怪物が沢山の目と耳、舌だらけで、まるでその生みの親である蔦の葉叢が成長し続けるかのようである。そのうえ、それらがどれも皆、互いに激しく睨み合っては、騒ぎ立てながら少しずつもとの姿を変え、さらにもつれ合い、とてつもない早口のおしゃべりを交わし、新しく生まれ出るや否や言葉を繰り出している[四六]。

娘は産み落としてしまったこの災厄を憎まずにはいられなかった。そこで何とかしてこれを殺してしまおうとするが、無駄であった。およそ神や女神から生まれたものは、死の定めには従わないのであった。あちらこちらといつまでも跳ね回り続け、産みの親の手に逃げ込んだかと思うと今度は胸にしがみつき、衣服の下にもぐり込む。しかも殴れば殴るほど声が大きくなりまた体も大きく力も強くなってくる。手近にレウコネス産のウール[四七]でできた枕があった。狂乱した娘はそれでもっていっときもじっとしていない怪物を押しつけ、息ができないようにした。しかし怪物は驚くべき抵抗を見せ、爪や歯で枕をかきむしり、毛わたの中に逃げ込んでしまう。娘はなおも力任せにそれを中に押し込み、怪物を退治するまではできなかったものの、少なくともそれを閉じ込めることには成功し、それを産みの親の目には触れないようにした。しつこくそれを確かめたことで、あるときからそれは何もしなくなった。

　ウィルトゥス女神は、娘が受けた恥辱的な被害の詳細を知ると、うめき声を上げた、それからまだ取り乱している娘を助けるべく、自分は眠っていたのだと偽り、起きてきて言った。「落ち着きなさい、私に任せて頂戴。」そして素早い足取りで近づくと、暴れていた怪物の首を足で押さえた。怪物は押さえつけられて息をするのに苦労しながら、信じられないような早口で言葉を発し続け、いま見たことすべてをまくし立てるのみか、虚実お構いなくそれまで見聞きしたことをしゃべりまくる。トリウムフスとトロファエウスは実はウィルトゥスの産んだ子ではなく、カスス（偶然・不運の擬人化）四八とフォルトゥーナ（運命・偶然・幸運の神）四九の子で、二人のうちの一人は愚か者でもう一人は不具者だと言う。そして金切り声で彼らを罵倒するのである。「トロファエウス万歳、トリウムフス万歳、トロファエウスよ、お前はどうして、いつもやるように押し黙って街角に立ち餓鬼どもや草臥れた通行人に姿を見せることをやらないのかい。」そして断言するには、ラウスの目は霞んでいるし、ポステリタスは後ろ向きに歩くのだという。さらにウィルトゥスに向かっては次のように言う、「ラウスがあんたに甘えている間に、あんたはそのおっぱいとおなかに一杯悪口を貯めていたのだろう。」

　ウィルトゥス女神はこの怪物の失礼極まる物謂いに当惑するが、考えて見ればおよそこうしたとんでもないおしゃべり好きは昔からよくある連中で、歴史の中ではすぐに忘れられてしまうのだが、ただそんな長広舌が新しく出てくると、そのときにはいかにも好ましい発言として受け取られ、出所の如何を問わず、目新しいうわさの種として有名な話になってしまう。そこで賢い女神は叫んだ。「地獄へ堕ちてしまいなさい、ファーマ（評判・噂の神）よ、そんなおしゃべりを止めないなら、どっか別のところへ行って違う話をしてらっしゃい。」このように言うと、モムスが襲ってきたあの窓から怪物を放り出した。

ファーマは体が自由になった途端、素早く腕を広げ体を動かして空中に浮かび上がっていたが、やがてすぐに飛び方を会得し、誰もかなわないような、光や影も及ばない、人の一瞥や考える力ですらも捉えられないような速さで飛び去ってしまう。言い伝えによれば、ファーマがただの一飛びで行った先としては、マラトンの平原[五〇]やレウクトラの町[五一]、サラミス[五二]、テルモピュライ[五三]、カンナエ[五四]、トラシメヌス[五五]、フルクラエ・カウディナエ[五六]、スキュッラの断崖[五七]、キュクロープスが放り投げてできた山[五八]、イダリオンの森[五九]、ヘルクレスの聖地ガデス[六〇]、ビュルサ[六一]やタラ[六二]、アトランティスの最端て[六三]、アウロラがフォエブスの白馬たちを押しとどめていた場所、そして太陽が真っ赤に燃えながら氷の大洋に沈んで行く場所など。これらの場所やその他もっと多くの場所に、ひと飛びで繰り返し赴いたというのだ。それのみか、その激烈な情熱でもってあらゆることを見、聞き、言い広めることにかけては場所を選ばず、どんな遠くであっても、そこが隠れた場所であったり雲に覆われたりしていたとしても、ファーマ女神はいっときも休むことなく見張っていて、その見聞きしたことを飽くことなき几帳面さですべてに知らしめるのであり、ひたすらそのご苦労な働きを続けるのである。

モムスは自分が産ませてしまったこの忌まわしい厄介者を見て、初めのうちはこれが神々をどんなに困らせることになるだろうかと思案し始めていた。思い浮かんだのは、悪党どもが神殿の中を荒らし、神や人間のあらゆる掟を破ることになるだろうということである。また特に気がかりとなったのが、自分に不利な状況、つまり天界の者たちの中で彼の欲望の的とした女神への邪悪な情動に駆られた無分別な行ないに対してのそれであり、これはファーマによる宣伝と、大いなる神々が人間どもの間で集めていた権威と尊厳、更には神々を尊敬し崇敬する習慣が信じやすい大衆にはあることなどから惹き起こされることによる。

しかしその一方、歓迎すべき契機もあり、それというのも、考えて見れば、ファーマが面白がって集める話には、人のためになるようなことだけではなく、とりわけ不正にまつわることが多いし、また人間どもは、正しく敬虔な行ないに共感するよりは、見かけ上正しいと思われないようなことの方に憤慨しやすいということもある。まださらに想起されるのは人間どものもう一つの性向である。真っ当な判断をするような者を、たとい彼が真面目な人物であっても、常に疑い、またそれとは逆に軽薄な否定したがり屋の方に大きな信頼を寄せる。称賛に値するような行ないの話を聞くのはあまり好まず、不運な者たちを中傷するような話の方に群がる。どんな中傷でも証拠をでっち上げて真に受けてしまう。その一方では真っ当な判断をけなし、価値を低めようとするのである。とりわけ、あるかなきかの小さな瑕瑾や僅かな過ちの疑いがある事柄に対してしまうと、もはや生命の不思議さや神聖さ、その知恵、人間の特徴やその尊厳などにはほとんど思いを致すことがなくなってしまう。

こうした思案の末モムスは、ファーマのおしゃべりが人間の中での神々の評判に深刻な損害を与えるであろうことを確信したが、それというのもどんな神でも、内緒のところでは何かしら恥になるようなことを抱えていない者はいないからだ。残る問題は、神殿の中での娘への暴行についてだが、ユピテルに対してならば自己弁護することは容易で、彼も自分と同様、情欲に任せて行動してしまう存在なのだから、この人間どもの創造主であり神々の王である彼の、隠れもない行状に倣っただけだと言えばよい。以上がモムスの熟慮からひねり出された言い訳である。

だがその一方では、ウィルトゥス女神と敵対しているフォルトゥーナ女神が、人間どもを監視している部署を通じてこの事件のことを聞きつけたなら、ウィルトゥス女神が隠して置きたがる事実を見過ごすことはないはずで、ライヴァルに対する弾劾の準備を始めることだろう。こうなると、これが人間どもの間に惹き起こすであろうことを考えれば、地上には恐ろしい怪物たちが出現するだろうことも計算に入れておく必要がある。そして〔フォルトゥーナは〕怪物たちを味方につけることに異常な執着を示す存在なので、ウィルトゥスの主導するあらゆる事柄を棚上げさせることに取りかかり、ファーマの気に入られたいという願望とともに自信満々で地上に降りてきて、痛撃を与えられる機会を探ることになるだろう。

ところが困ったことが一つある、というのはヘルクレスのことで、彼はあらゆる怪物に対する向こう見ずな挑戦者であるので、棍棒を携えて疲れを見せることなくファーマを探しに出かけるだろう。となれば、いま少しやることを考え直しておくべきだ。心配するには幾つか充分な理由があって、特にその一つが重要だ。

ファーマが天空中でわめき散らすのが聞こえ、それは神々が集まって何かの行動のための決議をしようとしていると伝えている。その中身の一つは、フォルトゥーナ女神が到着してウィルトゥスの計画を阻止しようとしており、その間ウィルトゥスの方は神聖な炎で祭壇に火をともしていて、これでもって人間どもが天上にやってくるための手だてにしようとしているのだという。これにはフォルトゥーナもいささか慌てるだろうが、フォルトゥーナが最も好むのは、自分の名前が厳かな木霊となって地上のすべての山や谷に鳴り響いているということであり、また体躯のあらゆる部分が異様な押しつけがましさをそなえた怪物〔ファーマのこと〕の醜怪な様相は彼女には好ましく、またそれが無意味なことをしゃべり散らし活発に動き回っているのは、歓迎すべきことのはずである。

しかしここまできてしまうとつまるところ、本質的にはヘルクレスもある面で怪物とよく似たところがあり、ただ対戦相手のようには振る舞わず、またそれらと仲良くすることをしないだけだということになる。〔そこでモムスはヘルクレスに言う〕「なんてこった、お前さんは太くて重たい樫の木の丸太一つで、一人の神の産み出した子に立ち向かうなどという、きつくて難儀なご苦労千万な仕事を引き受けるつもりかね。そいつを見た者はごくわずかで人目につかず、神の血を引いていて、ふわふわと空中に浮いており、神と同じ様な弁舌と超能力を持っているのだぞ。お前さんはおぼえているはずだが、神が人間などに負けてしまうよりは、人間が神になることの方がよっぽどありそうなことなのだ。よく聞くがいい、何をしなきゃいけないか話してやろう、これは我々二人にとってもためになることだ。ウィルトゥスが祭壇にお供えする火の援けなど借りずとも、神々の仲間に入り込める方法を教えてやろう。こうやるんだ。この皮付き丸太の皮のところだけを掴んで、軽く素早く動かせるようにする、そしてこの柔らかい草むらの陰に隠れていろ。そこでその皮が動くのが見えるようにしておいて、吠えて喚きがなり立てる。〔ファーマ〕女神は何がいるのか不思議に思って駆け寄ってくるだろう。そしたら彼女に力任せにしがみつき引きずり込むんだ。そうすると俺は、お前が一旦捕まえたそいつがもがいて逃げ出す事のないように、金の糸をその髪に絡ませてやる。全身の力を振り絞ってでもそうしていろ。だから例の皮を手から離さないでじっとしていれば良く、不様な真似をしないでいれば、女神はそれを引っ掴んで飛び上がるだろう。」

ヘルクレスの行動はその計画通りに運んだ。モムスが見たときには、ヘルクレスは怪物に首根っこを締め付けられたまま上空に運ばれているところで、そのもがき方は名状しがたいほどである。初めのうちは、人間〔ヘルクレス〕の棍棒やその体の途方もない重さには耐えきれないだろうと考え、できるだけ高いところまで飛び上がりそこからこの恐ろしい敵を真っ逆さまに振り落とすよう、自分の娘である女神に唆していたのだった。ところが次に見ると、まだ上空にいて、振り落とそうとする相手に向かって吠え続けていた。

そこで計算してみて、今やヘルクレスは天界のマルスの御殿かさもなければその領分に落ち着き、そこで疲れて休んでいるか、ないしは仕事が終わってほっとしていることだろうと考えられたことから、モムスは髪をかきむしり顔を引っ掻いては胸を叩いて、自らの間違いを悔やんだ。「もうおしまいだ、モムス、お前は終わりだ。お前は天界中にたっぷりと敵を作っておきながら、この上また、召使に命じて俺を殺そうとした人間たちのうちの一人を天上に送り込んでしまったのじゃないか。その彼については昔、媚びへつらいでもって、これはみな人間どものやり口なのだが、それを駆使して三日間にわたり王座に就き、ユピテルのような悪知恵もなく神々の王となったことがあったのを知っているが、しかしその彼は落ちぶれて小娘に仕えさせられたこともあったのだった六四。そいつが今や神々の仲間入りをしてしまった。俺は何と馬鹿げたことをやっているのだろう、何ということを思いついたのだ。何で他に向けられるはずの攻撃を自分に向けてしまったのだ。何で自分独りで、何の防ぐ手だても無しに、亡命し、憎まれ、こんなに反感を買うことになっているのだ。この上さらに難儀を引き受けようとしているのか。どうして死すべき人間であるヘルクレスと自分の娘である不死身のファーマが争うのを黙って見ていられなかったのだ。モムスよ、お前は癇癪を抑えられず、人間に天界へ行く方法をばらしてしまった、お前は敵を天上に昇らせてしまったのだ。俺は化かされたのか。生まれてこの方、こんな胸くその悪いへまをやったことはなかった。もし人間どもの攻撃をそのまま呑み込んでしまわないといけないのだとすると、我慢さえすれば小分けにして呑み込むのはたやすいだろうが、しかし終いにはひどい腹痛を起こして、どこで下してしまえるかも分からないことになるだろう。よく考えろ、モムスよ、今は筋道を立てて考えるときだ。人間の方が天上界に行っているのに、お前は亡命し閉め出されている。もし毎日のように新しい不運に見舞われて泣き暮らさなければならないのだとすれば、不死身であることなど何の役に立つというのだ。おゝ、死よ、それは苦しみに対する安らかな安息だ、神々から人間への有難い贈り物だ……。」

「しかし何を言っているんだ。たわけたことを言っているときか、いまやまさに、苦境だと考えていたところから状況が好転しそうになったときなのに。恐れているときには喜びが隠れてしまうと言われているのは、まさにその通りだ。モムスよ、よもや忘れてはいまいが、人間どもの性癖があれほどうぬぼれなくせに、すぐに怖がってしまうことを。その英雄どもにしてからが同じことで、自分でも天上界に住む資格があるとは感じていなかったのじゃないか。それがこんなことになったのだ、少なからぬそうした連中が寄ってたかってヘルクレスの真似をしようとし始め、いつも新しい策略を考え出し、様々な奸計や詐欺を働いて、自分たちにはすべて許されているものと思ってしまう。彼らに、仮に二つの事だけを許したとしてみよう、彼らが天上界に迎えられたとする。おゝ、何たる無秩序の嵐が惹き起こされ吹き荒れることだろうか。以前にも天上界の者どもが、こうした誹謗からするスパイ行為の悪巧みにたやすく押し流されてしまったことがあったように思う。今度の場合でも、人間どもの間で、どれほどの大量虐殺や都市の破壊、それに続くだろう殺戮行為がなされることになるかは、想像に余りある。しまいには誰彼無く他人に対し興奮し、ヘルクレスに見られたような不安に駆られ、またファーマやそねみ深い連中が勝ち誇りそれが過熱して、地位を争い、武器を執り火を放って殺し合いをすることになるだろう。となれば、不死身で亡命のままでいるしかないというのも結構なことだとすべきで、海が大量の死骸で満たされ、人民が傷つき、星々も町の炎上の煙で霞んでしまうことになろうとも、それもすべて一つの理由から惹き起こされるのだ。モムス万歳。」

モムスはそこでこんな風に考える、人間どものなかにどっさりとこうした災厄の種をばらまき、有力な市民のところに行っては、ヘルクレスの例を取り上げてその経緯を微に入り細にわたって語ることとする、すると彼らは集まって、重大な問題であるところの、神なるもの正体について議論し合い、それに関わる現実問題を審議し、最終的には自分と同様な確信に至るだろう。そうして、〔彼らが〕武装しすぐにでも行動にかかりそうだと見たら、すぐさま風に変身して姿を消してしまえば良い。そして娘〔ファーマのこと〕にはその役割を大いに楽しむよう勧め、様々な偉い人物たちのところに姿を現すようにさせる。

一方フォルトゥーナ女神は、誰かが自分より先に、自分に対する悪口と一緒にヘルクレスの話をまだ何も知らないユピテルの耳に入れてしまうのを阻止しておくことが役立つと考え、というのも誰でも最初の印象を大事にするものだから、急いでユピテルの前に行って、ヘルクレスの思いがけない到来に関わる利点について進言することになる。実際、人間どもに対しては、今や神となった堂々たる姿を誇示することが何よりも素晴らしい説得力を持つのであり、それが崇敬と畏怖を与え、またいつの日か彼らも神になれるかも知れないと教え込んでくれるからである。

その間ファーマ女神は、ヘルクレスのことは放っておいて、持ち前の異常な好奇心からすぐさまユピテルの陣取る近くへ出かけた。神々はその恐ろしい様子に気をとられ恐れて、天界中が大騒ぎとなるのだが、その少し前にはヘルクレス到着のことを聞きつけていて、その到着が大いなる利益になるだろうという期待とともに、こちらからではなく下界から頼まれてきたに違いなく、とんでもなく恐ろしい何かの怪物と戦う魂胆からだろうと考え始めていたところであった。そこでヘルクレスに対してはウルカーヌスが造ったユピテルの鉄の棍棒を与え、それでもってあらゆる神々の隠し事を嗅ぎまわる化け物のファーマを退治させようとする。ヘルクレスはそれで身を固め戦いに臨むこととなった。

ファーマは、こうまで武装を固めた相手を、その場に居続けて待ちうけるのは止めにして、天空の遙か頂上まで飛び上がった。そして身を潜めながら金切り声でわめき立てる。「神から生まれたあたしのような者が、出てきた途端に天界中からのけ者にされ、人間たちのいる下界でも、なんの過ちもないのに追い立てられたのよ。人間どもの中でも最悪の犯罪者が神の作った武器で身を固めているのに、こちらはそれと引き替えにこんなに辱められるなんて、これも間違って神々の仲間入りさせてしまった誰かのせいよ。」

ファーマはこんな風に言って飛び続けたが、その間にも人間どもの新たな悪巧みの企てを発見し、まるで酔っ払いのごとく他のことはすべて放り出し、翼を激しく羽ばたかせながら産みの母である女神のところへ飛んでいって、大声で見てきたことを報告し喚いた。「ここから逃げなさい、女神たちは逃げなさい、さかりのついた女たらしどもがいますぐ襲ってくるわよ、武装して神殿に向かってきて神聖な財宝を略奪しようとしているのよ！」

女神たちはこの言葉に動顛し、また外からは武装した暴徒たちのわめき声が聞こえてくるが、こちらも同様に騒ぎ立ててよいものか、どっちへ顔を向けたらよいかも分からない。中でこんな不安が募っているところへ、外では皆が神殿の入口へ殺到し大騒ぎとなっている。ファーマ女神までがその騒ぎに目を回してしまう。いまや武装した人間どもは鍵を壊し神殿の中へ侵入してきており、娘の女神たちは怯えて悲鳴を上げながら母の胸にしがみついている。母のウィルトゥスは服を引っ張らないでと叱言を言いながら、何でも良いからできるだけ早く姿を変えて一緒に逃げるよう彼らを促す。しかしその子供たちは生まれつき動きが鈍く、しかも武装した人間どもを見た恐怖のために縮こまってしまっている。ウィルトゥス女神は、人間どもの厚かましさと子供たちのだらしなさに憤り、神の最も厳粛な願いとして、これらならず者に対しては天上への入口が開かれることのないよう、またグズな〔子供の〕神々に対してはとにかく何か他の姿に変身させられるよう祈った。そしてこの呪いを放ったところで稲妻に変身し、きらめきながら飛び去ったのである。ウィルトゥスの娘ラウスは、マントで身を隠し薄い煙に変身して、自分を捕まえに来るような連中の目をくらませることにした。

モムスも人間どものこうした恐るべき行ないを見てしまうと、神殿に取り残された三人の神たちのことが少なからず気がかりになり、自分の身に降りかかった不名誉に対するのと似たような憐れみを感じた。そこで急いで神殿の中に入るが、自分は風に変身したままで、神たちに何かに姿を変えて自由を守れるよう促した。彼らはここで人間の姿に変身し襲撃してくる連中から武器を奪い取って、敵をやっつけたらどうかと言う。モムスは答えた。「俺だって奴らが俺を襲おうとしたその短剣で逆に襲ってやりたいと思うぐらいだ。しかし人間よりは他のものになる方を選べよ、というのも、地上では人間は長くは生きられないんだ。それに何か命のあるものの姿には変身しないほうが身のためだよ、というのも他ならぬ人間の体の中に入り込んでしまったらひどい目に遭わなきゃいけない、自分を身体という牢獄の中に閉じ込めてしまうことになるのだぞ。」

モムスがこう言うと、トリウムフスは、何かしら好ましく見えるような体とかかわることなしに生きるのは好きじゃないと答える。そこで蝶に姿を変え、素早く羽根を動かして、捕まえてそれを賞美しようとする人間の手を逃れ飛んでいった。トロファエウスは逆に、頑丈な体格だったので、巨大な岩の塊に姿を変えて、誰かが手を触れるとそいつを下敷きにしてしまう。年若い女神ポステリタスは、その品位にふさわしくまた当面の必要に応じた決断をする。つまりかの「エコー」(木霊)と呼ばれる女神に変身したのである六五。人間どもはこの成り行きにがっかりし、しまいには力任せにラウスからマントを引き剥がして罵り合いながらあちこち引っ張り回し、ずたずたに引き裂き、執拗に議論しあっていた。

一　モムス Momus. 本来はギリシア神話に出てくるトリック・スター的存在の神モーモス Μῶμος で、ヘシオドス Hesiodos (Ἡσίοδος c. 750-650 BC) の「神統記」*Theogonia* (Θεογονία), 214 で悪口・悪さをするものとして取り上げられているのが文献上の初出とされる。それによればこの神は夜の女神ニュクス Nyx (Νύξ) の子ということになっている。その後イソップやソフォクレス、アリストテレスなどに様々な形で取り上げられ、ローマ期でもキケロが触れているが(「神々の本性」、*Cicero, De Natura Deorum*, III, 17)、アルベルティのモムスは、ローマ期の風刺作家ルキアノス Lucianus (Lucian of Samosata, Λουκιανὸς ὁ Σαμοσατεύς, c. 125-after 180) の多くの著作、中でも「神々の議会」*Concilium Deorum* (*Θεῶν Ἐκκλησία*) や「ヘルモティムス」*Hermotimus* (*Ἑρμότιμος ἢ Περὶ Αἱρέσεων*) などが直接のソースとなっているとされる。モムスが神々の創ったものを批判する話などはそれらの古典からの受け売りないしそれらの脚色であるが、彼が天界から追放されることになる以降の話は、アルベルティの創作になる部分が多い。

二　ユピテル Jup[p]iter. ギリシア神話の全能の神ゼウス Zeus (Ζεύς) に相当する。ゼウスはクロノス Cronos (時の神 Κρόνος) の子とされるが、ローマ神話ではサトゥルヌス(後出の注一一参照)の子ということになる。ただしその事蹟のほとんどはギリシア神話のそれを引き継いでいる。ローマではヨウィス I[J]ovis という呼び方もあって、アルベルティはそちらの方を多く用いているが、時折 Juppiter とも記す。Cicero, *De Natura Deorum*, II, 64, III, 53, 83, etc.

三　パッラース Pallas. ギリシア神話では「パッラース」はゼウスの娘の知恵の女神アテーネー(*gr.*, Ἀθήνη; *lat.*, アテナ Athena)の枕詞（Παλλάς, 「光り輝く」の意）で、ローマ神話ではアテナはミネルウァ（後出の注五）と同一視されるのだが、ギリシアでも後には別人格として扱われることもあり、ヘロドトスによれば北アフリカのリビアの神話などではパッラースは海神トリトン Triton の娘であるがゼウスの養子とされアテーネーの従姉妹となったのだとされる。キケロ（*De Natura Deorum*, III, 59）では、ミネルウァとは別に取り上げていて、ボッカッチォ Giovanni Boccaccio (1313-75)の「神々の系譜」（*Genealogia deorum gentilium libri*, 1360/74）でも二人を別人格としており、アルベルティが二人を別の神として取り上げその「建築論」*De re aedificatoria* でもそれを踏襲しているのは、あるいはそうしたことを踏まえたものかも知れない。モムスが三人の神々の創造物を批評した話はイソップ寓話集の 518 やルキアノスの *Hermotimus*, 20 に出てくるが、それらでは牛を創ったのはゼウスの兄弟で海の神ポセイドン Poseidon (Ποσειδῶν. ローマ神話ではネプトゥヌス Neptunus) となっている。アルベルティはパッラースの武人的な性格を強調し、ミネルウァはより穏和な諸芸の神としている。

四　ミネルウァ Minerva. 前注で触れたごとく、ギリシア神話の女神アテーネーのローマ・ヴァージョンであるが、もともとはエトルリアの神 Menerva が BC.二世紀ころからアテナと同一視されるようになったものという。アテナと同様に学芸・文化の守護神とされるが、ローマでは更に戦の神という属性も加えられる。ただし後の記述に見られるように、アルベルティは武人としての性格はパッラースの方に充てていて、ミネルウァは女性的な性格であるとしている。家屋がアテナ（＝ミネルウァ）の創作物であるとする見解はイソップ、ルキアノスも一致している。Cicero, *De Natura Deorum*, III, 53, etc.

五　プロメテウス Prometheus. ギリシア神話のプロメーテウス Προμηθεύς. 彼はゼウスが神々の王座につく前に世界を支配していた巨人族 Titanus (Τιτάν) の一人であったが、彼らを滅ぼしたゼウスに加担して生き残り、その一方では人間に神々の占有とされていた火を与えた咎で、コーカサスの岩に鎖で繋がれたとされている。彼の事蹟については、様々な時には相矛盾するような言い伝えがある。ヘシオドスは、プロメテウスはゼウスの権威を失墜させようとして生け贄の中身をすり替えて騙したことと、鍛治屋の神ヘーファイトゥス **Hephaestus** (Ἥφαιστος. ローマ神話のウルカーヌス **Vulcanus** と同一視される)の炉から火を盗んだことなどで咎められ、ヘーファイストゥスが作った鉄の鎖で縛られたとしており、彼が人間を創ったとは必ずしも明言していない。プロメテウスの人間創造を明言しているのは、女性詩人サッポー **Sappho** (Σαπφώ, c. 630 -c. 570 BC)の詩の断片（*Fragment* 207）やイソップ寓話（516, 527, 535. ただし 518 では人間を創ったのはゼウス自身としていて、プロメーテウスの名は挙げていない）などで、プラトンは幾つかの著作でそれらをパラフレーズしている。プロメテウスが人間の味方として大きくクローズアップされるきっかけとなったのは、アイスキュロスの「プロメーテウス三部作」の「鎖に繋がれたプロメーテウス」によるところが大きい（三部作の他の二作品は失われている）。ルキアノスの「プロメーテウス」では、鎖に繋がれたプロメーテウスが自分の行為が人間に取ってのみならず神々にとっても有益なことだったはずだとしてゼウスの短慮を批判している。

六　フラウス **Fraus.** 偽り・過誤などを擬人化した女神、ギリシア神話には見当たらない。キケロ（*De Natura Deorum*, III-17, 44）では、モムスと同様に夜の女神ニュクスの子として扱っている。ボッカッチォの *Genealogia* (I XIV XXI)では夜の女神と冥界の神エレボス **Erebos** の子とされる。

七　ユノー **Juno.** ギリシア神話のゼウスの妹で妻のヘーラー **Hera** (Ἥρα)のローマ・ヴァージョン。イタリア半島にはその原型と見られる女神が古くから存在したようで、ヘーラーと同様、地母神的性格から軍事的性格まで、きわめて多面的な顔をそなえる。これがいつの頃から **Hera** と重ねられたかは良く分からないが、すでにエトルリア期から、ユノーはユピテル、ミネルウァとならんで三体一緒に都市の中心の神殿であるカピトリヌス神殿に祀られることとなっていた。ウィトルウィウスが挙げている三つのケラ（房室）をそなえる「エトルリア式神殿」はそのことを示している。アルベルティのユノーはしかしほとんどがギリシア神話のそれに基づいているようである。

八　ギリシア神話のゼウスは十二人もの人間の女性を愛人とし（ときには強姦し）、そのことでヘーラーの嫉妬を買うこととなっている。

九　フォエブス **Phoebus.** ギリシア神話のゼウスの子で太陽神アポロ **Apollo**（アポロン Απόλλων）の枕詞ポイボス **Ποῖβος**（「光り輝く」意）のラテン語形で、アポロを指すのが一般的であるが、アルベルティは第三書ではアポロも登場させており、これがフォエブスと同一なのかどうかは定かではない。白馬を駆って天空を渡るとされる。キケロ、「神々の働き」(Cicero, *De Divinatione*, I, 18)。

一〇　マルス **Mars.** ギリシア神話のゼウスの子の軍神アレス **Ares** (Ἄρης) のローマ・ヴァージョンとされるが、ローマではユピテルに次ぐ崇敬を集めた神で、戦の神だけでなく農業や人々の生業に関わる神の性格をそなえ、アレスの乱暴で統御の利かない性格とはかなり異なっていたとされ、ローマ建国の英雄ロムルス **Romlus** とレムス **Remus** の父とされるが、アルベルティはここではむしろアレスのイメージでマルスを描いているようである。ルネサンス以後のマルスも同様にアレスのイメージで語られることが多くなる。

一一　サトゥルヌス **Saturnus.** ローマにおける最古の神である。BC.三世紀末以後、ギリシア神話のクロノスのイメージと重ねられるが、クロノスが地下の世界に幽閉されてしまうギリシア神話とは違って、サトゥルヌスは引き続きユピテルの父で時の神、農業神として崇敬されていた。Cicero, *De Divinatione*, II, 64; Id., *De Natura Deorum*, II, 64, III, 44, 53, 62.

一二　メルクリウス **Mercurius.** *Engl.*, **Mercury** はギリシア神話のヘルメス **Hermes** (Ἑρμῆς)とほとんど同様な性格を与えられた神で、ユピテルの子で商業・情報伝達などの神とされるが、ギリシア文化移入以前からイタリア半島には存在したらしい。**Cicero,** ***De Natura Deorum*, III, 56** では地方毎に異なるその出自伝説や性格に関わる異説が紹介されているが、アルベルティのそれはほぼギリシア神話のヘルメスの性格を受け継いでいる。アルベルティはこの神をバランスのとれた知性をそなえる好ましい存在として描写していることが多い。

一三　ウェヌス **Venus.** ギリシア神話のアプロディテ **Ἀφροδίτη** と同様に、美の女神・愛の女神とされ、BC.四世紀ころから南イタリアで信仰されており、また特にローマ建国の源となったトロイアから逃れたアエネイス **Aeneis** の母ということで、ローマで崇敬を集めたといわれる。しかしギリシア神話におけるアレスとの不倫や様々な人間の男性との恋愛沙汰などの逸話が加わって、ある種の性的放縦の象徴とも見なされ、特にルネサンス以降はその側面が強調されることとなる。Cicero, *De Natura Deorum*, II, 60, 69, III, 62, 67.

一四　ディアナ **Diana** ギリシア神話の狩りの女神アルテミス **Artemis** (Ἄρτεμις)とほとんど同一視され、おそらくBC.六世紀ころから、ギリシア文化の影響を受けてイタリア半島に定着したものと見られる。ギリシア神話ではアルテミスはゼウスの子でアポロと双子の兄妹で、月の女神でもあるとされている。Cicero, *De Natura Deorum*, II, xxvii, 68-69.

一五　ファト **Fato.**「運命」fatus の擬人化。通常は女性形で「ファタ」と記されるが、アルベルティは男性形の「ファト」で通し、また複数の存在として扱っている。Cicero, *De Natura Deorum*, III, 44 では妬みや恐れなどあまり歓迎されない神々の仲間でそれらと等しく夜の神 Nocte の子として挙げられている。アルベルティはその擬人化されたものについて初期の著作「食間談話集」*Intercenales* の Lib. I の中で、*Fatum et Fortuna*（巻末の付録を参照）として取り上げ、また Lib. VIII でも *Fatum et pater infelix* として論じている。

一六　ウィルトゥス **Virtus.** 倫理・美徳の擬人化。リウィウスによればBC.二〇八年にはそれに捧げた神殿が造られていたという(Livius, *Ab Urbe Condita*, XXVII, 25, 27)。キケロの *De Natura Deorum* にも度々触れられている。アルベルティのこの女神についての評価はアムビヴァレントで、「食間談話集」*Intercoenales*, Lib. I,「ウィルトゥス」（巻末の付録を参照）では、到底実現できないその高尚な望みを茶化しており、彼女を敵視するフォルトゥーナ女神との戦いに敗れ、姿を消してしまうことになっている。本書ではモムスがその娘ラウスを陵辱したことに端を発した騒動で、永久に姿をくらましてしまう。フォルトゥーナ女神については後出の注四九を参照。

一七　これはユピテルが人間の娘ダナエ **Danaë** に近づくために黄金の雨となって娘の上に降り注いだことや、人妻レダ **Leda** に近づくために白鳥となったことを指している。

一八　ウェリーナ **Verina** とプロフルア **Proflua** については古典の典拠は見当たらない。ウェリーナはあるいは

veridicus (真実を語る) からアルベルティが創り上げた名前か。プロフルアは profluo (流れる、流す) から創ったものかと思われる。またテムポーレ Tempore はおそらく「間の良さ」の擬人化と見られる (イタリア語訳では単に Tempo = 時の神としているが、それでは文脈からして不適切と思われる)。

一九 "Ed quid tum"――この quid tum (「それから?」 *or* 「その後は?」の意) は、キケロが弁論の際にしばしば用いた言葉で、アルベルティはこれを知的探求のための座右の銘としており、自分の紋章代わりに用いていた翼を付けた眼の図の下にその語句を書き付けていた。ここでフラウス女神にその言葉を使わせたというのは、自分自身に対する冷やかしの意味をこめているとも取れる。

二〇 エリダヌス Eridanus (gr., Ἠριδανός) は天空の川とされ星座の名前となっているが、パドヴァ平野を流れるポー川 Po の詩的呼称でもある。

二一 タゲス Tages は Cicero が *De Divinatione*, II-xxxiii, 50-51 で取り上げているエトルリアの祖神で、畑の土の中から出現し人々に様々な知識を与えたとされる。小人のような姿であったという。cf. Boccaccio, *Genealogia*, I, XII.

二二 エトルリア Etruria はローマ建国以前にトスカーナ地方を含むイタリア中部一帯に都市国家群を造っていた人々の土地を指すが、ここでは神話の中の話ということで現代の地名は使わず、あえてその名にしたものであろう。

二三 モムスが論争の中で髭をむしられたという話は、アルベルティの先輩の人文主義者フランチェスコ・フィレルフォ Francesco Filelfo (1398-1481) が、一四三三年にフィレンツェの自宅を出たところで論敵から襲撃をうけ、同様な目にあった事件を想起させ、フィレルフォ自身もアルベルティの「モムス」が自分をモデルにしたのではないかと疑ったことがあったようで、一四五〇年に友人に宛てて、「モムス」の写本の入手を依頼していた。

二四 トリウムフス Triumphus. 勝利の凱旋を意味する triumphus の擬人化。

二五 トロファエウス Trophaeus. 勝利の証として与えられるトロフィ trophaeum の擬人化。

二六 プラエテクスタ praetexta は高位の官職にある人物や成人前の少年の着衣とされていた。

二七　ラウス Laus. 賛美・栄光などを表す laus の擬人化。

二八　ポステリタス Posteritas. 未来・将来を表す posteritas の擬人化。

二九　**aedes Publici Julia.** 「公共の正義」の神殿、裁判所のような施設を指すものかと思われが、Publici Julia という神がそこにいるのかどうかは不明。むしろそれは Virtus 自身のために造られた神殿であったと考えられる。

三〇　*Intercenales*, IV の *Corolle*（冠）の中では、詩人や富裕な市民たちがラウスを讃える詩を作ることになるが、「嫉妬」の神 Invida に唆され、他を凌ぎ賞品の冠を獲得しようと競い合う話がある。アルベルティは一四四一年に完成したばかりのフィレンツェ大聖堂でイタリア語による作詩コンクール *Certame coronario* を企画しており、そのときの課題は「友情」*amicizia* で、優勝者には月桂冠をかたどった銀の冠を与えることになっていた。このときは優勝者なしとなり、アルベルティは翌年も同様なコンクールを計画し、題を「嫉妬」*invidia* とすることにしていたが、その題は不評で取りやめになった。

三一　ヘルクレス Hercules. ギリシア神話のヘーラクレース Heracles (Ἡρακλῆς) のローマ・ヴァージョンであるが、すでにエトルリア時代から彼への信仰が行なわれていた。彼はユピテル（＝ゼウス）と人間の人妻アルクメネ Alcumene (Ἀλκμήνη) との間に生まれたとされ、数々の難行をなし遂げた英雄であると同時にその死後は神としても崇められることとなる。アルベルティはここでは神以前の英雄として扱っているようである。
Cicero, *De Natura Deorum*, II, 62, III, 39, 41, 50, 70, 88.

三二　セメレ Semele (Σεμέλη) はギリシア神話ではテーベの王カドムス Cadmus (Κάδμος) の娘で、鷲に姿を変えてセメレの沐浴姿を盗み見たゼウスが彼女に度々近づき、ディオニュソス（Dionysus, Διόνυσος＝バッカス Bacchus, Βάκχος）を身ごもらせたが、これを知ったヘーラーの企みにより唆されてセメレはゼウスに本当の身分を明かすよう要請したため、本性を現した表したゼウスの雷に打たれて落命する。しかしゼウスはセメレの胎内から胎児を救い出し、自分の腿の中で育て、生まれたのがディオニュソスであると言われる。後にディオニュソスはセメレを冥界から救い出し、オリュムポスの神の世界へ送り届けた。

三三　リベール・パテール Liber Pater（「リベール小父さん」というほどの意）は本来はローマ土着の神で、果樹・葡萄酒などの神として知られ、ギリシア神話のバッカスとほとんど共通する性格を具えていたため、のちにそれと同一視されることとなる。アルベルティがこれをセメレの子としているのはそうした事情による。cf., Cicero, *De Natura Deorum*, II, xxiv, 62.

三四　メディウム・フィディウム Medium Fidium. これは本来は「フィデス（Fides＝信用）にかけて」という常套句であるものを、アルベルティがあたかもそれを神であるかの如くに仕立てたものと考えられるという。

三五　ティンダリダス Ti[y]ndarida[e]s. これは「ティンダレウスの息子たち」の意で、ティンダレウス Tyndareus (Τυδάρες) はギリシア神話のスパルタの王で、カストール Castor (Κάςτωρ) とポルックス Pollux（＝Polydeuces, Πολυδεύκης）の双子の兄弟（いわゆる双子座 Gemini＝Dioscuri を構成する）の父とされる。二人ともティンダレウスの妻レダ Leda (Λήδα) から生まれたが、ポルックスの方は、ゼウスが白鳥に化けてレダに近づき生ませたのだとされる。ポルックスはレダが産んだ白鳥の卵から生まれたとも言われ、彼を表す図像では頭の上に卵の殻のようなものを載せている。彼らは共に航海安全の神、馬の神とされる。

三六　マトゥータ Matuta. ローマ神話では朝の女神とされるが、ギリシア神話のイノーIno（Ἰνώ. セメレと同じくカドムスの娘でディオニュソスを養育したとされる）と混同される。イノーは後に発狂し（ヘーラーの嫉妬かあるいはディオニュソスの魔力のため？）海に身を投げたが、ゼウスに救い上げられ天上界に迎えられて海の女神 Leucothea（Λευκοθέα, 白い女神の意）と呼ばれることとなったという。Cicero, *De Natura Deorum*, III, 48.

三七　カルメンタ Carmenta. ローマ神話における予言の神、産婆の神ともされる。

三八　ケレス Ceres. 農業・豊穣の女神で、ユピテルとともにサトゥルヌスとプロセルピーナ Proserpina の間に生まれたとされる。ローマ固有の神であるが、後にはギリシア神話の地母神デーメテール Demeter (Δημήτηρ) のイメージと重ね合わされる。ローマではギリシア神話の「オリュムポス十二神」に相当する *Dii Consentes* に名を連ねる重要な神であるが、なぜアルベルティがこれをヘルクレスらと同等の地上の存在として挙げているのか理由は不明。Cicero, *De Natura Deorum*, II, 67, etc.

三九　一四、一五世紀のフィレンツェではその寡頭支配体制をめぐってしばしば暴動が起こっている。最も有名なのは一三七八年の「チオムピの叛乱」*Tramulto del Ciompi* で、圧倒的な力を持っていた羊毛工業組合 Arte

della Lana の支配下に置かれていた梳毛工 **ciompi** たちが、その中のミケーレ・ディ・ランド **Michele di Lando (1343-1401)** の先導のもと、叛乱を起こし、羊毛工業組合に対抗する新興の一部上流市民（メディチ家やアルベルティ家を含む）の支持を得て、一時は「革命」に成功するが、アルビッツィ家 **Gli Albizzi** を中心とする古参貴族たちの巻き返しにあって、二ヶ月ほどで制圧されてしまう。サルヴェストロ・デ・メディチ **Salvestro de' Medici** が群衆を煽るような演説をしたことが引き金となって大規模な暴動となったのだが、このときメディチのそばにいたアルベルティの祖父ベネデット **Benedetto** (d.1388)も「民衆万歳」と叫んでいたと言われる。これによりベネデットをはじめとするアルベルティ家の人々のほとんどが、メディチがアルビッツィを打倒して権力を掌握する一四三四年まで、フィレンツェから追放されることとなった。孫のバッティスタ・アルベルティにとっては、それは忘れることのできないものであったと思われる。

四〇　テルシテース **Tersite** (Thersites, *gr.*, Θερσίτης. *Illyas*, II, 212 sgg.). ホメーロスによれば彼はアキレウスの従者で、容貌が醜怪でまた他者に悪意に満ちた言葉を投げつける人物とされ、アガメムノーンがアキレウスを臆病者とそしったことに腹を立て、暴言を吐いたためオデッセウスに痛めつけられたとされる。彼はモムスと同様なある種の「トリック・スター」としてその後の多くの著作に取り上げられており、ルキアノスにも触れられている。彼に同様に醜い妹がいたというのは、おそらくアルベルティの創作であろう。

四一　アウロラ **Aurora**. 暁の女神（*gr.*, Ἠώς）**Ovidius**, *Fasti*（ローマの暦）3, 403; *Ibid.*, 5, 159; Vergilius, *Aeneis*, 4, 584 etc. 彼女は日々若返るとされ、フォエブスの愛人とされる他、多くの人間を愛人にしたと言われる。ウェヌスとバッカス、アウロラの三体の神たちは、カーニヴァルなどでは必ず揃って出現することになっていたという。いずれも民衆的な享楽願望に関わる性格を与えられていたものと見られる。

四二　クロッカス（＝サフラン）で髪を黄色く染めることは、ローマ時代の女性たちの間で一般に行なわれていたことだという。cf., Ovidius, *Ars amatoria*, III, 158-159.

四三　ガニメデス **Ganymedes** (*gr.*, Γανυμήδης). 羊飼いの少年であったが、その美貌に惚れ込んだゼウスが鷲に化けて天上に拉致し、自分の小姓にしたという。cf., Homerus, *Iliad*, Book XX, lines 233-235.

四四　クピド **Cupido**＝英語でいう「キューピッド」のことで、ウェヌスの息子ということになっている。cf. Cicero,

De Natura Deorum, III, 23, 58, etc.

四五　蔦 hedera については、*Intercenales*, Lib. III でそのしぶとく、ある意味いやらしい生命力が論じられている。

四六　この怪物というのは、このすぐ後でウィルトゥスがその正体を見破ることとなるファーマ Fama 女神(声評・噂の擬人化)である。多くの神話ではファーマはテッラ女神 Terra（大地の擬人化）の子で、父親なしで産み落とされたとされている。オウィディウスの「変身譚」では、その住まいは海と陸、天空の三つの世界の中間あたりに住んでいるとされる（Ovidius, *Metaromphosis*, XII, 40; 中村善也訳「変身物語」、岩波文庫、下、pp. 158-158）。それが沢山の目や舌を持つ怪物に変身する話はウェルギリウスの「アエネイス」(*Aeneis*, IV, 174-188) に取り上げられている。これをモムスがラウスを犯したことで生まれたとしているのは、アルベルティの創作であろう。

四七　レウコニクス Leuconicus. レウコネス Leucones はガリア地方の地名という。

四八　カスス Casus. 偶然、不運などの擬人化と見られる。

四九　フォルトゥーナ Fortuna. 運命、偶然、幸運の女神。Cicero, *De Natura Deorum*, III, 24, 26. ローマには古くから幾つものフォルトゥーナに捧げた神殿があり、その神託は元老院からも尊重されていた。アルベルティはその「ウィルトゥス」*Virtus*（前出、注一六）の中ではこの神をウィルトゥス女神と敵対するものとして、最終的にはウィルトゥスを打ち負かしてしまうことになっている。この女神が具体的には何をしたかについては物語の中ではあまり明確には触れられていないが、物語の最後ではこの女神の働きが最終的に世の中を動かしてゆくものとしてクローズアップされる。いわばこの物語の陰の狂言回し役のような存在となっているのである。トリウムフスとトロファエウスがフォルトゥーナの子だというファーマの悪口については、後出の注六五を参照。

五〇　マラトン Marathon (Μαραθών). アッティカ地方東部の町、イカロスが墜落死してきた場所とされ、またテセウスが牡牛と戦った場所などの伝説があるが、とりわけペルシア戦争でギリシアが勝利した場所として有名、マラソン競技の語源となっている。

五一　レウクトラ Leuctra (Λεῦκτρα). ボエオティア地方の小都市、ペロポンネソス戦争でアテネの武将エパミノンダスがスパルタに勝利した場所として知られる。

五二　サラミス **Salamis** (Σαραμίς). ペルシア戦争でのギリシア勝利を決定づけた海戦が行なわれた場所。

五三　テルモピュライ **Thermopylae** (Θερμοπύρι). ペロポンネソス半島西部の地名、サラミスの海戦に先立って行なわれたペルシアとの戦闘でギリシア軍が敗れた場所。・

五四　カンナエ **Cannae** (Καννα). アプリア地方の地名でハンニバルがローマ軍を破った場所。

五五　トラシメヌス **Trasymenus**. ペルージァ近傍の湖の名で、ハンニバルがローマ軍を破った場所。

五六　フルクラエ・カウディナエ **Furculae Caudinae**. BC.四三四年にローマがサムニテ人と戦い敗れた場所。現在の **Casal di Forchia**.

五七　スキュッラ **Scylla** (Σκύλλα). シチリア島とイタリア半島との間にある岩礁。神話では.同名の女性が化身してこの岩になったのだとされる。**Plinius, *Historia Naturalis*, III, 8, 14.**

五八　キュクロープス **Cyclops** (Κύκλωψ). ゼウスにより滅ぼされた巨人族で、怪力により岩をちぎって壁や山を造ったとされる。とりわけ巨石を積んで造られたミュケーナイやティリンスの城砦は彼らの伝説と結びつけられているが、アルベルティが指しているのがティリンスなどのことであるのかどうかは定かではない。

五九　イダリオン **Idalium** (Ἰδάριον). キプロス島にある山の名で、ウェヌスの聖地とされる。**Plinius, *Historia Naturalis*, V, 31, 35.**

六〇　ガデス **Gades**. フェニキア人がイベリア半島に作った植民地の名、ジブラルタル海峡に面する現在のカディス **Cadiz**. ヘルクレスはその「十二成業」の一つとして、ジブラルタルの突端の岬を造った（「ヘルクレスの柱」と呼ばれる）とされる。

六一　ビュルサ **Byrsa** (Βύρσα). カルタゴの砦の名。

六二　タラ **Thala** (Θάλα). ヌミディア地方の都市の名。

六三　プラトンによれば「ヘルクレスの柱」（前注六〇参照）のさらに西方にアトランティスの島があったのだという。

六四　ヘルクレスが三日間王になったということの出所は未確認。彼が狂気のためイフィトス **Iphitos** を殺した罪でリュディアの女王オンファーレ Omphale の奴隷として仕えさせられたことがあり、それをヘルクレスがファーマにより天界まで運ばれたことと結びつけたのであろう。本来の神話ではヘルクレスは一旦死んだ後に天界に持ち上げられたことになっている。cf. Sophocles, *The Trachiniae* 69ff.

六五　トリウムフス（勝利）が蝶になって頼りないながら容易には捕まらないとか、トロファエウス（トロフィ）が岩塊になって人を押し潰すというのは、アルベルティ一流の皮肉であろう。アルベルティは *Virtus*（前出の注一七）の中では、ユピテルをはじめとする神々がフォルトゥーナ女神に翻弄されて、定見がなく脈絡のない行動をとるのを、蝶の飛び方に喩えていた。つまり蝶はフォルトゥーナないしそれに翻弄されるユピテルの象徴であり、このことは、産み落とされたばかりのファーマが口走る、トリウムフスとトロファエウスがウィルトゥスの本当の子供ではなく、フォルトゥーナの子だという悪口ともつながるのである。アルベルティが示したこうしたフォルトゥーナとユピテル、そしてウィルトゥスとの相関図は、後にイタリアの人文主義者たちに大きな影響を与えたと見られ、一六世紀初のフェッラーラの宮廷画家ドッソ・ドッシ Dosso Dossi (1474-1542)が宮殿内に描いた「蝶を描くユピテルとメルクリウス、ウィルトゥス」（*Giove pittore di farfalle, Mercurio e la Virtù*, 1523-1524 circa. 現クラカウのワーウェル城所在）である。メルクリウスとウィルトゥスとの関わりについては、第二書で触れられている（第二書の注五を参照）。ドッソ・ドッシの絵については、Bacchelli, F., "Science, Cosmology and Religion in Ferrara, 1520-1550", in *Dosso's Fate : Painting and Court Culture in Renaissance Italy*, a cura di L. Ciammitti, S. F. Ostrow e S. Settis. Los Angeles (Getty Research Institute o History of Art and the Humanities), 1998, pp. 333-54 を参照されたい。エコー Echo（Ηχώ 木霊）はギリシア神話では神というよりはニンフとして扱われている。ポステリタス（未来を語るもの）が逆にすでに言われたことを反復する木霊となったというのも同様な皮肉であろう。

第二書

ここまではモムスの逃亡が人間界に惹き起こした混乱が話の筋であったが、これから先は、彼がいかにしてその逃亡状態からユピテルにより赦免されるまでに復活したのか、また大混乱を惹き起こそうという大もとの思いつきが、いかにして最終的に神々と人間、そして宇宙のすべての仕組みを瀬戸際まで追い詰める事態になったかを語ることになる。話し出せばその途端に、様々の怪しげな計画や、思いがけない目新しさ、呆気にとられるような出来事の連鎖が続出するだろう。私自身にとっても、かくも高度に複雑でやたらと入り組んだ筋書きを前にしては、私の力不足をおもんばかると、話の筋を辿ってゆくことを躊躇させ、物語の面白さに惹かれて書き進める望みを諦めさせかねないほどである。ともかく言えることは、これまでモムスについてお読み頂いたものは、この後出てくることと比べればお話しにならないほどだということである。

さて、モムスにより唆された娘たちの方は、取るに足らぬお供えでもって神々に無理な要求をし始めるのだが、神々の方はこの馬鹿げた願いを面白がり、かわいがる父親に対して幼子が片言で飴玉をねだってきたり、あるいは良くやるように笑いかけてきたときのようなものとして受け取る。

その無邪気な幸せへの望みの中には、太りすぎているからとか、あるいは痩せ過ぎているのでというのもあるし、またもっと美しくなりたいという願いもあったりし、神々はたやすいものなら快く恵んでやることもあるが、別の娘の願いに対しては却下してしまうのである。やがていつも神の権能に頼るというこうしたやり方は根付いて風習となり、一家の主や相当な地位にある人たちまでがその御利益を願うようになる。はじめのうち大方は無理のない願いで、公衆の面前でもやってよいこととされ、友人であるかそうでないかを問わず誰彼からも公認されていて、そのようなことなら神も快く聞いてくれると考えられたからである。しまいには王や強力な都市までが神の庇護を求めるようになった。

最初のうちは、人間たちのこうした神への信託すべては天上界から歓迎され、新しい発見だとして大いに満足させたのであり、人間どもからの篤い崇敬を集めること以上に楽しい仕事は見当たらないからである。そのようなわけで、この素晴らしいことの発案者への感謝の念が芽生え、それまでモムスに向けられていた悪意がすべて憐れみや好意に変わってくる。つまり全員一致の歓呼の声でモムスの追放取り消しの法案が可決され、二人の女神、パッラースとミネルウァが、最大限の礼を尽くしてモムスを迎え天上界の仲間の地位に復帰させるべく派遣されることとなり、彼が神の血統にふさわしい最高の資質をそなえていることが再確認されたのである。彼らには神々の聖なる火を収めた貴重なカップが託され、その神聖な火を被り物につけさせ神に戻ったしるしとするためである。

パッラースは人間界まで出かけることには気が進まなかったのだが、それというのも彼らが武装していて血気盛んであると聞かされていたからで、しかし最終的にはユピテルの厳命には抗えず、また友人たちが彼女を元気づけ武備を整えさせたことで、それに従ったのであった。ところが天界でこの法令が公布されるやすぐに現れたのがファーマで、モムスの心配をよそに喧しい羽音を立てながらやってきて、彼女の性癖として虚実取り混ぜあらゆる些事を誇張した言葉でしゃべるので、父親のところへ行っては、神々の間ではいま大騒ぎとなっていて、大がかりな準備作業が行なわれ、中には武装してすでに天空から下界に赴こうとしはじめているものがあると告げる。この報告を聞いたモムスは動顛し、自分の犯した罪を意識して激しく動揺した。彼を苦しめたのが、最高権威の神からの使節に対して働いた冒瀆の記憶で、天上界全体がそのことで自分に対し死に値するものと見なしているであろうと考え、周囲にまぎれて万が一にも見つかることのないような何らかの隠れ方を決めるまでの時間稼ぎのため、神たちがやってくるのを邪魔し終始見張っているように娘に頼んだ。ファーマは父の言いつけに従い飛んで行く。

このときどれほどの動揺がモムスを襲っていたかは、言葉に尽くしがたい。様々な解決策に頼ろうとするのだが、しかしどれもうまく行きそうにはなく、あらゆることを、一切えり好みせず、何とかして身を助けるのに役立ちそうだと思われることを逐一探すのである。その一方では、どんなところにいても安全とは思われず、一つのことを思いついてもすぐ後にはそれを考え直すことになり、変身してみたいと思えるような姿は全く思いつけなかった。しかしファーマが戻って来たことでモムスは途端に元気を取り戻した。「神々があんたのことをとても良く思っているのを伝えに来たの、モムス！」と彼女は言う、「だから聞き漏らさないで頂戴、連中はあんたと仲直りして恩赦を与え、神聖な神の火を贈り物として持ってくるのよ。」

モムスはこれを聞くと、フラウス女神との間の昔の反目のことを思い出し、また同じような罠にはめられ放り出されるのではないかと懼れたが、しかしながらどこにも隠れる場所はないし、天上の神々はすべて見通しなのだからそれはできるわけがないのであって、自分でやれることはもはや何もない以上、急いでその会見に向けて何かしら準備できることの方に気を向ける。そこで肚を決めて、自らの意志で反抗心や内心の葛藤、本心をすべて押し隠し、昂然と構え悠々とした態度を決め込むことにした。

そして使節たちとの会見に臨んで、儀礼的挨拶を交わしたあと、彼らの言葉や態度から間違いなく確認できたのは、自分が呼び戻された理由が、困難な長く暗い災難の状況から天界に戻れて、以前と同じ品格を取り戻せるという期待を遙かに上回るものだということであった。咄嗟の喜び以外にはそれを言い表すのにふさわしい言葉が見つからず、満足のためほとんど狂乱状態となって、これまで身に降りかかってきたことどもを前後も考えずしゃべり出し、そしてその途中でうっかりと口を滑らせてしまう。「これはモムスよ、まさに人間どもが言っていたように、亡命していた奴の方が却って権力の座に返り咲けるものだということなのだろうか。」

このモムスの言葉に対してパッラースは（女性の常として物事を何でも悪い方に考え、悪意を含むものと受け取ってしまう癖があり、いつもそれが先に立ってしまうので）、何事も無かったとして済ませる訳には行かない重大事だと思案することになる。心の奥底では密かに、モムスの不実な性質について、このような始末に負えない者に大事な案件を扱うような広汎な権限を与えてしまうのはユピテルや天界の利益に合致するものではないと考えていたこともあり、それは疑いもなくかつての狼藉やあらゆる類の無礼を傍若無人に働いていたことの記憶からで、永年にわたって彼に染みついた悪癖から出たものと理解していたのである。

この問題に対処すべくパッラースが導き出した理屈はこうである。「我々神はこうした類の怪物に対抗するのに苦労してきており、どうにかそれが追放により弱体化され、不名誉の汚名を着せるまでとなっている。いま我々は天上の神々から充分な権限を認められているのだから、危険を冒すことなく彼に対抗すべきではないか。神になれるという期待の中にモムスをどっぷり浸らせておいてその暴威を統御の下に置くのと、いまにも悪事を働きかねないままの輩を興奮させてしまう機会を与えるのとは大違いである。あっという間に不正を働いて、おまけに逃亡したのは誰だ、常に利用できる機会が出てくることしか考えていないのは誰だ。それを利用したいと願いながら、その望みや可能性を前にして何もしないでいる者などいるだろうか。」

こうした省察に到達してパッラースは、問題の全体像を同僚にもっと分かりやすく説明するために、モムスに対してはその間にヘリコンの泉へ行って、汚れまくった衣服を脱ぎすて身なりを整え、もっときちんとしたいでたちで戻ってきて神々に礼を尽くすよう言いつける。モムスが出かけた後、女神たちはその詳細について議論を交わすが、そこで得た結論は、ユピテルの責務は、最初に経緯を徹底的に調査することなくモムスを天上界での権威ある地位に就かせ、聖なる火を与えそのとんでもない統御不能の頭の上にとりつけてしまうことにより神々の社会にもたらされるであろう不測の事態を、うまく取り収めることであるはずだというものであった。

その間、モムスは独りで体を洗いながら、次のように自問していた。「かつては厚かましくよこしまな類の存在と見なされ、凶暴かつ恐ろしげな風貌で、野人のような風体で髭や髪は伸ばし放題にもつれさせていて、狂ったような表情で眉をしかめ、不機嫌そうに押し黙っていていまにも人に噛みつき殴りかからんばかりで、すべての者たちを怖がらせてばかりいたことがあった[二]。それがいまや、別の役柄《ペルソナ》[三]が自分の中に入り込んでくる気配があり、そのことに慣れてきたような気がする。そいつはどんな役柄なんだろう、それもやはりモムスなのか。疑いないのは、そいつが付き合いやすく、穏やかで礼儀正しい態度をとる奴だということだ。どんな役目でも引き受け、人の言うことを喜んで聞き、相手に機嫌良く応対し、優しく接して喜びを与える術を身に着けておくのは望ましいことだ。しかしモムスよ、お前はその本性とは反対のことができるのか。」

「いや、やろうと思えばできるさ。だけどどうすればそうやろうと思えるのか。できないことがあるものか。希望を持って、その効果のほどや有利な見通しを想い描けば、うまく自分自身を拵え上げて、自分のためになることに取り組めるはずだ。さあやろう、モムスよ、自分の望むものは自分で掴み取れ、そうすりゃどんなことでも残らず素敵なかたちで実現できるだろう。だがその後は？。この生まれついての体に染みついた反抗癖は失うことになるのか。そんなことはあり得ない、俺は小心翼々と人の支配下に置かれているのが嫌いだし、俺に敵対した連中に対する昔からの怨みは残っていて、新しく習得した方法で彼らに不意打ちを食らわせることもできる。」

「要するに、商売人で付き合いが多い者ならこんな態度を取るはずで、心の奥底では攻撃されたことは決して忘れないが、その怨みを表に出してしまうようなことは万が一にもしないで、細心の注意を払ってその時々の状況に応じ、偽って本心とは違うように振る舞ったりとぼけてみせたりするのだ。こんな風にしながら一瞬たりとも気を逸らすことなく常に目を配って、取引のためには誰と言わず他人の感情やその野望、考え方、その意図を読みとり、為すべきことを考え、誰に根回しするか、彼が何を必要としているのか、誰が味方で誰が敵なのか、どんな意見を持っているのか、好みは何か、取引成功の見通しや取引を進めるに当たっての行動の手順などを考えるのである。その一方では、自分自身の野心や願望は巧みなごまかし技で押し隠す術もわきまえておく必要があり、常に警戒を怠らず、用心し、利用できそうな機会が出てきたときにはそれを見逃すことのないように常に備えて置かないといけない。常に自分を完全にコントロールし、敵に対しては、たといそれに強い致命的打撃を与えようとまでは思っていないときでも、憐れみの感情を抱いてはいけないのであって、それは後になってより激しい攻撃を準備させることになる。敵に打撃を与えるには言葉よりも行動によるのが良く、開け広げに敵意を表すよりは行動の方が勝っている。内にある怨みを表面の優しさや甘い言葉の下に隠すのだ。どんな言葉にも沢山の落とし穴が含まれ得ることを考えるなら、何も信じてはいけないのであって、すべてを信じた振りをするのである。遠慮は無用だが、誰彼に対しても公然と褒めそやし、追従を言うのに慣れておくのがよい。」

「このやり方をうまく操ってみせる人物が名声を博し地位を得るのであって、知識人たちからも認められ、皆が尊敬し好感を抱くようになり、とりわけ彼らがやったことすべてを的を射た形で、あたかもそれを記録していたかのように熟知しているらしいと気づかせた場合がそうだ。その逆に、もし少しでもやり過ぎたり、出しゃばったり、お喋り屋を持ち上げたりしてしまうと、それにつけ込まれたり、日増しにうるさがられ我慢の恩恵に浴することができなくなってしまうし、無遠慮な酔漢などがそれを聞いたりしたときには、そのことで公然と責められる事態になるのだ。まだ何か付け加えることがあるか。それでもまだ一つだけ、常に記憶しておくべきことがあった。よく色づけすることだ、それも架空の色づけで、いかにも正直で悪いことなどできないというような風に、目的に見事に合致した言葉や表情、外見すべてを、善良で無害だとされているようなそれとそっくりに見えるように、本心とは全く別物に見えるほどまでに、拵え上げられる習慣を付けておくことだ。自分の感情を押し隠し煙に巻く術、すなわち潤色の技を経験で会得し、仮装で騙すことができるというのは、なんと素敵なことだろう。」

四

これがモムスの結論であった。その間パッラースとミネルウァは、モムスのごとき反抗的な無法者の類に、神の聖なるしるしを与えるか否かの判断は、ユピテルの自由裁量に委ねることに決めていた。しかし当面は、この逃亡者に対しては最大限優しく話しかけ、その期待を勇気付け、神のしるしは使節の手からよりは、神々の王自らの手から直接受け取るよう助言した。

モムスは地上の人間たちから逃れるという以外には何の条件も付ける気はなかったから、即座に自分に割り振られた役柄に入り込み、外交使節たちに向けて自分の立場を鮮やかかつ熱心に演じ、誠意と善意を装うべく、落涙し頭を垂れて、神々の最高の王が手ずから復活して下された名誉のありがたさをよく理解しており、かくも大いなる褒賞には値しないのではないかと懼れるものではあるが、ユピテルと他の神々に対し、与えられた恩寵を決して忘れず感謝していることを示したいと申し出る。彼が考えたのは、それをやった時点で、モムスがまともな振る舞いをしてくれるだろうとの善良な人々の期待を遙かに上回るような印象をしっかりと定着させられ、また悪意を抱く者や敵対者たちからの攻撃を、忍耐とそれが引きだしてくれる〔人々の〕親愛と寛容の情により、避けられると期待したのである。長いあいだの不運に慣れ、不遇に疲れていた彼は、逆境に耐えどのような不利な状況がその目論見や望みを妨げるようなことになったとしても静かにそれを見定める術を会得していたのだが、ここに至って、自制を強いられることなく、挑発にも応じないで、いかなる攻撃を受けてもそれを忘れられるようになった。彼の最大の願望は、詰まるところ、目上の者からの良き助言にうやうやしく従って見せられるような機会を与えられることなのだ。

モムスは長きにわたって練り上げてきたこの巧みな戦術に加え、いささか古臭いやり口ではあったが、悔恨の念を顔に表し溜息をつきながら付け加えた。「しかしこれからどうすればよいのでしょう。女神さんたち、天上の偉い神々はこれまで、その御心により、私にこの不幸を、卑屈で惨めな逃亡を強いて来られた。私を抑えつけ幻滅させる苦しみと孤独の暮らしに耐えさせるよう仕向けてこられたのでした。これは私のような不運な者にとっては、それ以上は考えられないないようなおごとなのですよ。」女神たちは憐れみをおぼえ、彼を慰め続け、モムスが天上に連れてこられた場合の惨めさを思いやった。

ところが、モムスがすっかりと恭順の面持ちを拵えて、ユピテルの許に伺候しその膝に縋り付き、よく練り上げた弁舌でもって赦免と慈悲を乞おうとしたところ、その言葉は期待していたようにはユピテルから快く聞いて貰えなかった。実はそのときユピテルは、フォエブスに対し怒りを爆発させ彼を叱責する問題の方に気をとられていて、モムスの挨拶を聞くどころではなかったのである。

可哀想なモムスは事情が良く分からず、はじめからしくじってしまったかと考えて途方に暮れ、てっきり裁判の当日に法廷に立たされる被告として連行されるものと思い込み、命を守るための準備を始め、降りかかってくる罪を払い落とすのに役立ちそうな類の弁論を探し、心の中でユピテルを鎮められるような哀れっぽく感涙を誘う論法を組み立て始めた。

そうこうしているところへ、ユピテルの命で調査に派遣されていたメルクリウスが戻ってきて、フォエブスがまもなく拝謁しにやってくるはずだと報告する。〔それによれば〕彼の敵たちが誹謗したがっているようなことではなく、愛人であるアウロラのたっての頼みを引き受けていたのであり、決して自惚れから自分の義務を果たさないことを望んだわけではなく、大量のお供えを背負わされていたもので[五]、そのため神々の仕来り通りに毎日ユピテルの王宮に礼を捧げにくることができなかったのだという。

ユピテルはそれで厳しい表情を和らげ、それからモムスに向かって言った、「モムス、お前の願いは、もしそれが法を超えるようなものであったなら、却下されるところだ。」そしてこの後しばし沈黙する。このユピテルの一言は、すぐさまモムスの心の内に、自分の請願をもみ消そうとしているのではないかとの疑念を生じさせたため、自分が悲しんでいることを忘れさせないような、かつ自分の心の内に生じた喜びを表白できるように、新たに工夫した懇請の仕方を採用する。自分の策略により、渇望する素晴らしい結果を得るべく全身全霊を奮い立たせ、そして自分に言い聞かせた、「これでうまく行かなかったなら、これ以上やれることなどないのだぞ。」

その間、ユピテルはパッラースとミネルウァに問い糺していた。「どうしてウィルトゥスも一緒に連れ帰らなかったのだ。彼女はどうしているのだ。何があったのだ。」女神たちの答えは、派遣特使の用いる常套語法に従ったもので、派遣に際して自分たちに託されたのはもっぱら特定の任務に限られていたのであって、そのような〔ウィルトゥスを連れ帰るという〕ことは、モムス一人を捜し出しに行く役目を超えるものであり、それというのも彼は長いあいだ、単独で人目につかないような場所に隠れていて、不運にうちひしがれ惨めな暮らしを送っていたのだからと言う。

するとユピテルは質問の矛先をモムスに転じて、人間界の中でウィルトゥスを見かけたかと訊ねた。そこに触れられるとモムスは、その質問が自分の犯した破廉恥な凌辱行為を暗に指しているのではないかという苦い疑惑に囚われ、顔面蒼白となって言葉に詰まったが、すぐに立ち直り、自分の行動にやましいところはなかったという風な何気ない態度で、微笑みながら言った、「神々の君主であられるあなた様、畏れながら私は、人間どもがこのところ日々何をやっているのか存じておりませんが。」

ユピテルは言う、「儂が何を知っていようとお前には関係がない、質問に答えろ。」モムスは、どこに狙いを定めて言葉を発するべきか良く分からないままであったが、再度ユピテルに返答を迫られ、恐るおそるおずおずと答えにかかり、それでも態勢を立て直して、これまでも巧みにやりおおせて功を奏し始めていた得意のとぼけ戦術《ディスシミュラティオ》[六]で、次のように言った。「メルクリウスさん、あなたは何でもお見通しでおられるのだし、どこを探せば良いかもよくご存じのはずで、しかもあなたというお人は、女神たちの中でもいちばん美しいウィルトゥスに愛されて当然の方なのだから[七]。で、メルクリウスさん、いつからあなたはその愛しい方に会えていないのですか。」

するとメルクリウスが笑いながら明言したのは、自分はもとよりユピテルも他の神々も皆、お供え物の問題一つに手を取られていて、他のことには全く手が回らず、それにかかりっきりだったということで、おそらく女神は実務的な片付けのような煩瑣な仕事から離れてのんびりしているのだろうと思っていたのだという。モムスはこの話を聞いて再び元気を取り戻したのであるが、というのもウィルトゥスがいまはここ、ユピテルや神々の中にはいないということが信じられないほどの新たな喜びを与えてくれ、いまや彼が得意とする虚言のために練り上げてきた巧みな声色や仕種で、これまで体験してきた事どもを、ただし人間についてはその狼藉沙汰には触れず、もっぱら彼らの立場を擁護しその誤りを許すよう望んでいるかのごとくに受け取られる形で、語ることができるのである。

そこでこれまでの出来事には自分は全く関わらなかった風に装い、幾人かの貴紳たちが神殿に押し入ることとなったについては、それは意図的ではなく偶然の成り行きであって、年若い神たちは騒動に恐れをなし、母の後ろに隠れてそれぞれにいろんな姿に変身することで、この押し込み集団による乱暴の怖れから救われたのだと語った。更に付け加えて、自分自身も手ひどい乱暴を受けたが、髭を半分失いながらなんとか逃げおおせたと話したのである。このようにすることで、特にその話しぶりによって、決して人間どもに対する嫌悪を煽ったりすることなく、どうして神々が公然たる不名誉を蒙ることになったのかを納得させるべく、力をこめて弁舌を振るった。

モムスの話を聞くと、ユピテルやその場にいた他の神々も自然と心を動かされ、とりわけウィルトゥス女神が受けた恥辱には同情が寄せられる。その一方では、モムスの滑稽な災難のことを知ると誰も爆笑を抑えることができなかった。その効果のほどを見届けたうえでモムスは言う、「これまでお話ししてきたことで、私がいかに思慮深く振る舞ってきたかは、皆さんにご理解頂けたでしょう。お話ししたことが事実に忠実であるのは請け合います。ユピテル様、あなたは世界の創造主であられそれを正しく見事に組み立てられ、それがあなたの威光が及ぶところを美しく飾ることに役だって来たわけですが、ただ、畏れながら私の見るところ、一つだけお忘れのことがあります。と申しましても、人間どもの行ないのことを申し上げるつもりはありませんし、この連中を悪く言いたいのでもありません。」

この言葉を聞いてユピテルは、少し呆気にとられるが、うなずいてその一つの落ち度が何かを教えて欲しいと伝え、これだけ沢山の配下の者たちを抱えていても、その中の誰一人、そういった役目を果たしてくれそうなのがいないのだとこぼした。モムスはそれを遮って言う、「いやちゃんといますよ、その役目を間違いなくしっかりと果たせるのが一人、そいつ以上に有能でぴったりなのは他にいませんよ。それは私が産ませたファーマで、とても目敏く、特に良いのは足も飛ぶこともとても早くて誰もかないません。それにこの娘は私の言うことを良く聞きますし、私に向けてくださったお慈悲と引き替えに、これは保証します。たちどころに、いとも忠実かつ正確にあなたがこいつに命令なさることを実行しますよ、特にそれが私も気にかけていることでしたら。」ユピテルはモムスの助言と確約に謝意を表した。そこでモムスは勢い込んで言う、「どうしてもお慈悲を賜りたいことが一つあります、寛大なユピテル様、お認め願いたいことと申しますのは、私のような不運に見舞われて哀願している者にとって大変に有難いことです。それは他でもないこの娘のことですが、こいつは私が蒙った結構な災難の中での産物で、私が髭を失った苦しみの代償なのです。」皆は大笑いし、恩赦を承認した。

この笑いを中断させたのが、怒り狂ったユノーの入来である。実は、ユピテルを囲んでこんな話が交わされている間にパッラースとミネルウァはその場から離れ、連れだってユノーに会いに行き、留守にしたことの赦しを乞うていた。そしてユノーにモムスが過去に犯した数々の罪の記憶について語り、そのことを理由に連れ帰ったモムスには聖なる火の入った大事なカップを渡すのを控えたと話したのである。ユノーは二人のやったことを褒め、そしてユピテルのところへ駆け込み、怒りを抑えきれず居丈高となって眼を剝き、大事なことを話さなければならないからと言って人払いさせ、まくし立てる。

「いったい何のつもりですか、私に言わせて頂戴、あなたという人は、いつもこんなに上っ面だけ見て大事な仕事を片付けてしまうのですか。あなたはユピテルでいることに飽きてきたんですか、あなたはまるで王として思うさま権力を振るえることを恥ずかしがっているみたいですよ、格好を付けるだけで権力者になった気でいるように見えますよ。あんな悪巧みの悪党を取り立ててしまうなぞ、なんておぞましいことでしょう、そいつはあなたを皆から嫌わせるように企んでいたのじゃないですか。神々が一致して追放に値するとまで決めた極めつけの悪者を呼び寄せて、天界に受け容れるよう命令するなんて、これは私まで、あなたの妻であるユノーまで、辱めることになるのですよ。」

「あなたは自分のお気に入りの者たちには黄金の館を与え、門も屋根も皆金で、柱も梁も金、壁は宝石や絵で飾らせておきながら、妻である私のことなど全く気にもかけない。そんな素晴らしい館に住んでいるのはいったい誰なの。神々の中の道化者のメルクリウスや飲んだくれのマルス、色きちがいのウェヌスなのですよ、不幸なユノー、見捨てられたユノー。あゝ、なんて惨めなんでしょう、自分の夫からのお恵みの分け前にも与れないなんて。私の家はと言えば、以前に住んでいたところは住むことが止められて、それもあなたの命令で、きいれいさっぱりと飾りを取り払い明け渡させられて、あのくだらない汚らしいお供え物で一杯にされているのですよ。私は自分の体面も考えてあなたに忠実に従ってきましたけど、もうこんな汚れ役は御免蒙りたいぐらい。だけど神の王たる者がお気に入りの者たちが飾り立てるのを許し、しかもこのモムスのような怪しげでたちの悪い公共の危険となるような者を喜んで近づけ、権力の一部を任せるなどは、自分自身もその親しい者たちまでも置き忘れた行ないですよ。自分の連れ合いの家がお供え物の捨て場になって汚れてしまい、フォエブスの馬たちですら悪臭を嫌って入るのを拒むほどになっているのも。そのままにしておられる。」

「だけどいま私は、何食わぬ顔を決め込みながらひどい攻撃を仕掛けてくるような人を前にしては、何もしないで嘆いていることはしませんよ。あなたには本当にうんざりだわ、ユピテル、(人を苛々させてばかり、何かお願いしても出てくる答えはいつまでたってもダメばかり)これじゃまるで昔の悩みの上に更に苛立ちを重ね続けているのと変わりないじゃないですか。もうお願いするのは止めにします、これ以上沢山の不満を背負い込みながら、あなたの気晴らしの相手になっているのは止めにします、私の立場など全く考えることがお出来にならないし、私の願いには全部ダメとしか仰らないのですから。あなたはいつまでたってもダメと言い続け、自分の務めと称するものの方にすぐに逃げ込んでしまう。」

「だけどこれだけは何としても答えてください、それは自分がやったことだと。あなたは他の者たちに、それもいちばん位の低い者たちにまで、そうした配慮がためになるとは思えないようなことまで、たっぷりと便宜を図っておやりのようですが、あなたの妻の家が天上界の他の大多数の者たちと比べていちばん汚らしいままに放置なさっているのは、不当なことだとはお考えにならないのですか。全能のユピテルにとって、自分の妻に便宜を図ってやるのがどれほど難儀なことなのですか、その妻はあなたの指図でいちばん惨めな状態に置かれていて、涙ながらにお願いしていたのですよ。もっと高望みをしろとでも仰るのですか。実のところ私は、人間どもがお供えした黄金を私の住まいを飾るのに使うのをお許しいただきたいとしかお願いしていませんでした。こんなことにすらお許しは出ないようですね、あなたの妻である私がどれだけお願いすれば良いのでしょう、そしてそれに応対することがどれほどあなたの時間を余計に使うことになるというのでしょう。夫たるあなたは、どこまでユノーに辛く当たられるのでしょう。もし自分のためのお願いが聞いて頂けないのだしても、少なくとも、あなたのいま関わっていらっしゃることについて一つだけ口を挟むことは許していただけないかしら、あなたの周りの人たちを注意深く見てご覧なさい、皆あなたを信頼し、あなたが堂々と権力を行使されるよう任せ切っているのですよ。もう少しモムスのことを知った上で、考え直してくださいな。」

ユノーはこのように言って、薄いヴェールで涙だらけの顔を拭いながらユピテルに向かって、モムスがユピテルに対して抱いている感情や、巧みに人に鋭い疑いの矛先を向けさせ刺し傷を負わせることのできる彼の弁舌への怖れを表明する。それはお供え物の件での演説のすぐ後に付け加えられたものであった。

ユピテルは答えた。「儂の方でも、その理由についてはそなたに言って置かなければならんことがあるのだが、そなたがいったい何に怒り狂っているのかさっぱり分からん。儂を困らせんでくれ、ほんの些細なことを気にかけて、さも大事なことのように騒がんでくれ。何を血迷ったのだ、ユノーよ。そなたはいつも儂を困らせる新しいきっかけを探してばかりいるのか。儂が何を弁解すれば良いと言うのか。お供え物の黄金を建物を建てるのに欲しいと言っていたようだが、いまある立派な御殿は無しにして新しいものを造りたいと言うのか。しかしそなたには負けたよ、お供えの黄金は与えてやろう、これでもういつまでも厚かましい要求で儂を悩ませるのは止めにして欲しい。それに、そなたが自分で決めたやり方を儂に押しつけようとし続けるのも御免だ。そなたの疑り深い癖、むしろ妬みと言った方が良いが、それでもってこのユピテルを見張るのは止めてくれ。片時も儂は自分がユピテルであるのを忘れたことなどないし、何かやる前にそれを考えないでやることもない、どんな風にすればあとで決定を悔やんだりすることがないようにできるか考えているのだ。見境もなく、勝手な思い込みでつまらんことに、いやあらゆる取り決めにまで、疑いを差し挟むのは浅はかなことだ。そなたの助言は一切聞かないというつもりはないが、しかし儂は曖昧な情報などに悩まされているわけには行かないのだ。ユノー、そなたはご親切に助言をしてくれるのはよいが、ユピテルが物事をねじ曲げているなどとは思わんでくれ。そなたの望みの一つはかなったのだから、きりがない噂などで儂を悩ますのは止めてくれ、ユノー、それを信ずる前によく調べてから決定を下した者を批判して欲しいのだ。ともかく、ユノー、我が妻よ、そなたの願いは聞き入れられた、ユピテルがそのように計らったのだ。」

ユピテルはこのように言ったが、突き付けられた要求に対応するのに癇癪を起こしつつ、いきり立つ妻を叱りつけたり、パッラースが命令された任務をきちんと果たさなかったことに対する怒りを妻に説明したりしており、それも大声を張り上げたので、その中身は少し離れたところにいた神々の集団にもよく聞こえてしまった。ユノーは引き下がったが、夫のつれなさを思い返し黙りこくってしまう。他の神々たちは王の怒りに恐れをなし、仰天して口をつぐんでいた。しかしモムスがたまたま思いがけないことを言い出したため、ユピテルも他の皆も笑い出してしまう。

ユノーがユピテルとやり合っているとき、モムスがメルクリウスに訊ねていたのは、フォエブスがお供え物のせいでユピテルへの表敬に来れなかったというのは、どういう訳なのかであった。これに対しメルクリウスは次のように答えていた。「人間どもからのお供えには様々な願いからするものがあるが、愚劣でまともに扱うに耐えないのが沢山ある。そこでユピテルも他の神々も皆、天空の我々の家からそれらを放り出して場所を空けることに決めた。大部分は別としても、願掛けの中には、曲がった鼻の位置を直して欲しいとか、目を大きくしたい、疣を治したいといった類の他、臆面もなく、針をなくした、糸巻きをなくしたからなどという、手の付けられないものまである。しかしそんなことはまだ問題にはなっていない。最悪なのは、天界中の家の中庭が悪臭を放つゴミで一杯になっていることで、吐き気を催す臭いの大部分はお供え物の包みから出ており、それへの嫌悪や怖れ、怒り、悩み、そしてそいつらがどれも腐ってきていることが皆の心まで脅かしている。とりわけ皆が恐れ忌み嫌っているのが、それらの願掛けの中に両親や兄弟、子供たちや連れ合いなどの無残な死を望むものまであるということだ。こんなおぞましいことがあるか。しかも恐れ気もなく都市や国の破壊・全滅を願うものすらある。」

「この問題については長いこと論議され、意見は二つに分かれていて、その一つは、お供え物はすべて拒否して天上界の外へ放り出してしまえというのだったが、最終的には黄金のお供えだけは受け付けようという誰かの意見が大勢を占めた。しかしそれでも困るのは、お供えを断った後でも、人間どもは相変わらずお供え物での願掛け攻勢の習慣を止めておらず、お供え物が際限もなく積み重なり山をなして、とてもいちいちそれらの願いをかなえてやるどころではなく、そんなことからこの信じられないようなお供え物の山がそこら中に立ちふさがり、フォエブスの通り道を妨げてしまい、ユノーの御殿の中庭にまでそれが散らばり、ついに神々たちも皆、お供え物のことでいがみ合うようになってしまったというわけだ[八]。モムス、あんたもこれで天空中がおかしくなった事の次第が呑み込めただろう。」

　メルクリウスのこの説明を聞いてモムスは、喜びのあまり大笑いしそうになるのをこらえきれず、全身にまで〔その衝動が〕伝わってきた。それを訊ねたときは意地悪な笑いぐさにしようと考えていたのだが、すぐに豹変し、何食わぬ顔で言った。「こいつは笑えますね、メルクリウスさん、だってあんたは、人間どもがお供えでもってお願いしているのは、みっともなくて不出来なものを作り直してほしいということだと言われる。そうだとすりゃ、あんた方神様は皆、その娘たちの望みをかなえてやるには、腕利きの職人にならなくちゃいけないわけで、芸術的な才能だけあればよいということになってしまう。いっそ顔から鼻なんぞ取っ払ってしまったら良いじゃないですか。」

これはユピテルを喜ばせ、モムスの受け答えもさることながら、その巧みな道化振りですべてを茶化し笑わせてしまう技を楽しんだのである。そこでその場にいた神々ともども、とりわけモムスにはそのおどけた道化振りをもっと見たいからと、会食に招いたのであった。ユピテルは大笑いしモムスを称賛することになったわけだが、実際、その宴席でモムスが披露した意見の滑稽さがどれほど満場を湧かせ喝采を以て迎えられたかは言葉に尽くしがたい。

その話の中身は、逃亡中に彼が蒙ったむちゃくちゃで滑稽な被害のうち、特に記憶に残るものについてであった。その中で彼は、人間どもがいかに筋道だって様々な技を用いながら生活を送ろうとしているかを論証すべく、彼らが発明してきた快適な暮らし方について語る。彼らは一人ひとりがそれぞれに研鑽と勤勉さを実践に結びつけ、技を磨こうとしているのであって、自分自身でも充分に知識を積んだと思われないうちは、そして何かしらの技術について有用な発見をなし、それが理論に合致し実地にも有用だと確信しても、さらに勉強を続ける。しかしいつかは、それまで人々の間で高く評価されてきた暮らし方があまり有益ではなく、また賢人たちが説くことを習いとしていた幸福な暮らし方とも合致しないことになるのだという。

まず最も重要で周知のものから取り上げるとすれば、軍人の身分のことから始めるのが好都合であろう、それというのも、勤勉な階層にとっては何よりもその道を選ぶことによって権力のある地位を獲得することができるし、子孫にまで名声を残せるという余沢があるからである。とりわけ不死身で危険を恐れないと考える輩には、軍人生活が自分に最も適した道だということになる。一介の兵卒でも優秀だと認められれば、終いには指揮官となって軍勢を率いたり、海戦の作戦をたてたりし、数多くの戦勝記録をうち立て、しばしば人々から栄誉を与えられ祝賀式典が催されたりする。

しかしまもなく戦場での生活や、軍旗、武器、ラッパ、兵士たちの騒がしいわめき声などすべてに嫌気がさしてくる。これは飽きてきたからとか幾度も成功を繰り返さなければならないことが面倒になったからではなく、至って真っ当で素直な動機からであり、良識ある人間の本性のしからしむるものである。実際、およそ軍人の暮らしと関連するあらゆることの中には、良識というような雰囲気を見出すことはできないのであって、正義とは正反対のことばかりなのだ。武器で身を固めている人間たちの大部分は、人間性とか慈悲心などのかけらも持ち合わせず、利己的な動機に引き摺られ、その時々の都合にあわせ自分に有利になるよう野心を燃やし、あらゆる類の暴力と無慈悲さに身を任せている。褒賞も勇敢だった者に必ず与えられるという保証はなく、大多数の無知な者たちの意見に左右される。その働きや作戦についての評価は成功次第であり、論功行賞はその功績よりは向こう見ずな大胆さに与えられる。立ち向かわなければならなかった危険や労苦、戦塵にまみれながら日照りに耐え、夜間に土砂降りの雨の中で野ざらしとなるようなことに対しては、触れられることはない。そしてそこでは流血や生死を賭けた人々の、他人の血に飢え、忌まわしく神をも恐れぬ、むごたらしく凶暴な争いのただ中に身を置くこととなる。結局は褒美は、手の付けられない悪党で国家にとっては犯罪的な集団の代弁人であるような者に与えられてしまう。しかしそれも残骸と喧噪の中で、破却された神殿の灰燼の中でなされるのであって、つまるところ、モムスが最終的に確認したのは、時折作戦を練ったり激情にまかせ武器を執り暴れまわって暮らせるという以外には、軍人の境涯には全く好ましいところは見当たらないということであった。こうした自らや同朋の手によって死を招く人間どもの恐ろしい血みどろの営みは、壮絶な見ものであるとする。

次には、王になってみたいという望みを取り上げ、彼が判断したかぎりでは、王権というものはほとんど神の権威に相当するものであり、常に大いなる権能を与えられ、それを保持しているという事実と、彼が取り決める事柄が常にすべての大衆から尊重され、即座に敬意を表されまたその発言が傾聴されるということをもって、立派な御殿に住むことができ、栄誉に包まれて悠然と構え、盛大な祭典や宴会を催すことができるのである。当初は、そうした地位に至る道程の半ばにすら到達できるか危ぶまれ、それというのも多くの者たちがそれを獲得しようと試みは失敗に終わり、厖大な労苦を費やし生命の危険を冒しながら、ごくわずかの者しか成功していないからである。しかし君侯になるには二つの途が開かれており、いずれも手っ取り早く全然難しいものではないことも分かった。その一つは、分断工作と裏切り策略を基本とするもので、強引な略取や弾圧、破壊などにより、自分の進路をふさぐ障碍を取り除いてゆくというやり方である。もう一方の権力への道程は、それとは逆に、高度に周到な準備をした上で真っ当な道を進むもので、公序良俗に従い、美徳を身に着けておくのである。このためには、尊敬に値し信奉されるにふさわしい人格をそなえ、困難な事態に対してたった一人だけでも立ち向かう度量があり、かつすべての人々に対してそれを示すことができるようになる必要があり、その決断や見解についても常に注目を浴びるようでなければならない。地上では人間ほど支配されることを嫌う動物はおらず、その一方では、信じられないようなことだが、その同じ人間が穏和で従順な傾向を有するのである。

これから分かるのは、権力を行使したがるのは必ずしもすべての人間について言えるものではないということで、獣の場合は、理性はなく凶暴に振る舞うことがあったとしてもそれは本能に素直に従い、定められた掟に正確に則ってのことなのだが、人間の場合にはそのような道理により支配されることはなく、もともと自立を好み、社会的関係の中でその時々に課せられた当座の決まりに従う傾向があり、それはこれまで見てきた通りなのだから、誰かが正しく真っ当な命令をしたところで、それに必ず従わなければならないとは考えないのではないか。

しかしまた、権力というものは一旦それを手に入れ占有してしまうと、その持ち主を疲弊させてしまうものであることも疑いない。人の境遇の中でこれほど難しく苦労の多い地位もないのではないか。自分の利害からする必要を脇に置いて他人の要請に取り組み、自分の活動やエネルギィをもっぱら大多数の人間たちの平和と安穏のために振り向けなければならないのであって、同様なことは公務を担う役職についても言えることで、そこでも多大な不都合に遭遇するのであって、協力者無しの単独での仕事の場合は言わずもがな、またそれとは逆に共同での仕事であればなおのこと、危険となる。いずれにせよその役目を軽んじて、それを恥ずかしく思ったりあるいは不誠実に振る舞ったりすれば、悲惨な結果を招くことになるのだ。それゆえ、権力と名のつくものを考える際には、その活動があまり有難くなく耐え難い公共への隷従という意味合いを伴うものであることを考慮に入れておかなければならない。

残る問題として、金銭のやりとりやそれをもっぱらにする稼業について付け加えると、自分は今後は金銭を蓄えたりする望みはすべて煩わしいものとして捨てることに決めており、必要以上に貯め込むと、それは強欲の引き金となりさらに蓄えようという欲望を募らせ、吝嗇で意地汚い気持ちにさせてしまう。最終的に言えることは、選んでみるに値しかつあらゆる点において望ましい生き方は、物乞いをしながらうろつきまわっているようなそれ、いわゆる浮浪人ということになる。〔モムスは〕全身全霊を篭め、弁舌の巧みを尽くして、それが望ましい唯一の生き方であって、明らかに有利なもので、何の苦労もなく、自由を満喫し、楽しみにあふれていることを力説する。

彼は次のように言う。一人前の建築屋として認められている連中がよく言うことだが、熟練した者たちよりは初心者の方が、一旦学んでしまえば良くできるものだという。同じようなことは放浪のための技についても言え、少しの間体験すれば、それはすぐに会得できる。ただ一つだけ違いがあるとすれば、建築屋になろうとすれば、別の建築屋からその技術を教えて貰う必要があるが、浮浪者のなりわいには師匠などは要らないということだ。他のなりわいを始めたりその技術を習得したりするには長い時間をかけて準備する必要があり、苦労して勉強しなければならないし、その後も周到な計画に沿った修業は続けられる。また弟子たちの教育や様々な道具も必要だが、このなりわいには他の職業で不可欠とされているそうしたものは一切無用で、身一つあれば充分だ。これには物を運ぶ手段も、船も仕事場も要らないし、だから盗みや略奪に遭うおそれもなければ、一時的な不如意に苦しむということもない。これには、資本を蓄え資金不足で要請に応えられない憂き目に遭わずに済むようにそなえる必要もないし、自分の財産を失ってまでやらなければならない仕事などなく、他人に自分の願いを聞いて貰うということがあるだけだ。しかも浮浪者は他人の施しで生きているのだから、思うさま好きなように時間を使え、気の向くときに物乞いし、ダメと言われたところで問題はない、それというのもその貧乏暮らしは自ら招いたことで、しかも人の善意を拒否したりするわけではないのだから。まさにこれこそ自由で束縛のない生き方と言うべきではないか。

笑ったり、人を罵倒したり批判したり、からかったりしたところで、そのことで責任を問われることもない。その力の根源は、人々からさげすまれていて、何の防御手段も持ち合わせない浮浪者のごとき者と争い拳を振り上げるなどは不名誉だと考えられていることに由来する。その力はまさに、人の言葉や行動を咎めようという企みなど全く持たず、人を傷つけないということにある。王にすら、浮浪者がそなえるこうした実り豊かな力は与えられていないだろう。

劇場は浮浪者のものであり、柱廊も浮浪者のためにあり、公共の広場も浮浪者のものだ。他の者たちは広場に陣取って大声を上げたり他人をじろじろと見つめたりはせず、公共の場では良識に従って振る舞い、衝動に任せて行動することは控えるものだ。ところが浮浪者は、広場のど真ん中に寝転がったり大声を上げたり、気分次第で自由気ままに振る舞う。人々は辛いときには陰気に押し黙っているものだが、浮浪者は歌ったり踊ったりする。圧政下で逃亡者が続出して流浪を余儀なくされていたとしても、浮浪者なら暴君の宮廷内での宴会に出かけられる。敵が侵入してきて勝ってしまっても、恐がりもせず戦の様を傍観していることができる。誰かが苦労して命の危険を冒すような目にあっていても、それには関わらず自分の本分に籠もっていればよい。もう一つ好都合なのは、このような生き方は誰からも妬まれないし、他人を妬むこともない、ただ自分には簡単に手に入れられないようなことで妬んだりしさえしなければよい。

さらに、浮浪者の境遇から他の稼業に乗り換えることは容易で、手当たり次第、やろうとしさえすればそれなりに格好を付けることができるが、そのようなことは他の人種では望めないことであって、それというのも、頻繁に仕事を変えるのは軽率だと非難されることになっているし、またそれをやるたびに大量のエネルギィを無駄に使ってしまう。誰一人、浮浪者の生き方が多大の難儀に見舞われるものだなどとは言っていない。自分の経験に照らして確認できたことだが、他の生業では多くの困難と出遭いまたあまり気の進まない仕事も多い。実際、どんな働きをとってみたところで、どれも難儀でくたびれることにつながり、なし遂げるためにはそれに耐えなければならないが、この浮浪者の技と稼業（と呼んで良ければのことだが）だけには、嫌気を催すようなことは金輪際ないのだ。

浮浪者が裸同然で青天井の下で寝そべっているのを見ると、人々はそれを嘲笑したり、疲れた時によくするだらしなさを見せつけていると考えてしまう。だが浮浪者は人々を憎んだり嫌がらせたりしているのだと見てはいけない。人々の方がむしろ他人にそうしたことを沢山しむけているのであって、浮浪者は他人に何か仕掛けようとしている訳ではなく、自分自身のためにそうしているだけなのだ。

ここで振り返って見なければならないのは、威厳などというものが如何に馬鹿げていて正気の沙汰ではないということで、大方が称賛しているのは、式服のガウンや緋色の着衣、黄金、冠、上等な服等々のことではないか。絡まりついて歩くのにも難儀で重たくのしかかる衣服を、わざわざ他人の目を気にして身に着けているなど、笑わずにいられれだろうか。浮浪者はそんなことはせず、それを笑っていられるのだ。まともな神経の持ち主なら、重たい服で苦労するようなことはしないはずだし、流行に倣って体を締め付けたり息苦しくさせるようなものを、自分の富や優雅さを誇示するために着込むなどということはしないだろう。衣服は体を包むもので、それを見せびらかすためではない。雨露や寒さを防ぐために衣服を着けるなら、実用性と自然なふさわしさの考慮だけで充分のはずだ。

浮浪者は地べたに横になるが、それがどうした。眠くなって舗石の上にじかに寝たとしても、屋根の下で寝るときより目を閉じることが少ない訳ではない。白鳥が自然から羽毛を与えられたのは、それで体を覆うためで、上等な寝床にするためではなかった。猛烈な眠気に襲われたときには、寝床が何であろうとたっぷりと熟睡できるはずだ。大体において、自然は日々の休息のための柔らかくて健康的な場所を提供してくれているものであって、多少寝心地が悪いとしても疲れた者の枕には事欠かない。

また、浮浪者がなにか語り始めたとして、たまたま同じことを着飾った偉い説教者が言ったのとでは、どちらが人々により訴えるだろうか。どちらの方が注意して聞いてもらえるだろうか。どちらの演説の方がより大いなる共感をよぶだろうか。どちらの方の話の中身が温かく迎えられるだろうか。重大な危機に際しては、責務を負う人物の権威が大きくものをいうのであって、それに勝るものはない。酔っぱらった浮浪者が神がかった予言者のごとくに迎えられたり、何か重大な問題に首を突っ込んで、あたかも神託のごとく答えを与えてくれるかのように見なされる事態などは、ほとんどあり得ないだろう。しかしこのことについては、別のところで改めて取り上げることにする。

語ったうちの重要な点は、危険な状況にあっても興奮せず、常に心の平静さを保っていたということではなかったか。それこそが、神々の王たるユピテルが、その獲得を最も強く望むべき資質であろう。これ以外に、偉大さを示しその権威を高めるのには、その行動指針を変えないことを可能にするような平静さを保つこと以上に、最上の方策があるだろうか。

何か重大な事態についての報告がなされ、他のすべての者たちがそれを聞いて恐れおののき、縮み上がってしまったことがあるとする。かつて見たこともなかったような、硬い岩から水が噴き出したり、流れの中から火が噴き上げ、山々が互いにぶつかり合ったりするような事態だ。大多数のものは仰天し、真面目な連中も慌てふためき、あらゆることが混乱に陥り、どうなることかと不安に怯える。ある者は人々の安全のために走り回り、またある者は自分の財産を守ろうと狂乱状態になり、希望と不安が交錯し騒ぎ立てる。

これに対しモムスは、恐れる様子もなく平然と眠り続け、寝返りを打っただけで、何かしたがったり恐れたりすることもないので、一緒に仮寝していた一人が問いかける、「いったいどうしたんだモムスよ、お前はこんな時なのに、何も失うものがないとでも言うのか。」そこであり得ないような話を始める。ある者は馬で通りを駆けだして海を目指し、ある者は船で山や林に逃げ込もうとする、またある者は山を削って岩の隙間を大地の底まで馬車を引っ張って行こうとし、ある者は薪の山の上に梯子を立てて天に登ろうとし、また海やら川、湖などの水を干してしまい、集めた水を乾いた土地にばらまこうとする者もいる[九]。世の中はすべて不思議なことで一杯でそれらを目前にしては驚くことばかりだが、しかしモムスは相変わらず次のように言う、「そんなことがあったとしても、おのれの知ったことか。」

また次のようにも言う、地上で最も富裕で強い権勢をそなえた王同士が互いに争い共倒れになり、空が飛び交う矢で満たされ、川の流れが死骸でせき止められ、海が死者の血で溢れだしたとする。その知らせを聞いて人々はそれぞれ自分の身の上に引きつけて様々な感情を抱くだろう。独りモムスだけは、言い続ける、「これも、おのれの知ったことじゃない。」よしんば大地が炎に包まれ、荒れ果て、略奪され、死者の嘆きが聞こえ、屋根が崩れゆく轟音が響き、打ちのめされた者たちのうめきに満ちていたとしても。逡巡や恐慌があらゆる場所に起こっていたとしても。はたまた、いがみ合いや虐殺、すべての通りや街角が混乱に陥っていたとしても。モムスは欠伸をしながら寝そべって裸の女の夢を追いかけていて、その大騒ぎの中にあって何の反応も示さずそれらには全く無関心で、ただ時折少しくたびれた様子を見せるだけである。そこで誰かが彼に向かってこのとんでもない動乱について慨嘆して見せたとしても、足をぼりぼり掻きながら言う、「全然どうってことないよ、お前の心配なぞ関係ない、俺は寝る。」

「まだ何か言い残したことがあったでしょうか。ともかく連中がとんでもなく興奮し騒ぎ立てるのを見て楽しませて貰いましたが、彼らは輪になって集まり額を寄せて大まじめで何事か計略を立て始めるので、すぐにそこへ駆けつけ近くに行って彼らに貧乏人への施しを乞い続けることにしていました。彼らは嫌がるのだが、自分は彼らを迷惑がらせることで大いに楽しんでいたものです。

彼らは激して場違いな道化振りを咎めるのですが、モムスはそれを笑い飛ばしていたのです。」

モムスは、天上界満場の笑いの中でこの話を進めたのであったが、ユピテルは、大笑いしながらもモムスの機知に富む話の途中に口を挟んで言う、「ところでモムス、天晴れだが、そうだとすると、壺作り職人やら物作りの職人たち同士がやるように、浮浪者たちもお互いに妬み合うということになるのじゃないかね。」モムスは答える、「自分から望んで惨めな境遇を選んだ者を妬むことなどがあるとするなら、そいつはその哀れな者と同様に憐れむべき者と言うべきだろう。そうはならりますか。」これに対しユピテルは言う、「もし儂の間違いでなければ、哀れな者を妬むようなことがあるとするなら、そいつはその哀れな者と同様に憐れむべき者と言うべきだろう。そうはならないというのであれば、お前が言う浮浪人暮らしというのは、たしかに不自由さが全くないだけでなく、途方もなく素晴らしいものであって、平静さと最大限の幸せに導くものだということになり、それこそが我々神々の目指すべきものだと言えるだろう。おゝ、嫉妬とは何たる大いなる悪であることか、嫉妬こそ最悪なるものだ。」

モムスは答えた、「仰るとおりですが、ユピテル様、実は私自身も後悔していることがあるのです。笑ってお聞き下さい。哲学者たちの中にはとてつもない怠け者がいて、そいつを一目見ただけで、この世で最も情けない奴だと思ってしまうでしょう。浮浪人と見なされる者たちの中でもそいつは特に目立つのです。そいつのなりふりについて話してみましょう。顔はひしゃげ、顎まで皺だらけ、皮膚はあちこち裂けていておできだらけ、それが頬から牝牛のように垂れ下がり、顔色は炭の如く真っ黒、目玉は膨れあがって顔の外に飛び出し、その一方はどろりとしたペースト状、もう片方は目脂だらけ、どちらもあらぬ方を向いていて藪睨み。鼻は巨大で人間ではなくまるで鼻が歩き回っているかのようだ。歩くときは頭をねじって左肩の方に傾け、首は長いがひね曲がっている。人々が言うには目ではなく耳で見ているみたいだという。肩胛骨の辺りはふくれて大きな瘤になっている。歩幅は長く大股で、ゆっくりと歩くが、しかし一足毎によろめき、脚を引き摺り、長患いのために関節が脆くなってしまっているようだ。着衣や持ち物のことに触れていなかったが、振り分けで担いだ雑嚢は継ぎはぎだらけ、マントはすべてのマントのご先祖とでも言うべきものだが、無数のネズミが巣を作って子供を産んでいるかのよう。肩からさげた袋には篭と尿瓶、それに何やら死臭を放つものが入っている。」

「実は白状しなければならないのですが、幾度かそいつを妬んだことがあり、それはその奇体なりふりにではなく、そいつの方が人々から多くの憐れみを受け易いらしいことに気づいたからで、もっとも、憐れみよりも嫌悪の方が多かったのですが。もう一つ私がうんざりさせられたのは、広場に浮浪者が多すぎることでした。しかし浮浪者にとっていちばん困るのは、そこへ出かけるとガキどもが私に向かって犬をけしかけて吠えさせ、私の裸足のかかとに噛みつかせることです。この悪ガキどものしつこさのほどを理解するのは容易なことではありませんでしたが、それでも、日々出遭う煩わしさはあるものの、浮浪人ほどに好ましい生き方を世界中で見出すことはできないでしょう。それはともかく、本題に戻りましょう。人間界の中では、もしも、いや実際に、浮浪人暮らしほど気楽な生き方はありませんし、誰にでも簡単にやれることで、降りかかる不幸もなければ、何事についても悪意を抱くこともなく、嘆かなければならないようなこともありません。」

「何をふざけたことを言っているのだ」とユピテルは言った、「お前は下界に逃げて行ってそんな結構な暮らしをしていたとでも言うのか。モムスよ、お前は何を言い出すのだ、こちらにいた間に我々がお前に与えた重大な罰のような目には、人間界では全く遭わなかったとでも言うのか。お前の性悪根性は一体どこへ行ったのだ。」

モムスは自分が浮浪人暮らしをしていた間の困ったことなどにはこれ以上触れない方がよいと判断し、またその暮らしでこれ以上に困ったことはなかったという、ある些細な出来事について語ることにした。あるときモムスは、たったいま荘園から逃げ出して来た奴隷に出遭ったが、彼は石灰を運ぶ驢馬を棒で叩いていたところで、驢馬の方はいっこうに動こうとしない。初めのうちは、その慌てふためいている様子に大笑いしていたのだが、やがてこの駄獣のことで貧乏人がどれほどの借金を背負うことになるのだろうかとの思いに行き当たり、そんなことになって欲しくはないが、結局は金持ちが貧乏人から取り上げてしまうだろうと考えた。そこで怒りをおぼえ、彼を咎めて言った、「おい、その二本脚の馬鹿者、気でも狂ったのか。お前はこの生き物がどれほどありがたいものか考えないのか、もっと大事に扱わないと、お前がこの駄獣の代わりにその荷物を背負わされることになるのだぞ。」しかしモムスのその言葉に対し、この愚か者は怒り狂っていたために、驢馬をほったらかしにして、食ってかかってきた。「それじゃ何でお前が驢馬の代わりをしてやらないんだ。」そして驢馬を叩いていたその棒でモムスを殴ろうとする。運良く勇敢な何人かが奴隷を抑えて叱りつけてくれ、モムスに対しては事件について遺憾の意を表明したが、しかしモムスはこれに答えて、自分は人間たちの災難に全く無関心となってしまっていたので、もっと別の災難を探しに出かけようとしていたところ、つい驢馬の災難の方に心を動かされてしまったのだと語ったものである。

このモムスの巧妙な語り口にユピテルは完全に参ってしまい、彼に自分の御殿に住んで親しく話し相手になるように言った。これは君主たるユピテル直々の指示であって（君主というものは好きなように誰彼に恩寵を与え取り立ててやれるのだ）、モムスは、かつて公共の敵として憎まれ、追放されすべての神々の反感を買っていたその彼は、いまや君主の愛顧を得てその側近となり、重用されて友人としてその意見が尊重されることとなった。モムスの許へは神々が一人またひとりと表敬のため訪れ、その言葉や行動を通じて、競って近づきになろうと努める。

　こうした大勢の右往左往の中には、あの（いわば）男勝りのパッラースや、諸芸の光明との誉れ高いミネルウァも含まれていた。その点についてはパッラースの働きはミネルウァに僅かに及ばないとされ、ミネルウァの方が女性的だと神々の中では認められていたのである。ともあれ二人とも神々の君主であるユピテルから最も可愛がられていると見なされているのだが、当のユピテル自身は永遠の快楽を追い求める以外の望みを持たず、モムスの道化ぶりを喜んでいるだけで、それぞれの心の中にくすぶっていてときあらば噴き出そうとする誹謗・中傷の力を見損なっていた、とりわけ、ユピテルに自由に、任意か強制かを問わず、近づくことができるような連中、なかでもつい先頃に聖なる火の件でモムスに恥をかかせようとしたことをまだ若干生々しく記憶している連中（パッラースとミネルウァを指す）にしてみれば、このように多くの訪問者が宮廷にやってくること自体が、そこに居座ってふざけているモムスに何かの悪さをするきっかけを提供するのではないかとの懼れへの充分な動機となった。

しかしそこは女性らしく、女性特有の考え方で、時宜のことなどは一切考慮しないのである。実際ミネルウァは、早速モムスのところに出かけて行って、得意とする弁論術でもって、聖なる火の働きについて講釈し、これまでそれを彼に知らせないままでいたのだが、それは自分の落ち度ではなく、聖なる恩寵を肴にしてモムスを騙す目的などからではなかったことを念を押して述べ、説明しそびれた動機を釈明し、自分には何らかの形にもせよそれをモムスに渡すことを阻止しようなどという考えはなかったのであって、彼に対する恩寵や神としての血統を確認し、最大限の礼を以て神々の仲間に迎え入れることはユピテルの英断によるものであると明言する。しかし自らの誤りは認め、パッラースのような武人で高圧的な女神の要求に抗しきれなかったのだと言う。ただしパッラースがそのような判断に至ったことは驚くには当たらないのであって、それというのもフラウス女神の証言を信用してしまったためで、またこれら二人の女神の行為については、反目する相手の栄誉を高めまいとする同様な感情から出たものとして大目に見てやるべきである、と。そして付け加えて言うには、〔パッラースも〕そなたに対してあのような仕打ちをしたことの赦しを乞うており、以後はそなたに対しては好意を持って接することを明らかにし、いわれのない反感を抱くことはしないだろうというのである。

モムスはこれに対し心の内では激しい怒りをおぼえる、しかしどんなときでもうわべは取り繕いとぼけることにしていたので、ミネルウァの話を軽く受け流したが、ミネルウァの話しぶりは穏和で、とりわけ決して異論を誘発させないようなものであり、弁解の際につきまといがちな居心地の悪さの気配を全く感じさせなかった。曰く、向後は敵対者や反対者たちもより好意的となり、もし彼らに対して攻撃をすることを控え、反対者にも寛容な態度で接するという務めを果たし続けるならば、多くの辛酸を味わってきた哀れなモムスに対して皆は好意と親愛の情を示すであろうと言う。

この弁明が受け容れられたところでミネルウァは退出するが、彼女が宮殿から出たのとほとんど同時に、パッラースがミネルウァと同様な懸念に駆られてモムスの前に出てきて、失礼な扱いをしたのはミネルウァの企みであったと説明し、失礼を大いに後悔しているので、赦しを乞いたいと言う。モムスはパッラースに対してもミネルウァのときとほとんど違わないおとぼけを続けたが、それを聞いた彼は、実際は激しい苦悩と怒りに襲われ、涙を隠すのに苦労したほどであった。

その苦い想いをさらに倍加させたのが、神々の伝令役である男神テミスが現れて（ギリシア神話では正義の女神とされるが、アルベルティはこれを男神とし役割も変えてしまっている）一〇、ユピテルの命でヘルクレス歓迎の宴席にモムスを招待することを伝えにきたことである。ユピテルは、これまでの宴席と同様に、あるいはそれ以上にヘルクレス歓迎会でのモムスの愉快な語りを楽しみにしていたのである。ところがそれは望んでいたのとは大きくかけ離れたものとなる。

食事の間、客たちは賑やかに会話を交わしており、特にヘルクレスも幾つか小話を披露していたが、あるときモムスに向かって、例の古い話でモムスが哲学者たちに囲まれて髭をむしられた件について話してくれるように頼んだ。モムスはその場に嘲りの笑いが起こったのを見てとり、堪忍袋の緒を切らしてしまう。モムスにとり我慢がならなかったのは、ユピテルや神々たちがこの同じ話を短い間に二度ならず聞いているのに、神々のお偉方が集まる宴会でまたもやそれを聞きたいという声が止まないことで、彼らはそこでモムスと過ごすことをご馳走の一つとみなし、しかもメイン・

ディッシュであるかのごとくに受け取っているのだ。ということはつまり、彼はあらゆる階層の神々からは、いつでも呼び出すことができる慰みのための演し物の出前にされていたということであり、これは考えて見ればその尊厳に対する重大なる侮辱であり、彼を招待するのは称賛するためではなく笑いの種にするためであったのだ。

このことは彼の心の中にまた別の役柄が入り込んでくる事態を誘発し、そちらの方がそれまでの役柄をおしのけるようになる。大勢の神々を差し措いて君主の愛顧を獲得しようとする計画を立て始めたとき以来、それは着々と成功を収め（たと考えて）、更に高い目標に向けて野心を募らせており、少しずつ厳格な手順に従って、愛想良く振る舞う方向へと自分をしむけ、ユピテルの眼鏡にかなうように、そして他の天界の住人たちからもその地位が認められるように努めてきていたのであった。それゆえ、会食者たちから面と向かって嫌がらせを受けたことは、とくにヘルクレスからのそれは、こうした侮辱に対処するための大きな教訓を与えてくれたのであって、真に有効な手だてを見出すのに役だったのである。

かくて彼は次のように言明する、すなわち、いかなるときも神々の喜ばれることについては快く引き受け、また満足を得ることを面倒がるような様子を見せることはせず、若干の苦痛に耐えてでも皆に優しく接することにし、苦しかった時期の悲しい記憶は心の奥に封印して、その古傷に幾度も触るようなことはしないと決めたのだ、と。しかし彼の災難の物語は、神々から恩寵を授けられるに至った経緯と密接に結びつき絡み合っていて、そちらの方の記憶は間違いなく楽しいものである。しかもその恩寵を受けたことは末永く心に残るものであり、その恩顧に応えることをし損なうようであってはならない。罰を受けて逃亡していた間の苦痛や重荷は、必ずしも、神々の子孫に対して敬意を払い続けなければならないという信念を危うくさせるまでのものではなかったのであって、その間に見舞われた打撃の苦しみは却って罰を受けたことへの苦しみを和らげてくれたのであった。それゆえ、平静にそれに耐え、災厄にあっても一貫して心を強く保つことができたのだが、しかしそれらの日々に見舞われた逆運の数々は言葉に尽くしがたいものがある。何よりも気にかけていたのは、いつの日か、神々に更なる迷惑をかけない善良なるモムスとなった姿を披瀝することであった。そしていまやその喜ばしい務めを果たせることとなった上は、敵対する人間どもから受けてきた度を過ごした批判や中傷、攻撃などを、細心の注意を払ってお知らせすることとし、まず彼らの生き様や悪弊について順次説明してゆくが、彼らがしでかす無数の悪行については特に重大なものを選んで紹介することにする。

人間という種族の中には、堅実な足取りを保ち、その表情や物腰すべてについて昔ながらの良風を堅持しようとする者があり、その几帳面なことはまるで職業的な役者の演技のようで、彼はそのように振る舞う事を何よりも尊ぶのである。人々の生活習慣について彼が常に目を光らせているのが、恥ずべき行ないや礼を失することがないかということであり、それらを憎むべきものと考える。このような連中は世の中の監視役を気取り、その肩書きに恥じず、そうした面での才能にかけては人後に落ちるものではない。しかし彼らがそなえる美徳の光も、それがどれほど優れていたとしても、それの発する批判的言辞が積み重なってくると、煩わしく忌まわしいものとなってしまう。そしてその質実な暮らしぶりも、必ずしもそのこと自体が目的なのではなく、偉そうだというあまり値打ちのない、よく訳が分かっていない連中の間で取り沙汰される評判を得るための一つの手段なのだ。彼らの自負は馬鹿げた根拠のないものであって、すべての存在の本質を知り尽くしていると称するのである。

初期には、彼らの間には神の問題に関して二つの見解が行なわれていたが、やがてそこから異なる様々な意見が派生してきて、その数の多さのみならず、それらの立場の違いが甚だしい混乱を呈してくる。そしてそれらのうちのどれが最もひどいかも定めがたいほどである。ある連中は神の存在を完全に否定する。そして世界は、たまたま微細な粒子が寄り集まってあらゆるものが出来上がったのであり、神の手などによって創られたものではないとする[一一]。また別の者たちは、神の存在は信じないが（あるいは別の形では存在すると考えているのかも知れないが）、しかし大多数の者がその存在を信じたがっているのは、自らの利益のため、自分を権威づけたいために自分の神をでっちあげ、その神への怖れを利用して自分たちの権力の座を強化し、その安定化を図ろうとするのだという。そしてその理由付けとなるものを考え出し、一連の祈りの儀式を発明することにより自分を神々との仲介者であると信じ込ませ、ニンフや土地の神、上位の神々などとの間を頻繁にとりもって見せるのである。

こうした連中すべてに対しては戦いを挑み、様々な場面でさんざんな苦労を重ね、あるときは神々の存在の論議の中で、神々の役割は性悪の人間たちの言い分を聞いてやったり助けたりすることではないと主張していた。ともかくその論争に当たっては雄弁を駆使して論点を提示し、分かりやすい論理で真実を述べまたその擁護に努めた。神の問題については哲学者たちの言説に対し有効かつ適切に反駁することができ、神はそのような人間の救済や重大な危機に出遭ったときに頼める便利な弁護人などではないことを納得させたものである。神の役割については特に念入りに力をこめて説明に努めたものの、しかしひどい誤解によって神々が大いなる妬みの対象となっていることに気づかされ、余りにも自信過剰で底意地の悪い連中は避け、誰からであれその知恵と良識に耳を傾けることのできる者と向き合うことにした。

そこでその第三の種類の人間と対峙するのだが、彼はしっかりとした学問を収め、優れた教養を身に着けてきているとはいえ、しかし余りにも称賛と栄誉に対し貪欲であるため、一貫した思想や行動、価値のある教えが語り伝えられるなど、後の世で評価されるようなことを求めるのには熱心ではない。この仁は誰彼かまわず議論を吹きかけることをならいとし、自分自身では確固たる信念や立場などは持ち合わせず、たまたま居合わせた話し相手に合わせて論を展開するのであるが、そのたび毎に相手の意におもねるような新しい論法を繰り出すことにより、聞き手の共感を勝ち取り大衆からの称賛を集めるのであり、それは大衆の意見や感情をより良い方向に導こうという試みなどではなく、日々移ろう大衆感情の風向きにあわせ、それが正しいか否かなどは一切お構いなしに、その場かぎりの自説の擁護に努め、そのためには全身全霊を篭めて自説を主張し、他の異見を論駁しようとする[二]。その弁論が攻撃しようとする標的は多岐にわたり、時として破壊的で有無を言わせぬ力をそなえていて、それらに反論しようとする試みはいまだ成功していない。その言葉の豊富さ、学殖の深さは他の追随を許さぬもので、俊敏に素早く言葉を選び、相手が何を期待しているかを読み取ることができるのである。そのような人物と神について論議を交わした際、彼の発した言葉は以下のようなものであった。

「皆様方、私は決して、神の存在を否定したり、また天空が意味もなく回転しているとか、神への信託は人間の心から自然に発するものだとする古い学説などを信じている者ではありません。ただもし私が間違っているのでなければ、それらのことをきちんと論証できる証拠がこれまで提示されたためしはありませんでした。それでも時折、何らかの父なる者ないし慈愛に満ちた至高の神と呼ぶ他ないようなものが働いているのを感じずにはいられないことがあるのも確かです。そこで皆様方のご寛恕を乞いたいのですが、私が申し上げることに注意深く耳を傾けて頂きたい。それはこの重大な問題についての私独自の全く新しい考えでありまして、何の偽るところもなく、また本心に背くことを申し上げるつもりもありません。」

「いま仮に、かつて我らの始祖が神々と非常に近いところにいたと想像して、我ら人間が惨めな状態に定め置かれているのを見きわめたことから、人間の父祖であり神々の王であるユピテルに対し、そが子孫である人間をおろそかにすることのないよう願い出たとしましょう。彼らは次のように訊ねます、おゝユピテルよ、慈悲を施すことを役目としておられ、また実際にもそのようにしてこられ、望むままに立派なものを築き上げてこられたあなたが、なにゆえ人間についてはこのような状態に放置しておられるのですか。これには、およそ父親をもって任じている者であれば、苛立ち心穏やかではなくなるものではないでしょうか、あなたが命を与えた者たちが、野蛮な獣たちにも劣るその生のあり方について願い出たのだとしたら。力の点でも、速さでも、感覚の鋭さの点においても、野獣たちの方が人間より遙かに勝っています。鹿やコクマルガラスのようなものにまで、神はそれなりの充分な寿命を与えておられるのに対し、人間はと言えば、老いという点で、最も早く寿命を使い果たしてしまうので、それ故にこそ神殿を造り生け贄を捧げ、盛大な祭を執り行ない、あらゆる聖なる儀式でもって敬虔に神を讃えようとするのですが、すでに生まれた瞬間から老いの定めを知り滅びて行くのを感じ、しかも生の半ばにおいても、やり残したことをなし遂げたいと願いながら死に臨むのです。」

「しかしもし死が神の定め給うたものであり、それは苦しみからの解放であるとするなら、そしてもし死が我らに与えられた最上の賜物であるとするなら、何故にそれから悪を取り去って置かれなかったのでしょうか。死については、私はそれが悪だとは信じたくありませんし、神々がそれを当然のものと見なし、決して恥ずかしくない恩典であるとしておられることからしても、もともとが悪であるものを下げ与えるようなことがあるはずがありません。いったい何が本当のところなのでしょう。ほとんどすべての事柄については、神々はそれらを好ましいものとして自らも保持しておられるのに、死についてだけは遠ざけておられる。なにゆえそのような善であるはずのものをご自分たちが要求なさらずまた身に着けようとはなさらないのでしょうか。」

「我々のところから、神々はガニメデスを連れて行かれ、また船や冠、竪琴、ランプ、吊り香炉、酒杯など、美しいもの、また素晴らしい発明であるようなものを天界に持ち込まれました。また同様に天界に、兎たちや犬たち、馬、鷲、オオタカ、熊、イルカ、鯨、等々[一三]までも持ち込んでおられます。これらの事どもをあげつらうのはしかし、それらが天界に持ち上げられたことを嘆こうとするのではなく、また容認するためでもありません。嘆かわしいのは、それら結構なものどもが、我らの不自由さを取り除いてくれるわけではないということであって、父なるものが存在し高貴なるものだとするなら、この状態について、それら自身がなんら心に痛みをおぼえることなく苦しむこともなくていられるということではないでしょうか。我ら神の子であるはずのものが、等しく神の子であるとされる他の生き物たちよりも劣った定めの中に取り残されているのではないでしょうか。我々が神の子であることが確かであるとするなら、その父なるものはなんと広汎なる権限を行使することを認められていることか。その子たちは、父の住まいである天界から閉め出され、野獣の方がそこを満たしているのに、父は、人間に対しては排除することを望み、得体の知れない怪物の方を受け容れるのです。いったい、ヒュドラ（ヘルクレスに退治された海蛇）やらヒッポケンタウロス（下半身が馬の半獣神）など[一四]が、人間と比べてどれほど価値があるというのでしょう。」

「人間に対しては、沢山の有用なものが神から与えられているとされ、人間はそれらを使いこなし、豪華な装飾にまで仕立て上げています。穀物や果実、黄金、宝石やその他諸々です。ここでこれまで述べてきたことを手がかりに考えて見たいのですが、よく言われるように、神自身が、これらを与えたのは人間に幻想を持たせその希望や目論見を妨げるためであると確認しているというのは、おそらくすべて間違いとは言い切れないでしょう。いったいどれだけの人間が、神の意向だからといってそうしたものを望まないでいられるでしょうか、またどれだけの人間が神からの反対を受けることなくそれらを手に入れることができているでしょうか、どれだけの人間がそれを手に入れた後もそれで楽しんでいられるでしょうか。しかし神がそれらを創られたのは人間の利益のためだということを認めたとしても、当の人間たちは。それが善なるものであるのかはたまた悪であるのかを、問わずにはいられないのではないでしょうか。もしそれが善であると自分に言い聞かせたとしても、それではなぜその善なるものが善人には行き渡らず、また一方では悪人からそれを奪うことがなされないのかと問わなければなりません。なにゆえにそれらが、善良なる者、極悪なる者に等しく与えられてしまうのでしょうか。見てご覧なさい、その恩典は確かに正直な者たちにも与えられるのですが、必要とされるものを創り出すのには夜通し働き続け、苦労しなければなりません、その一方、神は大胆にも、卑しむべき者や自身に対し刃向かうような者たちにまでそれを与えてしまっているのです。しかしなぜこの私が、そうした神の不正を責める者たちを諫めなければならないというのでしょう。彼らが世の中の人々すべてに対し多くの悪をなすりつけてきたことは認めますし、幾度かは彼らの怒りを鎮めようとしてきましたが、いまは私もそのようなことを行なおうとは望まなくなっているのです。」

「おゝ、人間は神を妬みます、実際、これまで見てきたような多くの耐え難いことに加え、神々は苦しみや熱病、疫病、内面の葛藤、嵐や耐え難い心の苦しみまで与えてしまったのです。おゝ、我らは深刻で厳しい惨めさの極みにひしがれながら生きてきたのに、その苦しみの上に、神々は更に責め苦を重ね、悪で満たすことにより惨めさなしでは生きられないほどとし、その苦しい状況のなかであがいているところにまたも新たな脅威が我らの上に降りかかってきており、人間は常に永久に苦しみ続け、誰一人としてそれまでと同じような時を過ごすことができなくなっているのです。実際、あなた方のような立派な人々であっても、いまあるささやかな平安が、この先も常に自分とともにあってくれるものだとはお考えになれないでしょう。」

「光や水、それに食料、等々は必ずしも我々のためだけに創り出されたわけではなく、他の生き物たちのためでもあるのです。一方、言葉の使用や暮らし方は、他の人々との結びつきに必要なものとして我々自身が発明してきたものです。ところがその他のことが非道にもすべて我々から奪い去られている理由については、誰一人知らないのではないでしょうか。おゝ、ここでもまた更なる悪を引き受けさせられているのです。なにゆえ人間は辛酸を嘗め、安楽のためのすべての恩恵を奪い取られ、苦しみと難儀に満たされた暮らしを強いられるのでしょうか。天界の神々の中にもその名にふさわしいすべての力をそなえた神がおられるのだとしても、我ら人間は、生まれながらにして不幸で、幾重にも積み重なってくる悪から逃れることができないでいます。ところがすべての神々の中に誰か一人でも、そこから逃れる術を教える方がおられるはずだ、と説得できる人がいるでしょうか。」

「しかしここで申し上げ考えようとしているのは、この疑問に関わる幾つかの点に対して合意できそうな答えを提示することではありませんし、我々人間の中のある人々が提起しておられるような、神々の数を問い直すことでもありません。いま仮に、有象無象の人間たちの中から、たまたま一人が選ばれて祝福された神々の仲間に加えられたとしましょう、ただしそれが彼が尊敬に値する人間だったからではないとすれば、それでも彼はその地位にふさわしく神と同等の権威をそなえることになるのでしょうか。もし彼が天界の仲間になるための手だてを知り尽くしていたのだとすれば、彼に取っては天界の住民以外の者になるのも容易のはずです。そのような〔人間が天界に召されたような〕事態は様々な形で生じていて、必要からそうなったものもありますが、とりわけ人間の不正直さや愚かさが、誰かを神々の位にまで持ち上げてしまったものが多々あり、それも自分から望んだ訳ではないのに、そのような高いところに近づけたことに驚いてしまったりしている場合すらあるのです。もしも神がその権威を振りかざしてどのように振る舞うものであるかを知り得たなら、どんなに便利でしょう。そうなれば、どんな情けない人間でも、大いなる神々の大多数が物事を取り仕切る際の振る舞い方の知識を用いて、彼らに反撃できるでしょう。」

「しかし神々の、人間の問題に関してのこのような鈍感さ、無関心をどのように考えればよいのでしょうか、あるいはここで、かの幼稚な自己顕示のための宗教のことをあげつらうべきでしょうか。それについてはすでに答えが準備してあります。それは奇妙な迷信から勝手に創り上げられたものであって、誰でもが思いつけばいつでもでっち上げることができ、つまるところ身勝手な願望だということになるのではないでしょうか。そうだとするなら、神々の方も人間のあり方を貶めることも勝手なわけで、ガニメデスと一緒になって宴席の中をのたうち回り、甘い飲み物やご馳走漬けになりながら[一五]それをやっても良いことになります。ならばまた、人間の方でもこのような不幸を前にして叛乱を起こすことも、我儘とはならないでしょう。天上の神々は人間のことなど顧みないものだと考えたり、あるいは妬みをおぼえたとしても、それは人間の身勝手だとは言えないでしょう。いったい誰が、自分のことなど考えてくれず、あるいは考えたとしてもそれと引き替えに悪をもたらすような神々に仕えて様々な願い事をし、慈悲を乞うようなことをするでしょうか。もうこいらで、全く意味のない儀式でくたびれてしまうような馬鹿げたことは、終わりにしようではありませんか、それは何の役にも立たないものであって、それに手を取られることは真面目に働いている忙しい人間に取っては迷惑でしかありません。ありもしないもの、あるいはあったとしても意地悪な敵意でもって不運な人間に悪をもたらすようなものから、何らかの御利益を受け取れるなどという無用な固定観念は、捨ててしまおうではありませんか！」

こうした弁論は一部の不遜な輩の口から出たものであるとモムスは断り、また、何としてでも人々を憤激に向かわせようと企むその挑発的で扇動的な語り口は、人々からは嫌われているのであって、至高の神であり最も穏和であられるユピテルそのもの、及び慈愛に満ち寛容な神々すべてに対し面と向かってなされた公然たる攻撃であることは疑いなく、これは発言者の厚顔無恥をさらけだしたものと受け取られていて、そのジェスチュアたっぷりの態度や押しつけがましい言葉は、たちどころに電撃のような激しさであらゆる知識人集団の罪を糾弾し、すべての哲学者たちやすべての学校、すべての書物、すべての図書館を、ひと絡げにまるごと批判し去ろうとするものと見なされているのだと言う。彼〔モムス〕は自制しなければならず、この場の殺気だった状況を鎮める必要を感じたが、しかしその務めを果たそうとしても、論難して憤激を収めることができなかったのがこのような形での神についての長広舌で、それは、自分たちが神からたっぷりと恩恵を受けられる存在であるというような間違った考えはよくよく考え直す方が望ましく、それは自らを欺くものであって、たとい神の存在を否定しようとは望まないまでも、神々がいることがどれほど良いことなのか、彼ら神々が正邪の判断を、また正直と不正直とを、正しく弁別できているかを考えるべきだとする、そして最後には、天上の神々に向けて、我々から大いなる苦しみを遠ざけるような態度を執られることを懇請するのである。

これらの論点について、この自信たっぷりの人物は、終始穏やかな調子を保ったまま、しかも考え深く諄々と説き聞かせるように語り、聴衆の共感を勝ち取ってしまった。実はそれこそがモムスが最も避けたいと考え、これまで幾度も否定しようと躍起になり長い時間をかけて論じていて、それが人々の憤激の的となっていたものだったのだが、いまは逆にその人物の論理の方が人々を納得させてしまったのである[一六]。そのようなわけでモムスは、至高の神であるユピテルや大いなる神々に向かって、これらを無知な人間どもの言葉として受け取ってしまうことのないように訴え、むしろそれは、神々がその権威にふさわしい意図をそなえ、慈悲深く恩恵を与えるよう、そして人間に対して善をなしてくれる存在であり続けるように説きながら、返す刀で自たちの不遇を訴えることにより、神々への崇敬をたちどころになくさせるようにしてしまうものなのだと言った。

モムスはこの話を低い声でさも悲しげな面持ちで語って見せたのであるが、心の内ではほくそ笑んでいたのであり、それというのも、神々やとりわけユピテルらの心を自らの強力な弁舌の力でもって揺り動かすことができたのをはっきりと感じ取れたからであった。実際、ユピテルはしばらく無言のまま、ご馳走で埋め尽くされた食卓を叩き、満足の意を表していたのである。ヘルクレスはそのことを感じ取って、笑いながら言った。「俺もそう思っていたんだ、モムスさんよ、素晴らしい、その通りだよ。ユピテルが人間たちのことを考えようとしていないとは思わないという点は、全く同感だ。」そしてユピテルに向かっては次のように言った。

「ユピテル様、お赦しを乞わなければいけないのは、人間たちについて誤って考えていたことで、とりわけモムスのことについては俺も騙されていて、彼については何にも知らなかったし、またモムスがどんな得意技をそなえることによって神々の中に位置を占めているのかが分かりにくく、実際のところがどうなのかは皆意見が違っているようです。しかしもっと注意して見ておく必要があるのは、彼が不遇や災難に見舞われた中で見てきたことをその巧みな分かりやすい言葉で知らせた中身の方です。モムスは人間どもについて雄弁に語り理解させてくれたのですが、その見事な道理に適った語り方は、彼ら人間たちの学校の中で練り上げられていたものだということです。そしてモムスの伝えたその言葉が、至高の神ユピテルまでもその言わんとするところをたちどころに了解させるほどよくできているのは、いま見たとおりです。」

「そこでモムスよ、聞かせて欲しいのはあんたが身に着けているその技のことで、あんたはこのような宴席でも、あるいは他の場所や他の時でも、状況に合わせた何かしら楽しい話をして皆を湧かせてしまう。あんたはそれで何を目論んでいるのかね。哲学者たちや学のある連中の不満や妬みに味方するのか、それとも神々を皮肉りたいのか。しかし俺たちは、神でいながら、モムスの大上段のしかも正確な演説に共感させられてしまっている、俺たちは一体どうすればよいのだ。いっそ諦めて、人間たちの間ではいつも意見が揺れ動き様々な学説やら無意味な議論があり続けるものなんだと考える方が良いのか。しかしモムスさんよ、あんたはいまや神々の中でもいちばん大事にされているわけだが、そのあんたが否定したがっているのは、あの学者連中の集まりについて、そいつらのことをあんたは辛辣に批判し骨の髄まで嫌っているようだけど、そいつらの関心がいつまでも真理と善について問い直し続けるという、その態度のことなのかね。否定したがっているのは、哲学者たちのおかげで、自分たち人間という種族がいったい何者なのかまたその運命がどうなるかについて無知ではなくなってしまうという事態の方なのか。そうじゃないとしても、おいらの出番が減ってしまうということはないわけだ、あんたがそいつらをこんな風に挑発し続けているあいだは。」

「人間どもの中でそいつらほどに、恥ずかし気もなくなく才をひけらかし、神にも等しい偉大さと威厳を誇っていられるような者があるか。そいつらのように、神から恩恵を受け取っていることを恥じとしない者が他にいるか。いったいそんな奴が他にいるか、見境なくどんな事にでも無闇矢鱈に食らいつこうとし、それも心底思い込んで、道理やそれに関わる知識、記憶、等々を総動員してかかってくるような奴が。それらを使いこなす力は永い時間かけて磨いてきたんだろうが、そのご大層な託宣にしても、つまるところはどれもみな神々が人間に恵んでくれていたもんだし、それが神々のおかげだというのは学者なら誰でも肝に銘じて認めていることじゃないか。その人間たちは、学のあるものや学校、図書館などにいる連中なら、ごろつきとか教育があっても呑んだくれのような奴は別として、そのことをちゃんとわきまえ、それのありがたさを持ち上げ、それについて語って聞かせ、それが欠かせないもので、大衆から人気を集めるためのものでも、他人を苛立たせたり怖がらせたりするためのものでもないと言っている。実際、当の学者たち自身も、巧みに練り上げた論法でもって神々を讃え挙げ、宗教的な儀式を執り行なって、恭々しく聖なるその徳性に信仰を捧げているじゃないか。しかもそれは他の者たちに良かれと考えてやっていることで、頼りない名誉のためじゃない。いったい誰がつまらない名誉のために、そんなに慎重にさんざん苦労を重ねまじめくさって気を配ってまで、そんな難しくて我慢しなきゃできないようなことをするものか。」

「神々は皆そう思うはずで、そうしないのはモムスさんよ、あんただけだろう。神々はあんた以外は皆、それが立派なことだと見てるじゃないか。そんな中で、モムスさんあんた一人だけが、連中の良いところや勤勉さ、従順さを認めようとしないのか。神々にしてみれば、確かに、敬ってくれる者たちや信者たちがどれほどいてくれたとしても、神たるものはその連中のことだけにかまけてはいられないし、そいつらの救いや連中の問題にいちいち口を出したり手を貸したりするのは、そいつらの上に立つ神なんだから、やるべきことじゃないだろう。そこへ持ってきて、これほど神を祀り上げ、もてなし、雁首を揃えて神を奉ろう、敬おうと言っているその連中のことを、モムス、あんたはそいつらが皆、天上界のことを臆面もなく妬んでいると言っている。だけどこれほど熱心に神に仕えることを説いているのを、モムスさん、あんたに言わせると、連中が人間どもに神を敬い祈りを捧げるように奨めているのは、実は策略で、ひねった言い方で神々を妬むように仕向けているのだというのかね。」

「よもや知らないはずはないが、モムスさんよ、哲学者たちが、俺に言わせればその哲学者たちこそが、人間どもの中ではいちばん優れていて立派で、堂々とし能力にも恵まれていて、そのことは誰も疑わないし、天界でも皆、当然のこととして連中の働きを認め、そのおかげに与ってもいるんだぜ。学者たちの仲間については、モムスさんよ、偉い神様たちも連中がいなくなることを心配し、そいつらが不幸になることがないように願って大事にしているのだし、連中の理論や研究のおかげで、神々の偉大な力を感じず認めない人間はいないわけで、真っ当な暮らし方やあるべき人の途に従わないような者はいなくなっているじゃないか。」

「だけどまさか、我らがモムス氏が言いたいのは、かの最も慈悲深い神〔ユピテル〕が、人間どもを苛立たせそのため妬まれているということじゃないだろう、だってその当の御仁も、もとをただせば人間の中から出て天界の仲間入りをしたんだから。この俺は、新しく神となったばかりだからそう言えるんだが、もっともモムスとその娘には大いに感謝しなければならんので、あんたたちが俺をここまで運び上げるようにはからってくれたんだった。モムスさんよ、あんたを褒めたいんだけど、それはもしあんたが、心から人間たちのことを心配し彼らの心を汲み取って、そのためユピテルに彼らに害ではなく恩恵を施すことを考えるようになって欲しいと進言しているので、害が与えられるのだと考えてしまうと、分からず屋の人間どもを驚かせてしまうから、というのだとすれば。」

「そんなわけだから、ユピテル様には、モムスが申し上げたことを大袈裟に受け取らないように願いたいのです。モムス、あんたは全く馬鹿げたことに憤慨しているのじゃないか、神々中で最高の知恵と力をそなえた存在の果たすべき役目は、あらゆるものに快く慈愛をもって向き合うことだ。もしユピテルが、最高の神である彼が、そんな風に〔モムスが懼れるような風に〕振る舞うことがあるのだとしたら、いったい誰がそれを天界にふさわしいことだと考えるだろうか。何でもごちゃ混ぜに受け取ってせわしなく、静かに考えて動くようなことをしない者と、一方で不正直でふざけたことばかり言うようなことはせず美徳の導きに従って暮らす者とでは、いったいどちらの方がユピテルや神々からの恩恵を受ける途を拓けるだろうか。情熱と勤勉さ、活発さでことに当たり、難儀や危険を冒しながら、どんな細かいことにも気を配り、生きるために役立ち、暮らしを良くし幸せに平穏にしてくれること、世の中や自分の生活を豊かにし立派なものにしてくれるようなこと、それら全部が神の眼に留まることに役立ち、神を恐れ信仰を守ることにつながるのだ！」

ところが、このヘルクレスのモムスに対する演説も、またその論争に向けて〔モムスが〕心の準備をしようとしていたことも、そのどちらをも中断させてしまったのが、天空の入口の辺りから突然響いてきた大音響である。何が起こったのか確かめようと天界中のすべての者が一斉に杯をほうりだして食堂から飛び出してみると、驚くべき大事故が視野一杯に展開していたのであり、そこにはかつて様々な色で飾り立てられた美々しい凱旋門があって、それはユノーが、供物の黄金を鋳造したのを用いて造らせていたもので、厖大な手間をかけ、技のかぎりをつくした高貴な装飾が施されていたことで有名であり、天界中の最も優れた建築家たちが実現不可能とし、また絵空事を描くのに巧みな画家も皆、自分たちの技倆ではそのような装飾をなし遂げることはできないとしていたほどである。他方では、それが建ち上がってみたときの壮観が皆の目を驚かせた後も、神々の多くは戸惑いをおぼえ、これが天界に何か面倒を惹き起こす前触れとなるのではないかと感じていたのであった。そうした目で眺めていた人々に聞こえてきたのが、どちらを見ればよいのかも分からなくしてしまうような物音である。それだけでもとんでもない大騒ぎを惹き起こしていたところへもってきて、目に飛び込んできたのは、ユノーがあれほど苦心して創りだした壮大かつ壮麗なものが崩壊しつつある光景で、その破片と轟音が天空中に（つまり大気中一杯に）まき散らされ、すべての物音

（※）金属音の響きを表す語からアルベルティが作った造語

を打ち消してしまうほどで、その音は家々の屋根まで鳴り響かせたのであるが、音楽家たちが書きとめているところによれば、ユノーのはかない作品の崩壊の〔音の〕記憶が後になって「ティンニス」※と呼ばれ、その後「イリス」（虹の女神）と訛って一般に言われるようになったのだという一七。

ユピテルはもちろんのことだが、天界の住人たちすべては皆、向後はすべての物事の審議において女性が立案したことは扱わず、無意味なものであるとして取り上げないようにしようと考えて、女性の考えることが常に混乱を惹き起こす傾向のあるのは明白で、それはいずれ人々の間に不和をもたらすものだとしたのである。このことについては、新入りの神でたまたま居合わせた者までが一致して支持するには至らなかったが、古参の連中はしかし、ユノーがいましがたしでかした大事件に恐れをなし、その危険性を論じていたのであった。

その議論はユピテルの耳にも届き、彼はヘルクレスに向かい、いたく狼狽した様子で話しかけた。

「えゝい、いったい君主でいることに何の意味があるというのだ。人間どもは、年がら年中、同じことばかり嘆いていて、自分が他人のようには恵まれていないとこぼしているではないか。一方、神である我々は、あらゆるものを統べる存在でありながら、何かしら面倒なしに会食をするのもままならずにいるのだ。いったい儂はどうすればよいのだ。歴史の教えなどは気にかけず、馬鹿げたことでも思いつき次第やってしまえる権力が儂にはある、それをやったり命令したりすることも意のままだし、何かを禁じたり争乱を煽って喜んでいることまでできるではないか。どんな悪をも君主たる儂には許されているのだが、一方では気前よく、自分に対して何の恩顧も感じずその役目にも敬意を払わぬ者たちのために気を配り、その者たちの平安や働きぶりを見守ってやることも役目だし、また馬鹿げた無意味な願い事や様々な提言などをはねつけるのもそうだ。いつまで経っても儂に突き付けられるのは苦情ばかり、いつまで経っても新しい願い事ばかり、儂はいつまで自分の意に背いてそれを我慢していなければならんのか。いったいこれまで何度、儂の地位に対し攻撃が仕掛けられたことか、何度も狂ったような非難を突き付けられたことか、いったい幾度我らの世界を押し潰そうと試みられてきたことか！」

「テティス(海のニンフの一人)はかつてウルカーヌス※一について苦情を言い(昔話として人間どもの間で語り伝えられてきたことだが)、神の威厳を示す素晴らしい光を汚し見えなくしてしまうとこぼしてきた[一八]。またディアナは森の神シルウァヌス[一九]たちと一緒になってウルカーヌスを責め、彼が自分たちの住み処をひどく荒らし、人々がそこに住めないようにしてしまうと言いつけにきた。アエオルス(全ての風を取り仕切る神)は、ゼフュロス(西風)やノトス(ギリシア神話における南風)、アウストリス(ノトスのローマ・ヴァージョン)、アクイロ(北風)などの類[二〇]を一括りにして、手の付けられない暴れ者たちで船を襲う怪物だときめつけてくる。そのアエオルスのことをネプトゥヌス(ユピテルの弟で海の神)※二が咎めて、海の水を底からかき混ぜて自分の領分の平穏を乱しているという。そのネプトゥヌスが今度はテティスから責められ、折角のもてなしを台無しにし、清らかで汚れのない花のような処女性を凌辱されたと言われるのだ。そこへまたも新たな諍いの種が出てきてしまう。ユノーをネプトゥヌスが非難し、ネプトゥヌスが建物を造るべく清めようとして祭壇に供えてあったものを滅茶苦茶にしたと訴える。ケレスは自分の生まれた場所に戻りたいと言い張るし[二一]、ウルカーヌスは自分の仕事場のための適当な場所がないと言い、また儂に面と向かって、他の者たちからの止むことのない無礼な仕打ちについて苦情をぶちまける。」

(※一)ギリシア神話の鍛冶屋の神ヘーファイストスのローマ・ヴァージョン、テティスに養育されたとされる

(※二)ギリシア神話のポセイドーンに当たる

「儂はそうした無理難題に辛抱強く耳を傾けてやるのだが、連中は恐れ気もなくこの儂の忍耐を際限なく続けさせている。この無分別振りはいったいどうなっているのだ。いつまで経ってもお前たちは、その挑発的なわめき声で儂を困らせ続けることを止めないというのか。いっそ儂の頭が忍耐のため狂うのにまかせてしまってもよいが、そこへまたも我らの恥となるような、呆れた恥知らずの事件が耳に入ってきてしまうのだ。それがどんなに恥になったとしても、君主たる者はそれを黙って肚に収めてしまわないといけないのか。人間どもからのお供えを自分たちの家には置いておきたくないと言う。他に持って行ける場所などないというのにのだ。そして儂に向かって、あっちへ持って行け、いやこっちだと要求してくる。何たることだ。」

「目下のこの事態は、そんなお供えは嬉しくないとか、汚いものを見たくないからゴミとして捨ててしまいたいというような乱暴でわがままな陳情とはまた別のことだが、宮殿のこの食堂が、たちまちもぬけの殻になってしまっているではないか。おゝ、我らは何と惨めであることか、恥の極みであるものを引き受け不運を甘受しながら、君主に全く敬意を払わず、自分たちの恥ずかしいあり方に目を向けようとしない輩に対しなければならんのだ。」

「儂は熟慮を重ね、大いなる勤勉さでもって物事を取り仕切ってきたつもりだし、権限の配分についても遺漏のないように気を配ってきた。いまや神々の君主たるこのユピテルであっても、天空の住民たちを、儂に頑固に刃向かう者以外は、勝手にどうこうすることはほとんどないのだ。しかしその儂が、なにゆえたった一人の（それも人間ではない者の）愚行で心を痛めなければならんのか。間違いないのは、儂は自分の行ないの効果を見誤っていたということだ。そのおかげで、皆が訳もなく儂に刃向かえるものだと考えている。人間どもに対しては、その石頭で扱いにくい連中に対しては、過大な期待を抱かせ、我々神に称賛を捧げておけば、我々を和ませ、我々の善意からする恩恵を受けられるものだと思わせてしまった。」

「まず手はじめには、甘美で香り高い花々が咲き誇る春を与えた。そうすると今度は彼らはその花々が咲き終わった後に実らせてくれるだろう果実を要求してくる。そこで更に夏を与え、ウルカーヌスの配下の工人たちをすべて動員して働かせ、彼らが手ずからやってみせることで、根が水を吸い上げて果実を実らせ枝を茂らせるが、果実は霜で終わってしまうものであることを教えたのだ[二一]。そしてその後はどうなったか。時が来て果実を存分に楽しんでしまうと、彼らはとんでもないことを言い出して、またすぐにでも春に戻してくれと願い出てきた。そんなことは出来ないとこれは退けておいた。そこで今度は、春に育つあらゆる類の自然のものから取り出して、小さな殻に収めた火だねとも言うべきものを与えたが、それは魂を温めるようなほとんど宝物と言って良く、実際にもそのようなものとして作られ、また装飾としても役立つものであった。ところがそれらは喜ばれず、儂としては便利なものとして受け取られるであろうと考えたものを、人間どもはすぐにその有り難さを忘れ喜ばず、いつも新たな馬鹿げたその場限りのものばかり願ってくるし、その一方では、要求したいことや欲しいものがなかったり、こちらが優しくなだめようと、便利だが連中が必ずしも好まないものを与えたりすると、恩恵を与える者として儂を迎えるどころか逆に単なる憎しみの的としてしまうのだ。」

「夏の暑さも冬の寒さも、時折吹き付ける風も、我らはそれらを好ましくないとして咎めはするが、それらを尊重して必ずしも正面から弾劾するまではしない。しかし憎しみにもそれなりの良さはあって、たとえば、エリニュス（復讐の女神）[二三]にせき立てられ怒りに燃えて復讐を遂げようとする者にとっては、有難いものかも知れぬ。とは言え、愚か者が度を過ごして怒り狂い、神を恐れぬ思い上がりを見せたときなどは、それを取り鎮めるべく計らわなければならんこともある。実際、多くの者たちが怒りのために誤った行ないに走り、禁を犯し、尊大に振る舞い、憎しみに傾き、不法な振る舞いをほしいままにして、いかなる良き行ないも受け付けず、他者をその言葉で傷つけ、そのために気弱な者たちがそれを嫌って逃げ出してしまうこともあるのではないか。与えられた命の短さを嘆きながら、それを怨むことだけに多くの時を費やし、何もしないまま年老いてしまう者もある。そうした悪や不運はすべて神のせいだとされてしまう。」

「いったいこれをどのように言えばよいのか、人が人でいることが最大の不運だと言うのか。人が人であることが災厄だと。汝等、人間どもよ、お前らの本音、強欲が、際限のない欲望がそこに加わって、結果的には不運による苦しみや災厄への恐れを、全く救いの手だてもないままに滅びてゆく事態を、招いているのだ。人間どもの狂気や悪行をただすことには頭を悩ませ、良案を探ってきた。しかしどうすればよいのだ、どこへ向かえばよいのだ。いったい誰がどこに、厄介極まるうえに根深いこの問題への答えを教えてくれる者がいるというのか。いったい誰が、鉄のごとき意志をもって、こうした四方八方から攻め寄せしかも執拗極まるものに、耐え続けられるのか。どこかで傲慢に刃向かってくるかと思えば、別のところではお供え物でもって誰かに呪いをかけるよう願ってきたりする。この悩ましい大いなる面倒から逃れる術はないのか。それを探し出すことだ。

しかしどのようにするのか。地上のことにかまけても何の楽しみもない。そこは重苦しく耐え難いものがあるばかりだ。新たな真っ当な生き方を発見することだ。我らには地上を造り変える力がある。よし、建設せよ、取りかかれ！」

いきり立つユピテルを見て、神々は皆黙ってしまった。しかしモムスは聞きながら、それが途方もない混乱を惹き起こして神々も人間も同様に巻き込んでしまうであろうことを看取し、心の内では自分が勝利したことに強い喜びをおぼえ凱歌を上げていたのであり、復讐をとげるためのまたとない機会を与えてくれるものだと考え、自然に笑いがこみ上げてくる。しかしそのことは押し隠し、得意のとぼけ技を用い、落ち着いた様子を拵え上げ、微笑みながら言ったものである。

「そうなると、ユピテル様、私が申し上げたことが、あなたを不快にさせてしまったのだとすればお詫びしなければなりませんが、そのようなつもりは全くありませんでした。人間どもの身勝手な反抗的振る舞いを見てしまえば、そのように仰るのは当然です。いったい誰があなたに対してそれを我慢し続けろなどと言えるでしょうか。たびたびお願いばかりするのをお許し頂きたいのですが、と言ってもこれはあなたのお怒りを鎮めるのに役立つことでもなく、卑しい人間どものことをお赦し願いたいというのでもありません。そうではなく、地上世界を造り変えるという仕事や、我慢のならない不平不満を取り除くのに役立ちそうだと思われることで、その方が正気ではない人間どもをただちに抑え込むことができるだろうと考えるからです。しかし問題全体を見渡して、あなたのお知恵でよく考えて見てください。もしその卑しい人間どもをあなたの恐ろしい威光でもって罰することを決意なさったとすると、それはまた別の新たな事業で、立派な建物を造り上げるのと同じぐらい大変なことになります。」

「星を眺めるために建物を建ち上げるようなことを考える生き物は、神の子として生まれてきてまた自分たちより優れたものに思いを致すことのできる者たちだけなのです。おまけに彼らは天界の神々の言葉や振る舞いを批評するのを楽しみにしているのですが、神々の生き方やその生活信条に対して全く敬意を払おうとは考えもしないのです。そこでユピテル様、私の考えたところでは、彼らの脚を上の方に取り付け、頭は手の下の方に作りかえさせ、どんな四つ足の獣とも違うようにしてやり、手は隠しておいて、盗みや人を殴ったり苦しめたり、毒を盛ったり、殺したり、ものを奪い取ったりできないように、ともかく彼らがよくやるような悪事はすべてできないようにしたらどうでしょう。いや、違うことも考えて見ましょう。いま新しい素敵なことを思いつきました、それなら脚を取り上げてしまったり空中に持ち上げたり、悪い事をさせないようにするなどせずとも、たった三日間でできることがあります、それは乱暴な改造をするなどの心配がないもので、女性の数を二倍にしてやるのです。おゝ、これは何と素晴らしい罰でしょう、何とすさまじい、持続的な責め苦の実験でしょう。女は人間どもの中の処刑人です、すぐにかっとなり、愚行に走り、平穏な生活にとっての疫病であり、それを破滅させ混乱に陥れるものです。いやしかしこれは、考え直す必要がありそうです。私としたことが、神々の中での男女比のことを忘れていました、人間に対してだけ女性の数を増やすのでは、これはとんでもない問題を起こし、混乱や災難を引き起こすこと間違い無しで、地上全体を巻き込んでしまうだけでなく、その危なっかしさが天界の土台まで覆してしまうこと必定です。」

ユピテルはモムスに笑い出しながら言う、「おいおい、モムスよ、お前はこの重大な事態のときにもふざけているのかね。」モムスは答えた、「はい、実は全くその通りで。あなたを笑わせおかしな言葉でもってこの場の騒ぎを鎮めようと思いました。あなたは万物の長であられ、いつでもあなたがなさりたいことはお出来になる、そしてそのお知恵によって、神々にも人間にもためになるような形で世界を作り直すことは立派にお出来になるでしょう。私がここで申し上げたいのは、あなたがこの決定的な仕事に取りかかられるについては、それを望み通り完全になし遂げられるのに何の不足もないでしょうが、しかしどんなに完成に向けて細心の注意を払われたとしても、何か見落としが出てくるのではないか、ありったけ力を注いでもはや何事も付け加えられないまでにまでに新しく仕上げられたとしても、何かしらまた別の考えが出てきてしまうのではないかということです。しかしもし、このような類のことに取りかかる前に充分に考えておこうとなさって、まずはじめにご自身でこの混乱の源が何であったのか調べておけば楽に始められ、気の進まない手間がかかって考えたくないことでも、楽しく全力で取り組めるでしょう。そして新しい世界にとって望ましいことが何かを最初にしっかりと心に留めて、将来の姿を想い描いておくべきです。全体像を考え終わったところで、それを一定の範囲毎に進めるのか、期間を区切りながらやるのかを考えるのです。さらに何か不都合があればそれを見きわめておいて、それが神々についてであれ人間についてであれ、あらゆる可能性に対して常に目を配りながら、あなたが適切と考える罰を与えるようにすれば良いのではないでしょうか。しかし急ぎすぎてはいけません、考えが熟すまでは始めないことで、どんなことも慌てると水の泡になってしまいます。お供え物の件は、ついでながら、もし動かしたいのであれば、海辺の水際や陸と空との際などに置いておけばよいでしょう。全く役に立たないもので有害だから廃棄しようとなったら、いちばん水際に置けばよい。そうすれば供え物は邪魔にならなくなります。」

このモムスの提案を聞いたユピテルは、一も二もなくそれを受け容れ、またすべての神々も了承した。そのようなわけで、お供え物は海辺の波打ち際に置かれることになったが、取るに足らないとされたお供えの中には聖水を入れる小瓶なども含まれていて、きらきらと光りまるで素晴らしいガラス器のようであったとも言う。そんな風にしてこの場は収まり、神々は満足してユピテルの許を辞した。

しかしフラウス女神だけは、モムスの言ったことを思い返しながら、それが容易に混乱を惹き起すことができる企みであるのを素早く察知し、そして驚嘆したのは、そのように大胆不敵な詐術であらゆるものを騙しおおせる技を、モムスが身につけてしまっていたことであった。敵対する者たちすべてをただちに丸め込み、以後の攻撃を避けることができ、彼らと折り合いを付けられるのみならず、表情、仕種すべて爽やかな風で接し、好感を与えるように装い、彼らを降参させてしまう。

モムスは、昔フラウス女神から受けた侮辱を記憶し続けていたが、いまや新たに力を得て、あたかも偉い学者の如く演ずることができる舞台に立ったのである。それは待ち焦がれていた機会であり、そこではいかにもそれらしく振る舞って人々を欺き、持てる技を存分に発揮して演じて見せることができる。

ともかく歓迎すべき風向きとなったのが、フラウス女神がモムスに向かって、なぜヘルクレスが堂々とこの宴席に現れることになったのか、またすべての神々の中でも特に彼だけが、天上界の最高の首長から同席を求められるような栄誉を与えられることになったのかを、ここで問い糺してきたことであった。そこでモムスは答える、「お前さんはいったい何を企んでいるのかね、ヘルクレスとこのモムスとではどっちが偉いか比べものになるはずはないだろう、それとも愛情や好意を俺からそちらの方へ乗り換えようとでもいうのか。」女神は答えた、「何を言っているの、モムス、あなたの方に決まっているじゃない、これまでずっと仲良くしていて、誰よりも親しく付き合ってきていたじゃないの。だけど今聞きたいのは違うことよ。お願いだから教えて頂戴、あなたは人間たちの中でヘルクレスと知り合ったの？」

モムスはそれに対して言う、「お前さんは結局のところ性根は直っていないのか、神々の中にいつでも新しい愛人を見つけ出そうとする、まあフラウス女神ならということでそれも許されるのかね。今度は何だ。いつももめ事や怪しい話ばかり追いかけていて、そのうえ恋狂いか。ヘルクレスが好きだと、ヘルクレスを追いかけ、ヘルクレスのことばかり話す、そしてモムスのことはほったらかしか、俺をからかう気かね。」女神は媚びを売るようにしなだれかかりながら、こんな風に言う、「可哀想なあたし、本当に不幸だわ、あなたがあたしのことをそんな風に思っているなんて、あたしがそんな奴に惚れているなんて。ヘルクレスのような奴を怖いとは思わないけど、近づこうとも思わないわ、あいつは大変な力があって、おごり高ぶっていて、戦いで勝ったことを自慢し、乱暴で、誰彼から頼りにされることばかり考えているじゃない。あたしがそのわけを聞きたがっているのは、神々の長ともあろうものが、なぜそんな奴を招き寄せて立派な御殿に住まわせるようなもてなし方をしているのかということよ、わかった？それなのに失礼な言葉を繰り返すだけで、何も答えてくれない、どうしてちゃんと話してくれないの。あいつなんか軽蔑こそすれ、愛してなぞいないわ。だけどどうしてマルスがわざわざあいつの世話を引き受けたの。この新来のよそ者が天界中が皆羨むようなもてなしを受けているなんて、正気の沙汰じゃないわ。」

モムスはこれに対し、ヘルクレスに対する小さな火の粉のような非難は取るに足らぬことで大した問題ではないと考えたが、それでもそれを引き受けて言う、「確かにヘルクレスなぞはそんなに人気があるわけでもないし、人の上に立つような代物でもなく、時の状況を見分けられるような奴じゃない。それなのになぜいま、そいつをまるで大物のようにはやし立て、そいつへの反感が出ているというのかね。」女神は答えた。「本当にそうかしら、ヘルクレスの件が大ごとじゃないと言えるかしら。実際あたしは皆がそのことを取り沙汰しているのを聞いたし、妬みも確かにあると思うわ。」モムスは笑いながら言った、「いったいどこでそんな話を聞いたんだ。」フラウスが答えて言う、「どうかあたしが聞きたいことに答えて頂戴な、こんなになんどもお願いしてるのに。だけど愛してると言っているのに応えてくれない。ヘルクレスが人間どものために働いていたことは聞いているわ。あゝ、あたしのモムス、それでも何とも思わないの。どうして黙っているの。」

モムスは興奮して見せ、明らかに不快だというような様子で言う、「そんなこと信ずるものか、この俺を騙してきたくせに。ヘルクレスが宴会に出ていたことがお前にとって何だというのだ。ヘルクレスが偉くなった、それがどうした。ヘルクレスが好きになった、それが俺とお前にとってどうだというのだ。そんなことはもう俺には通用しない、勝手につまらん奴を好きになり、追いかけ回しているが良い」、こう言って苛立った様子をあからさまにして見せたのである。

女神はその場から離れようとしながらつぶやいていた、「さよならモムス、あんたはすっかり生まれ変わって、髭も綺麗さっぱりなくしてしまって、不思議なことだけど、その姿で人間どものところから帰ってきたのね。さよなら、さよなら。」

一　ヘリコン Helicon (Ἑλικών) はコリント湾の北沿岸の山の名で、ここにはムーサイ（＝ミューズ、諸芸の女神）たちが住むという有名な二つの泉があり、多くの詩人たちによって歌われた場所である。

二　ヘレニズム期以来の神秘主義（ヘルメス主義 Hermeticism）の聖典とされてきた *Corpus Hermeticum*, framento XXIII (Kore Kosmou) では、モムスは強力な精霊で、恐ろしげな野人的風貌の存在として描写されているという。このくだりはおそらくそれを意識したものであろうという。

三　ここで「役柄」と訳したのは "persona" で、これは場合に応じ「仮面」ないし「変装」、「仮装」などと訳し分けておいた。

四　この著作全編を通じての主要なテーマの一つが、このモムスの言葉に示されているような処世術としての「仮装」*simulatio* で、それは同時に「とぼけ、知らぬ振り」*dissimulatio* をも伴う。アルベルティは多くの著作の中でそれらの効用について論じているが、これはアルベルティにとっては単なる処世術であるだけでなく、文学表現上の修辞技法の一つでもあり、かつ事物の認識を一つの概念だけで済ましてしまうような単純な思考方法への戒めでもあった。それは何よりも彼の文体に表れていて、彼を敬愛していたクリストフォロ・ランディーノ Cristoforo Landino (1424-98) は、その著「ダンテ頌」*Apologia di Dante* の中で、アルベルティの文章を「珍しいカメレオンの如く常にその色を変える」と表していた――"Tornami alla mente lo stilo di Baptista Alberto, el quale chome nuovo Chameleonta sempre quello colore piglia el quale è nella cosa della quale scrive. A nessuno di quegli che al presente vivono fu incognito."

五　これは神話ではフォエブスがアウロラの愛人とされていたことから、その頼みを断れないだろうことをふまえたもので、また前章でモムスの示唆により娘たちだけでなくあらゆる人間たちがてんでにアウロラや他の神々に願掛けをし、お供えをしはじめたことを指している。

六　「とぼけ」と訳したのは〝dissimulato〟で、これは〝insinuatio〟とともに、本心を隠す戦術の一つである。

七　メルクリウスとウィルトゥス女神との関わりについては、アルベルティはすでにその「食間談話集」*Intercenales* の中の一篇 *Virtus* で取り上げており（巻末の付録を参照）、そこではメルクリウスは、フォルトゥーナ女神との戦いに敗れ傷ついて下界に突き落とされたウィルトゥス女神を見舞い、フォルトゥーナ女神の言いなりになっているユピテルとの間を取り持とうと努めるが、結局ウィルトゥスは永久に姿を消してしまうことになっている。この短編はすべてメルクリウスとウィルトゥスの対話の形となっていて、その中ではユピテルもまたウィルトゥス自体もかなり辛辣な風刺の対象とされている。ただしそれではメルクリウスはウィルトゥスの同情者ではあるが必ずしも愛人であるかのようには描写されていない。ともあれ「モムス」の中のこのくだりは、自作の *Virtus* のことを意識したものであろう。

八　人間による神々への無茶な願い事についてはルキアノスの「イカロメニッポス」*Icromenippus*（Ἰκαρομένιππος ἢ Ὑπερνέφελος——メニッポスという人間がイカロスを真似て鷲の羽根をつけて天界まで飛び上がり、そこで見てきたゼウスをはじめとする神々の行状を語る）にとりあげられており、また「生け贄」*De Sacrificiis*（Περὶ Θυσιῶν——アルベルティの親友であったカスティリオンキオ Lapo da Castiglionchio, il Giovane, 1405-38 がギリシア語から翻訳してアルベルティに献呈していた）では、その馬鹿ばかしさが述べられている。ここでの記述はそれらを踏まえたものであろう

九　これらの奇譚や愚行の話は、いずれもウェルギリウス、キケロ、ホラティウスなど様々な古典の中に出てくるものである。またアルベルティの先輩の人文主義者ポッジョ・ブラッチォリーニ Poggio Bracciolini

(1380-1459) の集めた笑話集 *Facetiae*〔冗談の意〕の中に取り上げられているものが含まれている。

一〇　テミス Themis (Θέμις) は本来は巨人族の一員で正義の女神ということになっているが (Hesiod, *Theogony* 132; Aeschylus, *Prometheus Bound*, lines 217–219, etc.)、アルベルティはこれを男性として扱い、またその役割を変えてしまっており、その典拠は不明。

一一　デモクリトス Democritus (Δημόκριτος, c. 460-370 BC) の提唱した「原子論」を指していると見られる。デモクリトスはこの後の第三書で登場し、ユピテルの命令で彼を招請するために派遣されたアポロを、その独特の理論で煙に巻くことになる。

一二　いわゆる「ソフィスト」Sophist〔詭弁を弄する哲学者〕たちの言動を指しているものと受け取られるが、その一方では、ソフィストたちを批判していたイソクラテス Isocrates (Ἰσοκράτης, 436-338 BC) の一派のレトリック〔その時々の状況 καιρός に合わせた弁論法の擁護〕へのあてつけをも含んでいると見られる。

一三　これらはランダムに取り上げられているかに見えるが、実はいずれも星座の名前となっているものばかりで、神話を通じてそれらが天界の事物として認められていることを示している。

一四　ヒュドラ Hydra (Ὕδρα) はヘルクレスにより退治されたウミヘビの怪物、八岐大蛇の如く沢山の頭を持つとも言われる。ヒッポケンタウロス Hippocentarus (Ἱπποκένταυρος) は下半身が馬で上半身が人間の生き物。どちらも星座となっている。

一五　「ガニメデスと一緒になって宴席をのたうち回り、甘い飲み物やご馳走漬けになり」のくだりは、ルキアノスの「イカロメニッポス」〔前出の注六参照〕の中の、神々の宴会を描写した文言がほぼそのまま引かれている。

一六　モムスが思い上がった学者の言であるとして紹介しているのは、実は第一書後半で語られていたごとく、下界に逃亡したモムス自身が哲学者たちに吹きかけていた論法に他ならないのであって、事実は全く逆だったのだが、ここではそれを他人の言ったこととすり替えながら、ひそかにユピテルや神々を批判しているのである。「食間談話集」、第一書の「信仰」（巻末付録参照）でのリブリペタの発言を併わせて参照されたい。こうした他人の言葉に仮託して自分の本心を語るやりくちは、弁論の手法（間接的な説得法＝「仮装」ないし「仮託」insinuatio; gr., ἔφοδος の一つ）として修辞学理論の中で取り上げられているものである。アルベルティは本著の中で insinuatio の語を度々用いており、注三でも触れておいたように、それがこの著作を理解するための重要なキィワードとなっている。しかしこれは一つの訳語だけでは表しきれないので、その場の文脈に応じて様々に訳し分けていることをお断りしておかなければならない。

一七　ティンニス Tinnis というのは tinnitus（鳴り響くこと、とりわけ金属音の響きの意）からアルベルティが創り上げたものかと思われる。イリス Iris は神話では天空の虹の女神のことで、はかなさの象徴とされる。アルベルティが言う音楽家による記述というのがどのような典拠によるのか、訳者は確認するに至っていない。Tinnis が Iris に転訛するというのも、やや不思議である。イリスについては、Cicero, *De natura deorum*, III, 51 がそれを神として扱うことに若干の疑義を呈している。

一八　テティス Tethi[y]s (gr., Τηθύς) は海のニンフたちの一人で、海や水の神ともされる。神話ではゼウスとヘーラーの間に生まれ、醜いとして捨てられたヘーファイストゥス（＝ウルカーヌス）を救い上げ育てたとされる。

一九　シルウァヌス Si[y]lvanus は森の神、エトルリア時代から農業の保護神として崇敬されていた。ここでは複数の神として書かれている。

二〇　アエオルス Aeolus (gr., Αἴολος)。ユピテル（＝ゼウス、別説ではポセイドーン＝ネプトゥヌス）の息子で、すべての風を取り仕切る神とされる。ゼフュロス Zephyrus (Ζέφυρος＝西風)、ノトス Notos (Νότος＝南風)、アクイロ Aquilo は北風でギリシア神話のボレアス(Βοριᾶς) に相当する。またアウストリス Austris (or Auster) はノトスのローマ・ヴァージョンとされる。アルベルティはこれらギリシア神話由来のものとローマ神話のものとをごっちゃにしている。ギリシア神話では、アエオルスは配下の風たち（「アネモイ」Ἄνεμοι と総称される）を普段は閉じ込めて置いて、ゼウスの命令に従ってそれらを解き放ってやるのだとされる。ホメーロスは「オデュッセイア」の中でこの風たちのことを暴れ馬に喩え、アエオルスの厩舎の中に押し込められているとしていた。第四書ではこの風たちが大暴れして神々に被害を与えることになる。

二一　ユピテル以下のローマ神話の十二神がほとんどギリシア神話の十二神から輸入されたものであるのに対し、ケレスが唯一ローマ在来の神ながらその仲間に加えられていることと関わるのであろう。第一書でアルベルティがこれを天界の住人ではなく地上の神として扱っているのもそのためと見られる（第一書の注三九参照）。

二二　ウルカーヌスがこのように農事に関わったという話がどのような神話的言い伝えによるものかは未確認であるが、ローマにおけるウルカーヌスのための年三回にわたる一連の祭典 *Vulacanalia* が、農事と関わるものを含んでいたと言われ、葡萄の栽培はウルカーヌスが教えたものだとする伝説もあったというから、あるいはアルベルティはそれを取り上げたのかも知れない。

二三　エリニュス Erin[n]ys (Ερινύς) は復讐の女神。

第三書

これまでの各書は、私が思うに、場面展開のめまぐるしさや面白おかしさという点で並外れたものであったが、それらはいずれも、人間の考え方や生き方について何かしら教えるものがあったはずである。この後に続く各書も面白い部分が満載で、目新しい出来事が途切れることなく延々と続くし、間違いなく前のものよりはるかに面白いであろうことを、最大限かつ自信を持って保証する。そこには、人間や神々の尊厳の回復、世界の支配体制があわや粉々に崩壊せんばかりとなる経緯が明らかにされ、いとも深刻で驚くべき重大、かつおかしくも滑稽なことが語られるのである。

しかし話を先へ進めることにしよう。かくてユピテルは考えた計画の実行を指示し、神々と人間たちのための新たな世界を創ることに取りかかった。この企図については、上級の神々も下級の神々も揃ってそれを進めることを了承していた。ただ、その見通しについては、これはありがちのことだが、それぞれ自分たちに都合よく解釈し、楽観的に受け取っていたのである。とりわけ天上界でも日陰に置かれていた持たざる者たちは、すぐに飛びつき大きな期待を寄せており、それが新しい機会を提供してくれ、自分たちの威信を高めてくれるものと思い込んだのだが、これに対して大きな権威を与えられている者たちは、このように大事な仕事については、ユピテルも自分たちに何の相談もなしにことを進めてしまうような勝手な真似はしないだろうと決め込み、自分たちに最大限利益となるような、その地位を強化できるような提案を自分たちの方でも準備していた。下級の神々たちは、自分たちの手業を頼みとし、ユピテルがそれらを用いてくれるであろうと計画を支持するのである。また楽観的な上級の神たちも、それは満足すべきものであるとして、折りに触れて賛意を表してはいた。しかし君主がとるべき手法については、よく検討するよう助言した方が良いと考える。かくも重要な案件に含まれる個々の問題については、当面は自分たちの利害に関わる部分には無関心を装い、その欲求を押し隠しておいて、意見を求められた場合にだけ喜んで応じるが、それも個々人の利益を主張するのではなく集団の利益に資するようなものを君主に進言することにしていたのである。

もっとも、上位の神々の中にも、しっかりとした考えを持ち、ユピテルが持ちかけてくる難題へ応対するのに経験を積んだ連中がいて、彼らは起こってきそうな面倒を避けられるよう、常日頃から真剣に助言をしていたのであって、ユピテルには着手する前には幾度となく注意して考え直させ、その実行を阻止するのに多大な注意を払ってきていた。今回についても、前もってそれが後悔を招く恐れ有りとして反対し、予測できないとんでもないことが起こるかもしれず、当初考えていたのとは違った結果となるであろうとしていた。しかしまた、進んでそれを受け容れる者たちもいて、それが自分の利益になるとばかり考え、ユピテルの考えている改造計画を支持していたのである。

そうした中、ユノーは、潤沢なお供え物を使っての建設事業にかかっており、そうしたお供えは人間たちの間での大きな大衆的人気のおかげで途切れることなく集まってきていたのであって、同じ現象はヘルクレスについても輪をかけた形で起こっており、それは彼が人間たちの救済に果たした役割に対するものであったが、バッカスやウェヌス、ストゥルティティア女神（愚行の神）[一]、その他同様な連中で、人間たちの崇敬を集め人気のあった神たちの場合も同様であった。さらにマルスも、建築家アエルギヌス[二]を用いてブロンズでできた柱廊を造らせ、それには百本の鉄の円柱が、鋼鉄の如く滑らかに磨き上げられて瓦葺きの屋根を支えていたが、ユノーのところには人間どもからそうしたものに利用できる都合の良い資材が大量に届けられていた。また人間たちからだけでなく、神々のところからも円柱を仕上げるための人手や労力を調達できた。神たちは、このように法外な贅沢をひけらかすことでユピテルの計画を阻止しようとしたり、あるいはそれに上乗りしようとしたり、哀願したり、てんでにバラバラな動きを見せていたのである。

　一方モムスは、こうした混乱した焦りの動きに対しては、次のように言う、「全く言わんこっちゃない、これほど無意味な贅沢は前代未聞だが、こんな楽しいことはない。俺の言ったことでこんな蕩尽が惹き起こされるなんて、しかもそれを何の危険も冒すことなく、言葉だけで惹き起こすことができたんだ。おゝ、何たる幸せ、言葉だけで殿様を唆し、こんな大ごとにさせてしまったのだ。実際、言葉だけだ、何も力ずくでした訳じゃない。しかしこのあとどうするか。俺のところにはどっさりと反感が降ってくるだろう。それがどうした?そいつらの反感はむしろ歓迎すべきものだ、俺は肚を決めている。ユピテルが俺を見捨てることがないうちは、俺がその庇護を受けていられるうちは、できるだけ彼の言うことに従うのだ。殿様を狂気にさせてしまうほど凄いことがあろうか。

これこそが、俺に言わせれば、悪に勝つ方法なのだ。だからモムスよ、やるべきことは一つ、混乱を煽り、それが恐ろしい結果になるように仕向けることではないか。それではどうやって?こうすればよい、殿様には何か俺に対する法外な反感があるのを聞かせてやるのだ。そうするとどうなるか。俺は実に運が良い、俺が身に着けてきた技を自在に操り天界中の奴らに見せつけてやれるのだ。そうすりゃ、このモムスにかかれば、以後はどんなに力があって学のある権力者たちでも、たちどころに俺の言うことを聞き、競って俺の意見を聞きに来るようになるんじゃないか。今はこれで押通すことだ。群れている連中を分断し、互いに相手を恐れさせるようにするのだ。誰かが立ち向かってくるようなら、別の方へ逃げこみさっさと裏切って、迎えてくれる連中の方に鞍替えすればよい。しかしそれをやるのには時期を見きわめることだ。ユピテルがどこまで俺のやることを許し、どこまで庇護してくれるかをしっかりと見ていなければならん。それを確保してうまく利用できるようにしておくよう心掛けることが、今の俺には必要だ。それにしても、何とも都合良く、哲学者たちと付き合ったときの咄嗟の対応の仕方を思い出し利用できることになったものじゃないか。これは実に便利に使えるものだ。」

一方ユピテルは、年老いて動きが鈍くなっているうえ、生来が頑固であることも手伝って、多くの君主にありがちのことだが、重々しく尊大に振る舞ってはいたものの、この期に及んで決断するだけの勇気がなく、逡巡して間違いを重ねてばかりいた。何をすべきか、どんな政策が有効なのか、最も負担が少なく、不信感を生むことなく、また不信が妬みを生んで不安定になることなしに進めるにはどうしたらよいか、理解が得やすいのは何か、実際、将来を見通して対策を建てることは面倒かつ実り少ない作業であり、すべての欲求を控えて検討作業や忍耐を続けなければならず、それができて初めて、王の権威を示す王笏を護ることができる。それゆえ、焦りを抑え、一貫して公正な決定を行なうことに徹しなければならないのだ。

ユピテルとしては、心中の不満を抑え外からの反感に対しても知らぬふりをするのだが、しかし新しく造ろうとする世界を以前のそれに後れを取ることのないような形にすることについては、全く何も思いつかなかったのであって、仕方なく、自分はその分野では満足すべき知識に欠け、それをなし遂げるための才能も充分ではないのを悟り始め、他の者の教えを乞うこととした。とはいえ、自ら進んでこれに取り組んでくれる気持ちと情熱を併せ持つ専門家で、称賛に値しかつこの領域で抜きん出ているような、しかも進取の気性に富み、優れた創意をそなえたような人材は、周りには全く見当たらなかった。

そこで頭の切れるとされた神々から次々に意見を聴取することにし、もちろんモムスも真っ先に呼ばれ、それというのも、彼は有能であり、かつあらゆる点において皆から称賛されており、そのはぐらかしの弁舌や長広舌に長けているとされていて、どんな事柄についても人々に耳を傾けさせてしまうからである。しかしその苦労は全く無駄で、少しでもましな形でこの仕事に見合うような才能をそなえ、それを考え研究する苦労を厭わないような者は現れなかった。皆はそれぞれに、ユピテルに向かっては、いかにも容易に物事を理解できる力をそなえているかのように、自分の知らないことでも知っているかのように、振る舞ってはいた。しかしまた皆がほとんど等しく感じていたのは、この問題については、人間たちがならいとしているように、哲学者たちに相談する方が良いだろうということであった。そしてこのように複雑で、厖大かつ重大な事柄は文字に書き留めておいて、神々がそれを正確に検討できるようにし、公開の場で討議すべきであり、そうすれば知恵と優れた技術をそなえた者が、注意深く調べ直して難問をすべて解消してくれるだろうというのであった。

こうした助言を受けたユピテルは、世界的な哲学者たちと会って話を交わすことができるのは、言葉に表しがたいほど望ましいことだとした。それならば古参の連中の以前からある反感の上に更に新たな反感が積み重なることもなく、それら哲学者の論議が天界の神々全体から受け容れられ、神々の議会の議員たちにも輝かしい権威を賦与することになるだろうし、そこではまことに思慮深い論議が場を支配し、力強い道理が行き渡ることであろう。しかしこのような考えに賛意を表したのは、真面目だが命令するような立場にない連中の方で、自分たちの地位を高め権威を獲得するべくその決定に従うことを選び、これをはねつけることで折角の機会を逃してはならないと説いていたのである。これを受け容れるからには、もしそれを拒否する者があれば、ただちに説得に当たり、また彼ら自身もそれを拒否しないと宣言する。

こんな有様であったので、哲学者たちの誰を招請し助言を仰ぐべきか検討するのにずいぶんと長い日時を要した。適切でない者の見分けが容易なのは、大勢のその門下の中にこうした問題に対処できるような者がいない場合である。また、粗野で怒りっぽい者、特に優れた技能は持っていない者、長く下仕えに甘んじ何ら立派な行ないがない者、宮廷内でもてやはされ殿方に取り入る技に長け小話のうまい者、追従者、人の足を引っ張る者、これらすべては招かれざる者であり除外される。

しかし何かしらこれまで知られていなかったことを教えたような者は、その人柄などがよく分かっていなくとも新たに加えられる。そこで、この選定作業は秘密裏に行なうことにし、忠実な秘書として宮廷内で働く者たちにも、また一般の者たちにも伏せたまま、〔ユピテル自らが〕哲学者たちの許を訪れ、助言を求めることにしたのである。しかしまず名前の挙がった哲学者たちの中でも、予めその名声や風貌などをよく知っておく必要があり、モムスとかなり長いこと論議を重ねた末、それについての情報を得た。

話し終えたところで、モムスは懐から手帖を取りだしユピテルに手渡して言った。「ユピテル様、あなたが私を信頼し庇護してくださったことへのお返しとして、私が自分の手引きとして、これまで学んだことややってきたことを書き留め作っていたものをさし上げます、これはあなたのなさろうとするまつりごとのためにも役立つはずで、ご自由にお使いください。これには、あなたが君主として人々を治め権威を保持するための知識や考え方が記してあります。お暇な折りにでもこの手帖を取りだして気分を紛らせてください、お読み頂ければ、ごくわずかでも何かしらあなたのお考えに役立つことがあるはずです、これがあなたの信頼に対するお返しなのです。」

ユピテルは手帖を受け取ってモムスを引き下がらせると、それを開いて見ることもせず、そのまま部屋の隅に放り出してしまったが、それというのも彼の心は出かける準備のことで一杯になっていて、興奮しまくり気がはやっていたのである。しかしこうした行脚にはよくあることことだが、最終的には苦々しい結果となる。

人間界へ降りて行ってすぐに、アカデミア（プラトンがアテーナイに作っていた学校）[三]の玄関のところまで行ってみると、そこには様々な人間たちが右往左往しており、それぞれてんでにいろんな方角へ散って、まるで夜の暗がりに隠れている泥棒を探しているかのようであった四。ユピテルは興奮しながらその様子に驚き、学校の玄関前で戸惑っていた。彼らは皆、ホタルのような小さな灯り五を振り回して動き回っており、一方暗がりからは笑い声が聞こえ、それはこんな風に聞き取れた、「何だ、何やってんだ、あんたもあのユピテルと同じように哲学者のところへ行きたいのかい。」ユピテルは答える、「それじゃ、誰のところへ行けばよいのだ。」それにはこんな答えが返ってきた、「プラトンのところさ、決まってるじゃないか、今学校の中にいることは分かっているけど、中のどこかは分からん。何度か声は聞こえたような気がするし、顔も拝んだことがあったはずだ。実際どこへ消えたんだろう六。しかしどうする気だ。ところで、あんたの灯りはどうしちゃったんだ。」

この言葉を聞いてユピテルは不安になり、その場にいることに怖れを感じたのであり、何かすべて見透かされてしまっていて、あたかも舞台の上で、聖なるものや神の権威などがいちおう衣で包んだ形ではあるが、神であることがはっきり分かるようなやりかたで、嘲りの対象にされている感じであった。そこでその場からは離れて、自らの目論見に対して浴びせられた批判から逃げることにした。

心細い気持ちでうら寂れた界隈にやってきてみると、朽ちかけた汚らしい大きな甕の中に何かが横たわっているのに出くわした。それが何か確かめようと近寄って見ると、どういう訳か地面に転がった甕の中に押し込んでいたのは人間で、ユピテルの動きがそこに差し込んでいた日射しを遮ってしまった。するとそいつは目を三角にし、荒々しい声を上げて咎めた。「そこをどけ、不躾な見物人だ。そんなところにいるんじゃない、陽の光が届かんじゃないか。」七ユピテルはこの人間の粗暴な傲慢さに挑発され、不満の声を上げてしまった。「この儂の望み次第で、太陽がいつでもお前を照らしたり翳らせたりできているのだぞ。」これを聞くとそいつは亀のように首をもたげて、あらんかぎりの声を張り上げてきた。「おい、みんな来てくれ」、それを聞いて大勢の職人たちが駆け寄ってきた。「自分がユピテルだと言っているこいつに分からせてやってくれ、どうやったら穴倉の中までお日様でたっぷり照らせるか、考えさせてやれ。」

　これを聞いたユピテルは、モムスやウィルトゥス女神たちが蒙った災難のことを思い出したが、このように自分を取り巻く無遠慮な群衆から手ひどい侮辱を受けるという最悪の目に遭うとは予期していなかったもので、自分の馬鹿げた決定の埋め合わせには髭を半分失うしかないのかと考えたりする。そのように怯え逡巡する様子を見せていたところへ、居合わせた人間たちの中からしっかりとした一家の主らしき人物が声をかけてくれた、「余所のお方、このすね者で通っている哲学者の言うことは気にかけないでください、この仁はあらゆることを下らないと考えていて、どんなことでもあしざまに言い、噛みつくのを仕事にしているのですから。」ユピテルはこれを聞いてはじめて、この人間が哲学者であるのを知ったが、それを知るとすぐにまた新たな不安が生まれてきて、こんな連中もいたのだと思い知ることになる。それというのも、昔の者は誰も、人間どもがかくも喧しく反抗的だとは教えてくれなかったからである。

　その場を離れて、町の外側のひと気のない窪地の中程まで降りて来てみると、動物の死骸が、犬や鼠のそれが、あちこちにバラバラに切り刻まれて散らばっていた。その解剖実験をしていた者※

（※）哲学者のデモクリトスのこと

は、半ば珍しげに、半ば笑いながら、それらに近寄って調べていた[八]。そしてそれらのそばでじっとして動こうともしない。その人物はユピテルが近寄っても全く動きを見せなかったが、しかしそのとき近所の家から女の泣き叫ぶ声が漏れてきて、それは息子の死を嘆いており、彼はしばし動物解剖の手を止めて、ユピテルを見下すように笑いながら言った。「何とままならないことばかりじゃないか。」この言葉にユピテルはどう答えて良いものか分からず、またその言葉が、死んだ息子が不死であってくれたらという意味なのか、あるいは自分自身に言い聞かせたものなのか、そのどちらだろうと考えたりした。そこで次のように自問したものである、「何とひどい目にあっているのだろう、人間たちというのは。それに哲学とは、何と馬鹿げたことばかりやっているのだろう。」そしてもうここらで切り上げて帰ろうと決めたが、暗澹たる気分に襲われていた。

　町から出て戻ろうとする道すがら、とある庭を囲む濠や壁の近くに通りかかると、中から賑やかに大声で神について議論を交わす声が聞こえてくる。立ち止まって聞き耳を立ててみた。一人が声を張り上げ攻撃する。「ちゃんと聞いてくれ、私の考えでは、世界は誰かの手で創られたのではないし、そんな沢山の仕事をこなせる建築家などいるはずはないだろう。世界は不滅だし永遠のものだ。そのあらゆる部分には神が存在するしるしが認められる、それらすべては神が仕組みを創られたのだ。もし自然の事物すべての中に、人間にしろ不滅なものにしろ、神が存在するのであれば、その神がそれを破滅させようなどと望むだろうか。それゆえ、神が自分の創り得たものを保存しようと望むのは当然であり、神が創った決定的なものを将来どうにかしようなどと考えるはずがないではないか。」別の者がそれに反論する、「私の意見は違う、無限の時間をかけて形成され、また巨大な空隙として出来上がって来たのが世界であって、その中に微細な粒子が寄り集まりあるいは散らばっているのだ。」また別の者は言う、「それじゃあんたは神がいないと言うのか。気を付けてものを言えよ、あらゆるところに神はいるのだぞ。」

これを聞いてユピテルは呆れまた耐えられなくなり、さらに不安を募らせたが、不思議でたまらなかったのが、人間という種族が休むことなしに知識を得ようとし、それでいながら互いに壁を隔てて隠れ暮らしていることであった。「もうここは沢山だ、人間どものところにこれ以上長居しても得るものはない」、そこで天界に舞い戻ったが、哲学者たちについてのことで頭が一杯になっており、彼らが信じ難いほど自説の検証を行なうのに情熱を燃やし、周到な計画を立てて不確か極まることや難しいことにも立ち向かい、実際にそれを知り、やり遂げ、自らそれを行なってみせているのだと感じ、アカデミアで目にした、研究する人々の立派な髭や風貌、背筋を伸ばした歩き振り、落ち着き払った眼差しの印象からもその意を強くし、彼らならば天界にもふさわしく神々に講義をすることもできようと思われた。

しかしその一方では、彼が決意したこの大事業は、何としても自分一人の力で達成し、自らの手柄にしたいとも考えており、そこでメルクリウスを呼びつけ、下界に行ってウィルトゥス女神を連れ帰るように命じ、大いなる威厳をそなえた人気の高い女神の存在が、このような大事業には欠かせないと思ったのである。メルクリウスはそれは無理だと言い、女神は神々のところでも下界でも居づらくなって隠れてしまっていて、見つからないようにしているのだと思うと答えた。これに対しユピテルは、「お前の知り合いの哲学者たちのところでなら、おそらく会えるのじゃないか、彼らは女神に全面的に心服しているのだから。」これに対しメルクリウスは答えた、「考えても見てください、ユピテル様、そんな意味のない無駄なことはできませんよ。私はこれまで幾度となく彼らのところへ行って、ウィルトゥスがどこにいるか、女神を見かけなかったか訊ねました。彼らも私と同様に女神には親しみを感じていると口々に言っているのですが、目下のところ女神については全く手がかりがないのですよ。」

ユピテルは言う、「それでもお前は出かけて行って調べなければならん、それがお前の仕事だ。」ユピテルの考えでは、メルクリウスは好奇心旺盛で、毎日のように新しい付き合い相手を見つけ出す術を知っているし、彼らと和やかに取引することを好んでいるのだから、その眼力と話術で、女神の動向や哲学者たちと会ったことなどについて、必ずやこのさき何か役に立つ情報をもたらすだろうというのであった。

この間、様々な提案や議論が、この事業に同意するか反対するかを巡って始められており、天界全体は三つの党派に分かれていた。そのなかでユノーは建物を造ることに入れあげており、これは人間どもの救済のためだと称して、自分の一派の持てるものを総動員し、造りが良かろうと悪かろうとお構いなしに、どんどん工事を進めさせていた。これに対し、一般大衆として政治から閉め出されていた者たちは直ちに徒党を組みにかかるが、しかし彼らには何か新しい提案をする力はなく、支配する神々に追従し讃えることでその善意に期待するしかなかった。それら両者の間にいる第三の者たちは、これが重大で危険な企てであることは充分承知しつつも、そのことをほとんど気にかけない風を装い、個人としては批判を控え、表向きは平静にこの問題には関わらない態度を保ち、自分たちの利益を追求したいという心の中の欲望を表に出さないように努めていた。神々がユピテルに対して要請していることはいずれも同じなのだが、その思惑は皆違っていた。それぞれに自分たちが期待していたように物事が運びそうなときはそれを歓迎し、期待が外れたときには註文をつけ、機を見ては反対しようとする。こんな形で、皆はユピテルが実施を宣言した世界改造の成り行きを見守っていたのである。

こんな状況の中で、ユピテルは相変わらず優柔不断の態度をとり続け、とりあえずメルクリウスを派遣したことで、やがては無茶な要求をしてくる神々の大多数を満足させ自分の権威を高められ、哲学者たちの提案もそれに役立つはずで、次の神々の定例議会に自分の提案を諮って説明すれば、すべての神々を満足させられるだろうと考えていた。しかしメルクリウスにかけた期待は完全に裏切られてしまう。

メルクリウスは下界に着くなり飛ぶようにアカデミアに行き、哲学者たちの研究室を訪れようとしたのだが、途中の通りで、哲学者のソクラテスが一人でいるのとばったり出会った。その様子を見ると、裸足で衣服は擦り切れていてまるでそこらの民衆の一人かと見紛うほどであったが、相対してみると態度は堂々として自ずから神のごとき威厳に溢れていた。「立派な方とお見受けするが、人間たるものが、どこでこのような知性と品格を身に着けられたものか」と言うと、ソクラテスは、このような驚きに満ちた称賛の言葉を親しげに投げかけてきたのが、旅行者で立派な身なりの若者であり気高い風貌をしているのを見てとり、彼の常変わらぬ巧みな話しぶりで、どのような理由で来たのかについて少しやりとりしたあと、それがメルクリウスで明敏な若者であることを知ると、彼が考えていることをすっかり話させたのである。

ソクラテスが話を聞いている間に、彼の話を聞きたがっている者たちが大勢集まってきていて耳を傾けていたのだが、ソクラテスは内容を委細にわたってすべて聞き終え、問題のありかを理解したところで、メルクリウスの肩に手をかけて最初に発した言葉は次のようなものであった。「ようこそ、親愛なる友よ。そなたの言うことは良く分かったし、よく身に付いた見事な話し方だったが、しかし聞いたところではこれは正気の沙汰とは思えない事業だ。おゝ、人間に取っては何たる不幸であることか。どれほど多くの我ら人間が、このような狂気のために苦しめられることになるのか。いったい私は誰に対して、怒りを、あるいは愛や憎しみを、馬鹿げた暴虐を、訴えればよいのか、どうすればよいのだ。このメルクリウスの言によれば、ユピテルは、ウィルトゥスがオリュムポスから逃げだし天界から消えてしまったのを探しており、また天界では神々に諮って世界を転覆させ新しいものを創ろうとしているのだという。何たる暴挙であることか。」

そこで聞こえてきたのはメルクリウスの背後から起こった大きな笑い声で、それはメルクリウスを見て嘲笑していたのであり、メルクリウスは足早にそこを立ち去って、ディオゲネスの住む甕がある一郭に辿り着き、辺りに誰もいないのを見計らって座り込み歩き疲れた足を休めようとする。受けた侮辱に憤懣やるかたないこの若者は、腹いせに携えていた杖でディオゲネスの甕を強く叩いたが、甕の中の人物は年老いて体の芯から弱っており、長い人生の中で痛めつけられ、今にも息絶えそうになっていた。しかし挑発を受けたディオゲネスは甕から飛び出し、目の前に見えたのがメルクリウスだけだったので、甕を叩いた杖をその手から奪い取り、座っていたメルクリウスに挑みかかった。メルクリウスは狼狽し思いがけない攻撃に驚いて大声で人々に援けを求め、ディオゲネスに向かって、殴りかかってきたことに抗議の声を上げた、「何をするんだ、まともな人間で何も悪い事をしていない者にこんな乱暴をするなんて。」それに対しディオゲネスは、「お前こそ何をするんだ、いったい誰の命令で儂の甕を杖で叩くことを許されたのだ。下劣な奴め、性悪め、お前は生きた悪だ、静かにしている者を苦しめ、その住まいを荒らそうとするとは、お前はかつてのお前のための祠だったもの[九]を乱暴に壊そうとしたのだぞ。お前は、本当にお前という奴は、我慢のならない悪者だ。お前のやったことが悪気ではなく過ちだったというなら、お前の頭は目が間違った方に付いているのか。」

このメルクリウスをなじる声で数人が集まってきたが、彼らは事情を知ると、この哲学者が怒っていることは気にかけなくて良いとなだめてくれた。しかしディオゲネスがここで吐いた言葉は、メルクリウスにとってはただごとではないと受け取られた。哲学者を標榜するほどの者が怒りを抑えることをせず、また人間の暮らしの中ではそのような異常なことを、人間たちは恥ずべきこととして排除しようとはしない。我慢できずに怒り出す人間だからといって、それを哀れだとか蔑んで迷惑がることはしないのだ。ディオゲネスは彼に向かって言う、「よくおぼえておけ、儂を毛嫌いすることのない者に対しては、聞きたいことに我慢強く答えてやっているのだ、お前も儂に対しては、他の穏やかな人間に対するときと同じように、怒りを我慢してかからなければならんのだぞ。」

そこでメルクリウスはその場から離れたが、腹の中は不審の念で満たされていた。「確かに、人間という種族は非常に知恵があり沢山の書物も書いているのだが、それなのにどうして馬鹿げたことをしているのだろう。不思議なのは、そうした豊かな知恵をそなえているのに、わざわざこんな苦しいことをしている。裸同然でうろつき、汚いところで暮らし、甕の中に寝泊まりし、寒さに震え、ひもじさに耐えている。どうしてこんなことをしているのか、どうしてそれを止めさせないのか。彼は皆が欲しがっているものをすべて拒否している。気が狂っているわけではないのが確かなら、他の人間たちが生きるために必要とするものや少しはましな暮らしをするために求めているものを、すべて犠牲にしているのはなぜだ。それなのに彼が様々な事柄についてよく知っていると見なされているのは何ともおかしなことだし馬鹿げている、彼が物知りだとされまたそれを自任しているというのは、間違っているとしか思えない。いったいなぜ彼は、都会の中で働いている人間たちと同じ暮らしから外れて、このような汚らしい野蛮な生き方とされるような途を選んでいるのか。しかし自ら進んでそうした惨めさを選んで、不機嫌な顔をしながら哲学を論じて過ごしているのだから仕方がない。」

こんなことを考えつつ天界に戻ると、ユピテルに挨拶をして苦笑いしながら言った。「私はいろんな者たちの考えを聞こうと出かけたのでしたが、私の神通力をすっかり費い果たすような目に遭ってきました。」ユピテルは、メルクリウスが思ったよりも早く戻ってきて青い顔で疲れ切った様子をしているのを見ると、わけを話すようせき立てたが、その調査行の内容は曰く言い難く、面白おかしくまた切なくもあり、面白おかしいというのは行く先々での出来事がすべてそうなのだが、切ないというのは結果が期待していたのとは全く違っていたことであった。それでもメルクリウスの報告には満足したし、メルクリウスも哲学者たちの教説を余すところなく伝えたのである。ユピテルは言う、「そら見たことか、お前は逆上しているせいで、悪口ばかり言って彼らの良いところまでも非難してしまっているではないか。改めて言っておこう、彼らを知るほどにその考えは驚くようなことばかりなのだ。だから彼らの探求のことをあしざまに言うのは、儂に面と向かって悪口を言うようなものではないか。」このように言われてメルクリウスは混乱し、ユピテルの叱責の意味を思い巡らしていた。

一方ユピテルは、状況を思い返し、ほとんど役に立たない大量の進言を一つ一つ改め直していたが、突然アポロに相談することを思いつき、彼はすべての神々の中でも最も知恵がありまた精力的な一人なので、彼ならば当面の課題に対応できる能力があり、それが孕む困難も克服できるだろうと考えたのである。開催を予告していた議会の期日も迫っているのに、議員の神々たちに諮るべき議案の準備もない、また何よりも気にかかるのがメルクリウスによる哲学者歴訪の報告をどう説明するかである。ユピテルはいまや、その方策について役に立ちそうなものなら、いかなる助言をも求める気になっていた。アポロは、最大限の注意を払って君主によく仕えることを常に心掛けていて、仕事には快く取り組み、持てる力の限りを尽くして当たり、決してそれから逃げることなく、ユピテルの要求に応えるべく努力し、危険や困難も厭わないと確約していたのである。

彼を呼びつけると、ユピテルはすぐさま、考えていたことを伝えた。すなわち、人間という種族の中には哲学者と称する者たちがいて、彼らの中には世界のあるべき姿について多くの独自の考えを披瀝している者がいる。彼らに声をかけて、全く先の見通せないこの事柄について彼らの助言を求め、その持てる能力と学殖を発揮させるよう依頼するのだ。ユピテルはアポロを抱擁し口づけして言った、「いまやそなたには、儂の最大関心事を託すことになる、おゝ、アポロよ。そなたの俊敏さと注意深さを見込んでのことだ。そなたなら、この仕事を見事にいとも易々とやり果せるだろうと期待している。行って仕事にかかってくれ、そして記憶に遺るような素晴らしいその仕事ぶりを聞かせてくれないか。」アポロはおさおさ怠りなく準備を整えて言った、「承りました、で他にやることは。」ユピテルは言う、「そうだな、人間たちのうちにデモクリトスというのがおり、彼は動物を解剖していることで有名だ。彼が正気なのかそれともそうでないのかについては、様々に意見が分かれており、哲学者だとするものもあれば狂っていると説くものもある。儂としては彼がどんな人間なのか確かめてみたいのだ。」アポロは言った、「そんなに大ごとなのですか、それが世界の大改造とどんな関係があるのでしょう。でもやってみましょう、それはすぐに分かりますよ。」そう言うと、肩にかけた神託が入っている袋[一〇]から、次のような詩句を記した紙片を取りだした。

　そこからいかなる収穫が得られるというのか、かくも広大なる原野から?
　名声とはいかほどのものであろうか、それが名声に過ぎないのであれば。[一一]

これを読み上げてアポロは言った、「全くこの通り、それこそ人間どもの最も馬鹿げた行ないですよ。」ユピテルは笑って言う、「そのことはもう良いから、彼が言っていることが知恵から出たものなのかあるいは馬鹿げたことなのか分かるような、別のものを出してくれ。」アポロはまた別の詩句を記した紙を取りだした。

サイコロを幾度も振ってあがくほどに
苦しみも増えてくる。 一二

これにはユピテルは苦笑いしながら言った、「結構、それこそ知の最たるものだ。しかし冗談が過ぎるぞ。そなたの託宣次第でデモクリトスを馬鹿ではなく知恵者に変えることができるとでも言うのかね。他にはもうないのか。」これに対しアポロは、「今申し上げた通りですよ。これを解釈してみましょう。つまり、アポロの問いに対しては、お前は昼を照らそうとする者であるから、昼の中にデモクリトスを見出すであろう、との託宣です。次にユピテルについては、そなたはすべてを統治する者であり、あらゆる事柄の成り立ちを知ろうとするのであるが、たまたまデモクリトスが体液の働きを説明しようとしているのは人間どもが夜を明るくする方法を知りたいというに等しく、それは昼の方から言わせれば狂っていると断じられるのだが、それと同様なことであろう、というのです。」アポロは笑いながらそう言って、出かけて行った。

ユピテルは希望で胸を膨らませ、議会の開催を楽しみに待ち望んでいた。議会の当日になると神々が威儀を正して玄関ホールに大勢集まり、定例議会の際の例に漏れずいそいそと参集してきていて、アポロだけは姿を見せていないが、ユピテルはその信じられないような威容にいたく動揺してしまった。すでにファト神たちは聖なる火の手当を終え、集会儀式の準備を整えていた。議場の横では神々たちがぎっしりと詰めかけていて、ユピテルがこの議会招集の趣旨を説明するのを待ち構えていた。

実際のところ、彼は何の下準備もしておらず、このような期待の高まりに応えられるようなものを何も持ち合わせなかったから、できることならその場から逃げ出したい気持ちであった。そのようなわけで、ユピテルは行なわれている儀式手順について、やたらと入り組んで煩わしいと感じてしまうのであるが、それは神々たちすべての希望で、こうした難しく重大な案件を扱う際にはファト神たちに厳かに執り行なわせるよう定めていたものである。ファト神は仰々しく着飾って、男神や女神たちに向かって入場を促し、各自の火を新たにつけ直すように命じたが、この聖なる火は前にも触れていたごとく、天界の住人のしるしとして与えられていたのであった。ユピテルは終始じれったい気持ちで、心の底では不安を抱えながらホールとは別の場所に控え、気持ちを落ち着かせようとしていた。ようやくすべてのなすべき儀式がなされ終ったのを知り、議場である神殿に入った。

厳かな儀式は古来の神聖な仕来りに沿ってなされ、議員の神々はユピテルに挨拶をし、ほとんど大多数がやってきていたが、アポロだけはその場にいなかった。それというのもアポロには調査を続けるように命令してあったからである。ユピテルはその不在の理由をうまく説明できず、それに不満を持つ連中をなだめることもできないし、自分の困惑をおさめることもままならず、あれこれと逡巡していた。ようやくにして思いついたのが、モムスを議長にして議事の舵取りをさせることであったが、彼がそうした名誉に値するだけの資質をそなえるからというのではなく、彼ならば、傲慢かつ強欲で不満を表明し続けている少なからぬ数の神々に主導権を取らせぬように取り収め、うまく丸め込み納得させることができるだろうということであった。

また同時に、議場にはすべての階層の神々を迎え入れて全体で協議させようと考え、その総意に基づいてユピテルが決定するというのである。ユピテルの希望としてはそのようにすれば、皆がそれぞれに抱えている問題は、簡単なものであればすぐに折り合いを付けて一つにまとめられるだろうし、重大で緊急を要する場合には、全世界と関わるようなものから選んで、それが全体として取り上げるべきかあるいは分割して個別に考えることができるのかを判断すればよい。これらの審議は全員で、完全に自由に、オープンな形で行なうのが望ましい。提案が審議に当たって有用なものであるなら、身分の低い神から出されたものであっても、またこれまで気後れしてこうした公の場で発言したことのなかったような者から出たのであったとしても、構わず取り上げることにした。

この方針はしかし、予期せぬような混乱を惹き起こすことになる。どのような事態となるかは、モムスはそうしたことには敏感ですぐに予測でき、胸騒ぎをおぼえたのであるが、ユピテルにはたしか議会のための覚え書きを渡していたはずなので、改めて注意をする必要はないだろうと考えた。それにユピテルが改造計画のことで頭が一杯になっているのを邪魔しない方が良いとも判断していた。そこでユピテルに言った、「ユピテル様、あなたに先日お渡ししていた手帖をご利用なさったらいかがですか。」ユピテルは言う、「その話は後だ、今はもっと緊急の大事なことがあるのだ。」実はユピテルは、そのような手帖があったことなどはすっかり忘れてしまっていたのである。

議場のとんでもない興奮状態にモムスは衝撃を受け、全く先の見えない信じがたいような新しい事態に対して、いまや皆がそれを楽しみにし、進んでそれに関わろうとしているのを見てとった。しかし彼がユピテルから議長として議事を取り仕切る役割を託されたことを説明し始めた途端、皆の気分が一変し、その表情には落胆の気持ち以外には見出せなくなっていた。それはモムスに対する妬みばかりではなくユピテルに対する不満をも含んでいたが、モムスに対する眼差しは、上層の者からも下層の者たちからのそれも、すべて疑惑と苛立ちを見せていないものはない。モムスの言葉はすべて悪意のあるものと受け取られ、モムスのすることはすべて下劣なものと見なされ、モムスに対する憎しみはたちまちにして燃え広がり、すべてが彼に面と向かって憎悪の気持ちを露わにしているように思われるまでとなり、いまにも襲いかかってきそうな気配を見せていた。このようなモムスに対する皆の気持ちは、ほとんどその議事進行の努力を受け付けず、ユピテルの苛立ちが頂点に達するまでとなる。

そのようなわけで皆はまずサトゥルヌスに発言するよう要請したが、その声はしわがれていて、挙動もままならないため言いたいこともうまく言えない状態であった。もごもご言う言葉の内容はほとんど聞き取れなかったが、ある者によれば、サトゥルヌスが言っていたのは、自分が年取ってしまってほとんどしゃべれないことを詫びていたのであって、腹も胸も口も言うことを聞かなくなるほどに老衰し切っている旨を述べたのだという。

近くの席には母なる神キュベレ(ユピテルの母とされる)[一三]がいて発言を求め、長々と身振り手振りを交え老人特有の物謂いで述べ立て、自分の長広舌に満足した末、最後に次のように付け加えた、「要するに、このように重大で滅多にないことは、充分に考えるのがよいでしょう。」

三番目にはネプトゥヌスが発言を求められた。彼は鋭い悲愴な調子で、あたかも悲劇役者のごとくよく響き渡る声でしゃべり、その中身は取るに足らぬ当たり前のことばかりであったが、当面の話題について述べていることだけは伝わり、それなりの感銘を与えることができた。

それに続いたのはウルカーヌスで、内容は一つの話題に終始し、熱烈に称賛したのが神々のために自分が披瀝した巧み技や便利な知識を広めたということである。

マルスに至っては、自分に水を向けられて言うことができたのはただ一つ、自分はいつでも命令に従って行動できることを請け合い、ユピテルからマルスに対し下命があれば全世界を破壊してしまうこともできるというのであった。

プルート(冥界の神)は何か物欲しそうな様子で一四演説をしたが、彼が確約したのは、新しい世界のための素晴らしいモデルを提案する用意があり、それはすぐにでも実施できるというのである。しかしその仕事に忠実にかつ熱意を篭めて当たるが、一切見返りは求めないとした。

ヘルクレスは、このように高貴で高名な大勢の会衆を前にして発言できる機会に向け予め準備しており、抜け目なくそれを利用する。その中身は自分がなし遂げた偉業についての大演説であったが、今後も機会があればそのような大事業をなし遂げられることを約束するという。そしてユピテルの命にはすべて従うとした。

ウェヌスが神々の笑いを誘うこととなったのは、彼女が新しく思いついた素晴らしい大発見と称するもののことで、ほんの些細なものでも大きな障害を惹き起こす場合があるのだと言う。しかしその大発見という中身は、鏡を見ることだというのであった。

ディアナは、たとい建築家が最上の作品となると請け合ったとしても却下すべきであり、技術者という人種は素人の言うことをすぐに批判したがり退けてしまうのであって、それがどれほど他よりも優れていると見えるものであっても、割り込んできて変更し、だめにしてしまうのだという。先頃のユノーの件に照らしてみても、彼らに新しい世界の形を様々に提案させようものなら、そうした下らないもので一杯になってしまうだろうと言う。

同様にして次にはパッラースが指名されたが、実は彼女はユノーと予め筋書きを相談していて、他の反対勢力と結託し、ユピテル自身に決断を求める、すると今度は他の神々が、実は彼らとも前もって取引をして仕組んでいたことなのだが、偽って一斉にその考えに反対の大声を上げ、公共の利益に関わる計画の審議を行なうには、こうした大勢の神々の議会はふさわしくないと主張する。そしてお互いに論争を始める。議事はほとんど無秩序状態となり、興奮した各派は互いに罵り合いを始め、勝手にやりとりし、席を離れてあちこちに散らばったり一緒になったり、大声で怒鳴ったりする。

この騒ぎや混乱を目の当たりにしたモムスは、皆の声に負けないように叫んだり叱ったりするが、それは自分一人にしか聞こえない。議事の混乱を鎮めようと幾度も繰り返し試みるものの失敗し怒りに火が付き始め、苛立ちのため何を言って良いかも分からなくなって無分別な言葉を吐くことになり、こんな状態では人間どもが昔の聖なる仕来りに従って、女性を公共の定めの審議から閉め出していることを責められないだろうなどと思わず口走ってしまう。そして更に次のように叫んだ、「何たる騒ぎだ、こんなひどいことがかつてあっただろうか。」この言葉は、議場全体がすでに憤懣で一杯になり爆発寸前となっていたところへ聞こえてしまい、最初からあった不満をさらに苛立たせる結果となった。「何を言うか、モムスよ、お前は髭をなくしてやっと亡命から復帰できたばかりなのに、今や我々を咎めようというのか。」こうした皆の気分を察知したフラウス女神は、これは好機とばかり、それを利用しようと考えた。ユノーの尻馬に乗って、これでもかとばかり〔モムスの〕非道さとその侮辱行為の脅威全般に対する攻撃を援護する。

ユノーはすでに以前からモムスに対する反感をたっぷりと貯め込んでいたので、フラウス女神を上回る非難の声を強め、前代未聞の挙に出た。被り物を脱ぎ捨て女神は言う、「母性をそなえる者たちよ、今こそ立ち上がりましょう。ヘルクレス、お前はただちにモムスを捕らえなさい、これはユピテルの妹であり妻である者の命令です。」ヘルクレスはそれには抗えず、モムスをその場で取り押さえ、その山羊の毛のような髪の毛で顔を覆ったうえ、じたばたするのを力任せに抑えつけ、首根っこを掴んでユノーの前に引き立てた。するとたちまち沢山の手がモムスめがけて伸びてくる。行なわれたことの詳細を述べるのは控えておく。ともかくモムスは女性たちの手で男性のしるしを奪われ雄ではなくなったのであって[一五]、皆は彼の雄の持ち物を完全にもぎ取って海に捨ててしまったのだ。

そのうえでユノーが先頭に立ってユピテルに詰め寄り、モムスに対する彼らの憎しみを伝えその追放を懇願し、さもなければ女神たちはすべて逃亡してしまうことになろうと訴えた。母性の神々はこのような怪物が跳梁する場所では安んじて暮らすことができないのだと言う。そのようなわけで、涙ながらに付け加えて訴えたのは、このような悪以外のことをしない悪者には罰を与えることが必要だったのであって、そうした悪党を重用することは全天界の安全にとって何の益にもならないはずだということであった。

ユピテルとしては、まさかこのような大ごとになるとは思いもよらなかったのだが、大多数の者たちがこれほど強く願い期待していることには、許しを与えざるを得なかった。実際、大多数が一貫して中立てているのは、もしや国を崩壊させるのではないかという危険についての訴えであり、他の無茶な要求などを含むものではなかった。これに付随したもう一つの問題、つまりこの場で起こってしまった困惑させるような事態については、これは極めて重大なことであって、譴責されるべき不法行為であり些細なこととして片付ける訳にはゆかないが、議会の場で論議するにふさわしい問題ではないと考えられた。

それゆえ、まず女性たちの姦しいおしゃべりを静まらせことを決議した上で、少しばかりそのことに対する不快感を巡って慎重な言い回しで議論がなされ、このようにモムスの性的機能を失わせたことが、彼の縁者や親しい者たちには多大な苦しみを与え、今後それは非難の的となろうと考えられた。罰しないわけにはゆかないが、それは大勢の中での議論には馴染まない話題なので、静かな場で少数による審議が望ましく、後ほどその決定を申し渡すこととする。一方、モムスに加えられた災厄については、彼の縁者に与えた不愉快さは言うまでもないが、当面は表立って決議などせず、また彼らの心のうちにあるはずの怨恨や困惑をさらに煽るようなことはしない方が良い。しかし上級の議員たちに対しては早急に国政全般の問題について諮り、有効かつ必要な策を見出さなければならないとした。

統制の効かなかった女性たちの一群が議場から出てゆこうとしているとき、偶然にアポロが人間界から戻ってきたのとかちあった。彼はこの有様を見ても、こうした事態になるだろうことは将来を見通すその能力で予見していたので、わざわざ混乱の経緯の説明を求めることはしなかった。そこで目を剥いて言ったものである、「あゝ、何とも情けない、思った通りだ、こうなることは初めから分かっていたんだが一六、それにしてもひどい世の中になったものだ。」

アポロのところには皆が我先に駆け寄るべく玄関に殺到し、大勢が彼を取り囲んで逃れられないほどにしてしまう。その群衆の中には女神ノクス（夜の女神）一七も含まれていたが、こいつは盗み癖があり、アルゴ（百の目を持つ怪物）一八の目ですらも巧みに盗み取ってしまうほどの技を持っていた。アポロが肩から下げていた神託で膨れ上がっている袋に目をつけると早速それを盗み取ったが、誰もそのことには気がつかなかった。

アポロはあちこち飛び回って議会の有様についての情報を仕入れていたが、それが皆ユピテルの考えが招いた結果であることが分かってすっかり愉快になってしまった。そこで喜び勇んでユピテルのところに行ってみると、毛ほども考えていなかったような事態に遭遇する、そこには期待していたのとは全然違った、悲しげな顔つきのユピテルがいたのだ。

実際、ユピテルは疲れ切った様子で言った、「どうしてこんなに戻るのが遅かったのだ。」アポロは答えた、「私としては、あなたの命令を忠実に果たし終える以外のことをやるなどは全く念頭にありませんでした。しかし私が会いに行った哲学者たちはどれも、その教説を説明し終えるには厖大な言葉を費やさなければならず、長々と回りくどく話されるため、それを聞くのには苦労しましたが、あなたの期待に応えるためにはと、満足のゆくまで理解するよう努めてきました。というわけでそれらのどれについても、言葉の一つ一つまでお伝えすることができます、ただ例外はソクラテスの場合で、幾度も聞き返し訊ねたところでは、他の者たちの言うこととはかなり違っていました。それでもこの仁は、私の見るところ、有徳の人物で私の言葉に真摯に耳を傾けてくれ、それが彼の考えとは大きく違っていたとしても、それを咎め立てすることはしませんでした。彼は常に公平で、包容力があり、人間性豊かで、温和で、真剣で、人格者であり、真理の探究や美徳を尊ぶのを楽しむ人物です。彼が何か一つのことについて延々と語り出すと、それはそのまま見事な立派な論説として記憶されるようなものとなるのであって、それを聞かされたなら、私の信じるところでは、それが優れた考えであることが誰にとってもすんなりと分かり、少しも疑念を抱かせることなく、それが説く内容を理解するのに全く苦労することはありません。もし虚心にお聞きいただければ、あなたにも即座にお分かり願えるでしょう。」これに対しユピテルは言う、「是非聞かせてくれ、賢者の教説や言葉を聞くのは楽しいことだ、たといそれが当面の問題とは直接に関わらないものであっても構わん。」

アポロは答える、「二つの人種が、哲学者たちの中には、真剣で傾聴に値するものとして存在していることが認められます。すなわちデモクリトスとソクラテスです。ソクラテスについてはすでに触れましたが、まず最初にデモクリトスのことからお話しすることにしましょう、これはあなたの普段とは違う悲しい面持ちを笑いで輝かせることができるはずです。楽しんでお聞きいただけると思いますが、しかし内容は非常に深遠なものです。デモクリトスには、彼が近くの川で蟹を捕まえて、驚きの眼差しでそれを観察していた現場に立ち会いましたが、その様子を間近に見ていて驚きと称賛の入り混じった気持ちになりました。しばらく彼のそばにいたのですが、まるで玉葱人間[一九]になったかのように身じろぎもせず、私に言わせればあたかも目を見開いたまま眠っているかのごとく、何の反応も示しませんでした。デモクリトスのことをよく知ろうとして彼に声をかけてみても、彫像に話しかけて目を覚まさせようとするようなもので、時間を無駄にするばかりです。そこで別の手段を執ることにし、他の多くの哲学者たちを訪ね廻り、彼らが如何なることなら論難しないか、また如何なる生き方なら忌避しないのか、真理についての言説や意見が如何なるものであれば認められるのかを、聞いてみました。ところがいずれもあやふやで、曖昧で、どれをとってみてもその域を出るものはありませんでした。」

ユピテルは笑いながら言った、「おいおい、アポロよ、そなたは解釈の達人のはずなのに、彼らが言っていることが解釈できなかったと言うのか。」アポロは言う、「確かに、私は何でも容易にできると宣言してきましたが、これだけは別で確信が持てない部類のものです、中身がすべて互いに食い違い、矛盾しているのです。しかしこのことを別の角度から見てみましょう。それはこんなことです、すべての人間の中でも、この連中だけは考えが一致するということが一切なく、誰もがそれぞれの意見を持ち、言うことがすべて違い、唯一一致しているのは、馬鹿げた混乱状態がすべての人間どもを苦しめ、物事の判断を狂わせ、人生のあり方や生活態度、学び方、願望、その他のあらゆる方法に影響を与えているという点だけです。それに加え、誰を認め誰を認めないか、何を忌避し何を忌避しないのか、誰に共感し誰には反発するのか、そんなことまでが彼らの非難合戦の題材となっているのです。ですから、彼らの間にどれほどまたどのように諍いや論争が取り交わされているのかも言うのが難しく、非難のやり合いがあるかと思えば別のところでは沢山の模倣者があったりし、賢者とされる人々の間にも正気ではない者たちが見出される始末なのです。」

これに対しユピテルは言う、「哲学者たちがそのようにばらばらに振舞っているとすれば驚くほかないが、儂の見るところ、一方では一般民衆たちも折に触れ、その願望の赴くままに、不可能な願い事を持ち出し、雨が降って欲しいとか、お日様が照って欲しい、風が吹いて欲しい、果ては雷が欲しいなど、様々のことを言っているではないか。」

アポロは答えて言った。「そのことには触れないでおきましょう。当面の問題はこういうことでしょう、全世界の愚行のおかげでことがすべてうまく運ばなくなっているので、これを正そうとするということでしょう、それも将来にわたって不正を正す方策について意見を聞き、途絶えることなくまた時に応じ様々な広大かつ確固不動の世界を創り出し、愚かな諍いを避けるようにしたいということのはずです。しかし哲学者たちの世界のことはこれぐらいにして、デモクリトスの話に戻しましょう。」

「私は再度かの人物が蟹を解剖していた場所へ戻って見ました、その解剖の有様を驚嘆して眺めたことは前に申し上げましたが、彼はその蟹の甲羅を開き、明るい方に向けて中が良く見えるようにし、身をかがめて覗き込み、その殻の中の神経繊維の数を熱心に数えていました。彼に挨拶して見ましたが、全く反応を示しません。しかし私としては笑って済ませるわけには行きませんでした。お聞きください、ユピテル様、全くのお笑いぐさなのです。私はあることを思いつき、玉葱を近くの畑から採ってきてそれを二つに切り分け、その人物の面前に立ち、そして玉葱に向かって彼がしている仕草をそっくり真似ることにしました。彼が顔を顰めていたので、私も同じように顰めました。彼が首をこちらに傾けたので、私もそうしました。彼が大きく目を見開いたので、私も同じことをしました。何と滑稽なことでしょう。彼のやるのとすべて同じことをやるように努め、彼のすることを真似ながら彼のしないようなことは一切しませんでしたが、デモクリトスの方は目に全く感情を表さず落ち着き払っていたのに、私の方は玉葱の刺激臭のおかげで目に涙を貯めていました。何と滑稽なことでしょう。ともかくこんな滑稽なことを彼の目の前でいとも真面目にやってのけたことで、ようやくその場で彼と話をすることができたのでした。

「彼は見下すように笑って言いました、『おや、あんたはどうしてそんな涙を流しているのかね。』そこで私の方も同じような口ぶりで、『あんたこそそこで何をしているのかね、どうして笑っているんだ。』と言い返しました。すると彼は、『あんたの方から先に説明しろよ』と言う。私は『あんたこそ先に答えろよ』と返しました。そこで言い合いは収まって大笑いとなりました。」

「彼の説明はこうです、『これはあんたの勝ちだな、いまやっていることを説明しよう。これまで動物たちの体を切り開いて（人間の体を刃物で切り刻むのは嫌なので）調べることを沢山やってきたんだが、それは生き物に悪をなすもの、つまり怒りの大本のありかを知るためで、それが強く働くことで人間の心を興奮させ、すべての理性まで失わせてしまうことになる。それが発見できれば、人間生活のあらゆる局面を快適で有益なものとすることができるはずなのだ。これまでほとんどの動物については満足すべき結果を得たんだが、人間についてだけは、どうしてあれほどの愚行が出てくるのか判っていない。判っているのはこんなことだけだ。すなわち、体の中を巡っている体液が命の源となってそれを発動させており、様々な成分からなるそれら各種が一つに合わさって血液となり、それが体の隅々にまで届くように、一箇所に集められたりあるいは分散したり、自然の定めに従って共に働き、活動が保たれている。通常はそれらも体の組織を活性化させており、あるいは体を奮いたたせ、またあるいは筋肉の中にまで入ってそれを躍動させたりするのだが、発熱や外からの強い熱が急激に加わったりすると、その外からの刺激が体液の通り道を駆け巡って、物事を判断するための場所にまで届いて浸透し、激しく混乱した状態を燃え上がらせ、本能すべてを炎上状態に、心を錯乱させてしまう。このことは他のすべての生き物についても明らかに見て取られる。いかなる生き物をとってみてもそうで、いまこの手にしているもの〔蟹のこと〕でも、自然がこれに立派に闘う力と勇猛さを与えていることが、注意深い観察から見て取られた。この甲羅も、この脚も、どこをとってみても、自然は全体を硬い殻で覆い尽くすようにしており、これなら武器〔鋏のことか?〕などは全く歯が立たず、相手を傷つけることなどできない不要なもので、自然がこれを与えたのは、威嚇する効果だけを狙ったものであることが分かる。何よりも当惑させられたのは、これには生きるための知識を得るべき脳が、懸命に調べてみても見当たらないことで、目下のところ、生き物が動き回るのに脳が必要で神経繊維全体が脳と繋がっているとは言い切れない。ともかくこれは沢山の部位からなっていて、頑健でしっかりとした動きをしていながら脳のありかが分からないままだと言うことだ。』デモクリトスはこのように語ってくれました。」

「私の方としても、これに対して、哲学論議ができることを示すべく何か言うことにし、自分が玉葱を手にして思い巡らせていたのは、神々が世界を破壊しようと考えているのか、はたまた永遠にそれを保存しようとしているのかについてであった、と言ったものです。彼はこれに対し、『おやおや、とんでもない預言者が現れたものだ。いったいあんたはどこでそんな新しい霊力を手に入れたのかね』と言います。これには私はこう言いました、『当たり前のことですよ、あなた方が論理で以って哲学論議をなさるのにそのまま習ったまでのことで、つまり玉葱は大いなる世界を体現しているのだということですよ。』『よくも言ったり、これには興味をそそられるね、このちっぽけな球状体を調べることで大いなる世界を解明しようとは。しかしどうやるのだ。その玉葱のどこにそんな大きなものがあるというのかね、そいつはあんたに意地悪して涙を流させてしまったじゃないか。』と彼は言います。」

「私は答えました、『御覧なさい、この二つに切った玉葱が、CあるいはOの文字に見えませんか。これがいとも明白に予言しようとしていることが読み取れませんか。』彼は言います、『何だね、玉葱があんたに語りかけたり、誰かが言っているように天空が歌ったりするとでも考えているのかね。』私は答えました、『そんなんじゃありません、だけどもしそうだとしたらと考えたまでです。OやCの文字が、破壊〔occido〕あるいは凋落〔corruo〕を示しているかのように連想したのです。その連想は取り下げるとしても、一方ではこれが世界〔orbis〕の凋落〔corruo〕のことを指しているとも読み取れるでしょう。』彼はこれに対し苦笑いしながら言うのです、『あんたは情け深くも、世界が消滅したり粉々になると言って泣いているのかね。だけどよく聞いてくれ、この絶えず変わり行く世界をゴミにして止めてしまおうと考えたとしても、それはさらにゴミを増やしてゆくだけのことじゃないかね。』このように言われて、この賢者が我々の世界の問題について如何に深く通じているかを知り、感じ入って無言となり自分に言い聞かせました。『お前は脳を持っていながら言うべき言葉を知らないのに、彼の方は蟹の中に脳を探しているのだ』、と。」

「これぐらいでデモクリトスの話は切り上げます。今はソクラテスのことに戻りましょう、彼こそはあらゆる美徳と賞賛すべき威厳をそなえた男です。彼とは皮鞣し職人の工房で出会いましたが、彼はいつもやるようにそこで職人に沢山の質問を投げかけていました[二〇]。しかしこちらにはちっとも振り向いてくれません。」ユピテルは口を挟んで言った。「そなたは今しがた彼が威厳をそなえた男だと言ったではないか、それがどうして皮鞣し職人なぞのところにいたのだ。それはともかくアポロよ、ソクラテスが何を質問していたのか早く聞かせてくれないか。彼の本当の言葉が聞きたいのだ、誰彼がソクラテスについて言っている作り話ではないのを。」

「おっしゃる通りです、私が聞いたことを記憶通りにお話ししましょう。『職人さんよ、教えてくれないか、あんたは良い靴を作ろうとするときに、上等でないかどうか皮の品定めをしたりはしないのかね。』、『もちろんしますよ』と職人は答えました。そこでソクラテスは訊ねます、『そんな上等の皮でもって何かを自分で作ろうとするとき、他の連中が作るものより優れたものにしたいと考えるものかね。』、『そりゃそうですよ。』さらにソクラテスは訊ねるのです、『どうやって皮の良し悪しを見分けるのかね。あるいはどこかで質が良くて使い易い皮を見てきた経験から、予めそれらと見比べて、これはだめだとかこれならいけるという判断を幾度も繰り返しているのかね。』、『当然そうしてますよ』と彼は答えます。ソクラテスはまた言います、『そうすると、上等の皮が手に入ったとして、それでもって欠陥のないものを創り出すのは、偶然そうなるのか、それとも注意深い手順に従ってやるのか、そのどちらだろう。』職人は答えます、『手順に従ってやりますよ。』ソクラテスは言います、『それじゃその手順というのは、どんなものなのだろう。これまでの経験から、多分これで皮を使いこなせるだろうということなのか。』職人の答えは、『その通り。』ソクラテスは訊ねます、『多分ということは、あんたはこれまで皮を扱う時に同じと思われるものを選び出し、それを隅から隅まで全体を調べ尽くし比較して、それがこの後に皮を扱う際にも役に立つように心に記憶しながら、その皮を扱っているということなのだろうね。』彼は答えます、『言われる通りです。』ソクラテスは、『そうだとすると、これまで皮を見たことがなかったとしたらどうするだろう。皮の上等さやそれらが同じ質のものだということがどうやったら言い表せるのだろう。』と言います。」

ここまでユピテルは、ソクラテスが発した質問を最大限の注意を払って聞き取ろうとしていたのだが、突然、信じられないという風に大声を張り上げ、ソクラテスを称賛して言った、「おゝ、なんと素晴らしい男だ。全くその通りだ、おゝ、アポロよ、どれほど多くの人間どもがいたとしても、ソクラテスほどの知恵者がいるだろうか。そなたから聞かされたことから直ちに確認できるが、彼は人間たちの生業や彼らの働き方について知り尽くしているということで、そなたの言った通りだし、誰にでもこれは分かる。それはとりもなおさず、哲学者というのは、その目で以って物事を深く見通し、それらすべてを検証しようとしており、当たり前のことや不思議なことをその根源から考え、理解しようとしているということだ。その言っていることも試みていることも分かった。そなたは見事にそれを分からせてくれ、また満足させてくれた。そなたがソクラテスについて言った言葉に二重の意味があるのも分かった。つまり、世界を作り直すとすれば、予め思い描いた形通りにその美しさを再現しようとするか、さもなくばどこまでも突き詰めて試行錯誤を重ねて行くかのどちらかだということだろう。しかし、その後、どうなった。」

　これに対しアポロは答えた、「実は職人はこの質問に答えることをせず、黙ってしまいました。そこで私はお節介を焼いて口を挟みましたが、ソクラテスはまことに親切に快くそれに応対してくれました。そのやりとりの中身を事細かにお伝えするには時間がかかりすぎますので、かいつまんで申し上げれば、大事な点は、それが複数の疑問を導き出してしまうことになるということです。つまり、もしあらゆるものをそなえたような世界が確かに存在し、そこにはもはや付け加えるべきものがないとしましょう。そこには何も付け加えることができず、また取り去ることもできない、いわんや壊れることもない、そこに何かを加えようとしても、どこに付け足すことができるでしょうか。あるいはそれを壊すにはどうしたら良いのでしょう。」

　ユピテルが遮って言う、「話が違うじゃないか、それが皮鞣し職人の分かり易い話とどう繋がるのだ。」アポロは答えた、「ユピテル様、お願いですからこの言葉が言おうとしている真の意味をよく考えてみて下さい。あなたは彼の言ったことを勝手に歪めて受け取り、間違って過大評価してしまっているようです。彼はこの問題については全く同情などは示していませんし、また本心を包み隠してしまうようなこともしていないのです。ピタゴラスについても彼が何も言っていないことを取り巻きたちが勝手に作り上げ、嘘を真実であるかのごとくに言っているのが一般に受け入れられてしまっているのですが[二一]、〔ソクラテスは〕何かを否定したり、信じ込んでいたりというようなことは全くしていませんし、それに尾ひれをつけ、さらにそれにまた付け加えるなど不適切極まることであって、彼が実際に言っていたことを勝手に修正してしまうことになります。」

ユピテルは言った、「そう言われてしまっては前言を撤回することにするが、そなたはまだ他にも有名な連中を訪ねて回ったはずだ、アリストテレスやプラトン、ピタゴラスらにも同じように会っているだろう。彼らはどんなことを言っているのだ。そこでは何か新しいことが出てこなかったのか。」

アポロは言った、「アリストテレスとは、彼がパルメニデス[二二]やメリッソス[二三]をこき下ろしているところに出くわしましたが、無知なうえ大した哲学者とは思えませんでしたし、大げさな身振りで誰彼なく出会った者に喧嘩を吹っかけ容赦せず、居丈高で信じられないほど傲慢で、相手に決して反論を許さないのです。テオフラストス[二四]については、彼の著作が山と積まれて燃やされているのを見ました。プラトンは人の言うところでは。どこか遠くへ行っていて、自分が創った目に見えない国にいるのだろうと言うのです[二五]。ピタゴラスは数日前には雄鶏の姿だったが、今はおそらくカササギかでなければ鸚鵡になっているだろうと言います。彼は時々こんな風に違った姿になるのだと言われています[二六]。」

ここへきてユピテルは言う、「おゝ、アポロよ、哲学者たちをこの館に招き入れて様々なことを語り合えたらどんなに良いだろう。儂のまつりごとについても素晴らしいことになるだろうに。そなたはどう思う。彼らを拉致してくる労を執らなかったのか。」アポロは答えた、「それはその技を持っている者ならできることでしょう、そのやり方をよく知っている者なら。」ユピテルは言う、「難しいのは分かっている、哲学者というのは、体は弱々しいのだが知恵だけは発達しているのだから。」

アポロは言う、「いや逆ですよ、本当は易しいことです、ちゃんと聞いてくださいな。」ユピテルは言った、「そなたがたっぷりわきまえている例の技〈神託のこと〉に頼ったらできるのじゃないか。」アポロは言った、「いちばんの人物をまず連れてきて、彼一人に話させるのが良いじゃないですか。」ユピテルは言う、「いやそんなことじゃない、そなたの得意技でやってみてくれと言っているのだ、試してみてくれ、そんな者がどこにいるか分かるように。」

そこでアポロはいつもやるように神託の紙に伺いを立てようとしたところ、その袋ごと盗まれてしまっていたことに気づき口が利けなくなり、悲痛な叫び声を挙げたが、すぐに取り繕い、自分がいかにしてソクラテスと親しくなったかについて縷々語り始め、ソクラテスに取り入り、説得したり懇請したりした経緯を話した。彼との哲学論議は長時間にわたるもので、非常に洗練され楽しい話で満たされていたとする。そしてこうした話を聞いてしまうと、モムスがかつて人間たちについて語っていたことも必ずしも間違っていたとは言えず、彼らは他に方法がないときには他人の意見を盗むことも辞さないのが理解できるとも言った。

そのように話したことで少し気持ちが収まったらしいのを見計らい、ユピテルはアポロを見据えて言った、「どうもよく分からんのだが、アポロよ、デモクリトスは蟹の動き方についての考えをそなたにたっぷり説明してくれたのだろう。蟹は怒りとは無縁なのに攻撃するに充分なだけの武器や神経をそなえているという。ところがそなたは、怒りを爆発させたりそれを抑えたりすることもできるのに、体の方は蟹に匹敵するようなものを何も持っていないのだ。どうすれば良いのだ。誰に頼れば良いのだ。いかにすれば犯罪を犯す者に罰を与えることができるのか、あるいはそのまま悪を見過ごすのか。彼らが何も持たないことを良しとして受け容れ、貧困や苦しみなど悪とされているその他諸々の災厄を恐れないのはどうしてだ。」

アポロは答える、「そのご指摘はごもっともです、世界が崩壊するかもしれないということに触れても彼がほとんど狼狽しなかったのに、私の方は持ち物が盗まれたということだけで惨めな気分になっているのですから。その私は、〔太陽の〕熱でもって人間どもを死滅させることだってできるのにですよ、ユピテル様、連中を死滅させられるのですよ！」

ユピテルは言った、「確かにそなたも彼らをいじめつけることはできるだろうが、しかしそなたはそんなことは何もしていないし、彼ら人間どもがそのことを知らないでいるうちは、それを考えたり計画したりはしないはずだ。哲学者たちはそうしたことを知るべく磨き上げた眼力を使うだろうし、さもなければそなたの神託の助けを借りたりしながら行動し、その知恵を総動員して生きているのだ。そなたがすっかり落ち込んでいるのはよく分かる。早く立ち直ってくれるのを願うばかりだ。自分を取り戻してくれ二七。この世は予測できないことで一杯で、どのように落ち着くことになるのか知る必要があって、そなたの予言を待っているのに、そんなに落ち込んでしまっていては困る。」アポロは答える、「おっしゃる通りです、ご忠告に従って気を取り直すように致します。これまでしてきたように、どんなことでもその成り立ちを解釈し説明できるように〔神託を〕作り直しにかかります。それらを書き改めるのは少々手間がかかりますが、注意深く慎重に、適切で充分に役立つように作り直しましょう。」

こんなことがやりとりされているあいだにも、アエストス(暑熱)やファメス(飢餓)、フェブリス(狂騒)二八やらその他同様な連中が計画の中身やその成り行きを聞きつけて、この先の仕事に向けて準備を始める、つまり無数の人間どもに悪をもたらすことに取り掛かるのだが、すでにも彼らは、人間たちや生ける者すべてを苦しめることをもって役割と心得て、それを行なっていた連中である。彼らによる災厄が襲ってくると、人間どもは神々に黄金を捧げることがいちばんだと考え、また盛大な祭典を奉納することにし、信じられないような壮大な装置や劇場、舞台を、金に糸目をつけず飾り立てた。楽師やら役者、詩人たちから無数の民衆に至るまでがそこに加わり、あらゆる国の隅々に、全世界中にまで、それが広まる。ともかくそれをやることで自分に箔がつくとあれば、神殿でも、生贄の儀式でも、祭りでもすべて、飾りで埋め尽くしてしまう。これが果てしなく続くのだ。

　しかもそうした事業が膨れ上がってゆくことも全く厭わず、劇場やら大競技場も黄金や絵で満たされ、その大掛かりなことは信じられないほどで、その規模は果てがないと思われるほどとなる。それらの大階段には神々の巨大な彫像が据え置かれ、そのどれも黄金や宝石で美々しく装われ、それらの黄金や宝石の値打ちはどんなものも太刀打ちできないほどであり、水辺にはすべて様々な花々が配されてそのかぐわしい香りを発散させている。見上げれば壁には絵が描かれ、アラバスターでできた祭壇や様々な人目を惹くものたちがあるが、それらは賞美の的というよりは見る人々を驚かせてしまうようなものである。至るところ、人目を惹かずにおかぬものはない、その最たるものは、どの柱間にも英雄たちの彫像が配されていることだ。こうしたご大層な装置の数々が人間たちのあいだでは立派なものとして受け入れられ、人々を感動させずにはいないだろうと考えられていたのである。その効果のほどとしては、おそらく一部は研究に役立つだろうし、また一部では人々の感動を誘いそれについての頌詩かさもなくば憐憫の言葉が聞かれるかも知れないし、それらを上回るさらに壮大なものに造り変えたいと思わせるということもあったろう。

実際のところ、人間たちがまずいちばんに救済を求めてお詣りしたのはヘルクレスに対してであり、ユピテルから授けられた大槌を携え、神となった今はその破壊力によって災厄を打ち消すことで、人間に恩恵を与えてくれると考えられたのである。彼はそんなわけで尊ばれ迎えられ崇められたのだが、実のところは彼は何ら恩寵を与えたわけではなく、怪しげな迷信を膨らませただけであった。それでいながらお供え物の値踏みには熱心で、そのお供えがどの程度の信仰心からなされたものかなどにはお構いなく、つまりモムスの偽りの言葉のおかげで神など存在しないと考えている者からであろうと、あるいは、神々に篤い信頼を寄せ熱心な願いを篭めた者からであろうと、全く気にかけなかった。

彼はモムスの本性やその考え方については幾度も思い返しており、そこから到達した結論では、人間どもの中には、神が人間に憎しみを抱き困らせるよう仕向ける者がいる一方、従順に神を受け入れ、敵意を振り向けるような神は無視する態度をとる者もいるということであった。モムスが憎んだのは、モムス当人とは違うように見える別の神の方を歓迎していた連中に対してであって、彼らは見た瞬間からモムスがねじ曲がった怪しい心の持ち主であることを見てとっていたのであり、そのことは彼の顔つきからも分かり、人間に攻撃を仕掛けてくる存在と映ったのである。そのように受け取られてしまったからこそ糾弾されるべき者と見なされて、あのように多くの非難と戦わなければならず、その結果髭を失うことになったのも、何ら同情には及ばないということになる。

最終的にヘルクレスはノクスの娘ウムブラ（影）[二九]を訪ねて目撃証言を得たが〔彼女は神々の中ではこうした〔陰の〕面にいちばんよく通じていた〕、モムスが宴会の席上で、人間たちの反感について語り彼らがすべて悪意に満ち不信心であると強調したのは実は逆で、モムスこそが神々を嫌っていたのであって、人間たちがそうしていたのではなく、あたかも哲学者たちがそう言っていたかのように偽り語ったのだという[三〇]。そして付け加えたのは、神々の中でも最も思慮深くあるべき神、つまりユピテルがそれを知らなかったということであった。そこでモムスは、きっと大多数の者たちも革新を望んでいるものと思い込み、上位の者たちが下層の者たちを押さえつけることしか眼中にないと考えて苛立ち、彼ら上層の神たちを非難する以外のことはやろうとせず、また純朴な神々で現状に満足し新しいことを望まないような連中をも攻撃の的としたのだ〔とヘルクレスは考える〕。

古株の神々は、かつては優れた建築家たちであって、その技を振るって世界を造りあげていたのだが、今やそれらが老朽化し使い物にならなくなっているのに、彼らはいずれも、それらを補強し立派に仕立て直し装飾を加えて長もちするように、常に時代に合うように手を加えてゆくことを拒否している。これに対し新しい若い建築家たちはそれなりに経験を積んでいて、もっと丈夫にできるような別の手法も学んでおり、ユノーが造らせた凱旋門については、誰も最初からそれが壊れるように望んで造っていたわけでもなければ、工事の途中で崩れてしまうことになるとも考えていなかったはずだと言っている。こうしたヘルクレスの考えには、ユノーやバッカス、ウェヌスらも同感で、ユノーの建物の残骸についても若い連中に教訓を与えるものだとして公然と擁護し、彼らに従う天界の一派も口を揃えて同様な主張をしていたのである。

一方ユピテルは、こうした主張や動きを見て、また進行しつつある事業を差し止めるのが難しいことや、思わざるほどの大量の寄進がそれらに対し集まっていることなどを考えると、自分の当初の宣言を破棄してしまうのは容易であると思い至った。それゆえこの局面に際しては、モムスへの憎しみを掻き立てさせてしまったやり方を逆手にとって、かつて彼に与えようとしていたのと同様な恩赦を与えることに決めた。

そこでユピテルは次のように宣言する、「天上界の各位よ、改めて言うまでもないが、我らが同胞である人間たちについては、彼らがこれほど多くの事柄を成し遂げ考えていたとはこれまで全く思い及んでいなかったし、ましてや不信心であると見なされていた人間たちが、これほど我らの考えに期待を寄せ祈りを捧げてきているのもほとんど予期されなかったことだ。いったい、自分に対して敵意を持つ者に対し、自分が切望する事柄について祈りを託し、願うようなことがあるだろうか、自分に何の助言も与えず見向きもしてくれないような相手に対しては。余は決してそのようなことは望んでいるわけではないが、よこしまなことを企てる者を咎めることを望んでいないかのごとくに装ったり、あるいは新しいことを企んでいる者を知らぬふりで見過ごすのは容易だ。問題に真剣に取り組んできていて、余の行なうことを疑わぬ者ならば、その妥当性について快く認めずにはいないであろう。」

「そのことはしかしもう良い。言わんとしているのは、余は多くの人々が共に考察すべき問題を提起してくれるような問いを見出したということであり、すなわち、あらゆる部分が完璧であるものからなり、もはや何も付け加えることができない世界を心に想い描いたとしたらどうなるか、だ。そして慶賀すべきはあらゆることが未だ隠されたままであることであって、つまり予測できない未来が我らの前に開かれているということだ。しかしその問いを目の前にして余は自らをも悩ませており、これは多くの賢者たちが様々な場所で長い時間をかけて考察に取り組んできていることである。」

「その筆頭の例を示してくれたのが我らがモムスであって、その虚言と隠蔽術によってそれを体現して見せた。モムスは余を籠絡し偽りを信じこませ、その技を用いて、余に親身に忠告してくれるユノーの言葉にも耳を傾けさせないようにまで仕向けたのであり、おそらくこれは彼の憎むべき悪行の最たるもので、その虚言が最大限の効果を発揮した例とすべきであろう。彼は複数の知恵を身につけていて、それぞれ異なる場面でそれらを使い分け、哲学者たちと渡り合うこともできたし、また一方では巧みな技でその才能を包み隠しほとんど表に出さず、様々な形の真面目さを演じ分けていた。その見事な振る舞いは、ある時は真面目に、ある時は狡猾な知恵を披瀝し、またある時は思慮深く、それらがいずれも自ずから身についたものと信じこまずにはいられないのだ。もはや繰り返し言うには及ばないが、彼の弁舌はかくも優れ、説得力があり、新たな事態に遭ってもあたかも前もって備えていたかのごとく切り込むことができたのだ。」

「一方、彼の言葉は心の中に繰り返し蘇ってくるのを覚えるのだが、しかしその弁舌によって余の知識が少しでも増したようには思われないのはなぜか。実際その通りで、それは明らかであって、何も明らかにしないし何も単純化してくれないのだ。それどころか、その言葉と向き合いその働き方をよく考えてみると、それは様々な意味を持ち、その鋭い機知は最終的には悪に行き着き、一見単純に思われた論理が実は大いなる煩悶と不審の念を創り出してしまう。こうしたことを思いつくのにモムスは非常に長けており、それを操ってほとんど一人一人にまでその言葉で働きかけようと企み、巧みに近づきその心の奥底まで忍び入ってそれを探り見極めていた。自分の周りのものすべてを全く信用していなかったのだ。実際、最初にそれに接した時は、いかにも親切な言葉のように思われても、その大本まで考えてみるとそれが破壊的であったことが分かってくる。それは言うなれば、我々すべてに向けられた攻撃の矢であり、災厄であった。しかしユノーがその非道さを指摘し憎んでいたことにより、また大勢の神々の行為がそれを押しとどめてくれたおかげで、終わらせることができたのである。

「我らの叡智は健在であった、それによりモムスの悪意に満ちた新たなる暴虐の企てが、そこから当初は思い及ばなかったような混乱が生ずることを予見し、再び神々に平穏をもたらし、人間を苦しみから救うこととなった。我らはここから多くのことを学んだ。モムスによる災厄は全く唾棄すべきものであり、神々をも人間をも、もろともに憎み、非道で、常軌を逸し、不穏をもたらし平安を乱すことを目論み企てるものであった。国家の安寧や恵みを与えるべき仕組みが、その秩序もろともに、覆されようとしたのであり、その強固で精妙な成り立ちの土台が、今にも破壊されんばかりとなったのだ。悲惨かつ不条理な苦しみが情け容赦もなくのしかかり人々の心をかき乱し、いかなる望みも、いかなる安息も失われようとした。この大胆不敵な所業により、すべての人々に憎しみを植え付け、その心を汚し歪め、傲慢かつ不遜となさしめた。それが発した言葉の働きは破壊的であり、有無を言わせぬ強圧的なものであった。その言葉でもって世界の物事をいちどきに破壊し破滅させようと企てるものであり、それに加うるに神々に対する憎しみを植え付け、神々の汚点を並べ立て止むことなく悪し様に罵り続けるべく仕向けた。神々は己の楽しみしか考えておらず、自らの欲望に任せ人間を抑圧し破滅させようとするものだとしたのであり、〔以上の諸々の罪状に鑑み〕彼を大海のかなたに追放し鎖で縛りその償いをさせることとし、その体を、頭以外はすべて、永久に水に沈めて置くよう、ここに申し渡すものである。」

ユノーはこれを喜び、ユピテルに口づけをし称賛して言った、「よくぞなさいました、それでこそ我が夫です。しかしまだ一つお願いしなければならないことがあります。あれほど非道な行ないと誹謗を我ら女性に仕向けてきたモムスに対しては、未だ半分は男である彼を完全に女にしてしまうよう、お願いします。」ユピテルはこれに承認を与えた、かくて追放され性転換されたモムスは、以後、神々からは、彼が去勢されたことをもって、「フムス」[三一]と呼ばれることとなった。

一　ストゥルティティア **Stultitia**（愚行の意）は、ローマで二月十七日に行なわれていた「愚者の祭」*Feriae Stultorum* の主役である愚行の神に扮した者を指したと見られ、常在する神ではなかったと考えられるが（cf. Ovidius, *Fasti*, II 475-532）、アルベルティはあたかもそれが天界の神の一人であるかの如くに取り上げている。

二　アエルギヌス **Aeruginus**——神話にもまた古代ギリシアやローマの建築家たちの中でも、このような名前は見当たらない。おそらくこれは **aerugo**（＝銅の錆の意であるが、強欲の意味もある）の語からアルベルティが創りだした架空の存在と見られる。

三　プラトンがアテーナイに作っていた学園「アカデーメイア」Academia (Ἀκαδήμεια)を指す。

四　これはこのすぐ後のくだりで言われているように、どこかに雲隠れしてしまったプラトンを探していたのを指すのであろう。

五　「灯り」としたのは"lucilucas"という語で、これはlucifuga（夜を明るくするものの意＝ホタル）から作った造語であろうという。Sarah Knight 訳ではこれをホタルそのものであるとし、これは *Intercenales,* Lib. 4 の「犬儒学者」*Cynicus* の中でフォエブスがソフィストたちをホタルにしてしまうべきだと宣言することと結び付けている。アルベルティがその前著の記述を意識していたであろうことは疑いないが、しかしこの語をホタルそのものとしてしまうのは如何なものか。

六　プラトンがしばしば雲隠れしてしまうということは、この後のアポロの報告の中にも出てくるが、これはプラトンの幾つかの著作に見られるほとんど実現不可能な理想社会（しばしば「ユートピア」*Utopia* として表現されるが。この語は実際にはトマス・モアがギリシア語から作り上げた造語で、「どこでもない場所」を指す）を皮肉るものと考えられる。こうしたプラトンへの皮肉はルキアノスの「本当の話」*Verae historiae* (*Ἀληθῶν Διηγημάτων*)や、「ユピテルの悲劇」*Jupiter tragoedus* (*Ζεὺς Τραγῳδός*)などに出てくるものである。

七　これは「犬儒学者」として知られたディオゲネス Diogenes the Cynic (Διογένης ὁ Κυνικός, 412/13-323 BC)が、アレクサンドロスと出会った時の逸話をもとにしている。それよれば、アレクサンドロスがこの学者に敬意を表そうとして、その甕のそばに近づき、何か自分にしてやれることがないか訊ねたところ、ディオゲネスは「そこをどいてお日様があたるようにしてくれ」とだけ答えたのだという。cf., プルタルコスの「アレクサンドロス伝」、14.

八　これはデモクリトス（第二書の注九を参照）が動物の「気持ち」humor の出所を調べるために行なっ

たとされる解剖実験を指していると見られる。デモクリトスの友人でもあった医学の祖ヒッポクラテス Hippocrates (Ἱπποκράτης, c. 460 – c. 370) によれば、動物の体には四種類の液体（血液・粘液・黄胆汁・黒胆汁）があって、それらの働きが様々な「気分」を創り出すのだという。なお、「笑いながら」というのは、デモクリトスが、万物流転説を唱えた悲観主義者ヘラクレイトス Heraclitus (Ἡράκλειτος, c. 535 BC – 475 BC) と対照して「笑う哲学者」とされていたことを踏まえたものであろう。しかしこのくだりからすると、デモクリトスの笑いについてのアルベルティの理解は、楽観主義とはほど遠い、ある種の諦めからする皮肉な笑いのようである。デモクリトスの伝記としては、ディオゲネス・ラエルティオス Diogenes Laertius (Διογένης Λαέρτιος, 3 C. AD) の「哲学者列伝」(*Βίοι καὶ γνῶμαι τῶν ἐν φιλοσοφίᾳ εὐδοκιμησάντων*)、Lib. IX, cap. 7 が最もよく引かれるが、内容については不確かな点も多い。その学説についてはテオフラストス（後出の注二一参照）が高く評価し、解説していた。

九　ディオゲネスが住み処にしていた甕は商品の葡萄酒や油などを運ぶためのもので、メルクリウスが商業の神とされていたことから、それを比喩的にメルクリウスのための祠と呼んだのであろう。

一〇　アポロは予言の神ともされているので、神託を記した紙片を袋に入れて持ち歩いていると皮肉ったものであろう。

一一　これらの詩句はローマ時代の風刺詩人ユウェナリス Decimus Iunius Iuvenalis (ca. 60 - 133/140) の「風刺詩」*Saturae*, VII から取られたもの。一行目は line 103 (Quae tamen inde seges, quis fructus apertae?)、二行目は line 81 (Gloria quantalibet quid erit, si gloria tantum?) を引いている。これらは学問研究の虚しさを皮肉ったものである。

一二　ローマ帝政期初期の夭折した詩人ペルシウス Aulus Persius Flaccus (34-62 AD) の「風刺詩」*Saturae*, III, line 49-50 (*Scire erat in voto damnosa canicula quantum / Rederet augusto*). "canicula"は「仔犬」の意だが、サイコロ・ゲームで不運な目が出ることを指す。これは学問成就の難しさを嘆いたもの。

一三　キュベレ Cybele (*gr.*, Κυβέλη) はBC.二世紀ころに、飢饉やカルタゴとの戦争から救うべく、フリギア地方からローマに勧請された外来の神とされるが、その後ローマの筆頭の守護神として位置づけられ、ラテン人の先祖とされるトロイアからの亡命者たちの母神であり、またユピテルの母ともされるに至る。

一四　プルート Pluto (Πλούτων) は冥界を司る神。ユピテルの兄弟とされる。ここでほのめかされている彼の強欲さは、この後の第四書での劇場での騒動で明らかにされる。

一五　原文は"ex masculo factus est non mas." ―― masculo と mas の語呂合わせの面白さをねらったもの。

一六　"quam belle scisti uti foro." これはテレンティウスの喜劇「ポルミオ」*Phormio* の中の登場人物の一人、ゲータ Geta の台詞(line 79)の一部を引いたもの。

一七　ノクス Nox は夜の意であるが、これを神として扱っている例はプラウトゥスの喜劇「アスィナリア」*Asinaria* などに見られるが、ここでアルベルティがギリシア神話の夜の女神ニュクス Nyx（モムスの母親ということになっている。第一書の注一参照）と同一の神として扱っているのかどうかは不明。アルベルティはモムスの母親のことについてはどこにも触れていない。

一八　アルゴ Argo (*or* Argo[u]s) は百の目を持つ怪物で、ヘーラーがゼウスの愛人のイオーを見張ることを命じられていた。

一九　玉葱 caepo (*it.*, cipolla) には「馬鹿者」、「阿呆」などの意味がある。またエジプト人は玉葱には神聖な魔力があると信じていたと言われる。

二〇　ソクラテスがそうした職人たちとまで対話していたということは知られていない。これはむしろ、アルベルティ自身がならいとしていたことに言及したものとみられる。著者不明で「自伝」ではないかと考えられている未完の断片の中には、「……あらゆることについて、自分が知らない事柄に対してはその知識を補おうと努め、鍛冶職人や、建築家、船乗り、果ては靴職人に至るまで、彼らの技能の中に何かしら独自のもの、秘伝のような特別なものがありはしないかとたずねまわったのである。そして自分からも、もしそれを欲する者があれば、喜んで他の者たちにそれを分かち与えた。時には多くのことについて無知を装い、他の人々の知識やその熟達の技を探り出そうとまでした。このようにして彼は、様々な物事について、技術であれ手業であれおよそそれらに関わる事柄へのたゆまぬ探求者となったのである。……」と記されている。

二一　これはピタゴラスの教説（特に数値比例に関する学説）が一種の神秘主義と捉えられ、弟子たちがそれを宗教のようなものとしてしまったことを指しているのであろう。このことからもアルベルティが、ピタゴラスに由来するとされる数字に魔術的な力があるとする神秘主義からは距離を置いていたことが確かめられる。しかし二〇世紀になっても、アルベルティをそうしたピタゴラス流神秘主義と結びつけて解釈するような学説が権威として認められている（例えば、Rudolf Wittkower, *Architectural Principles in the Age of Humanism*, 1949 など）ことからしても、その誤解の根は深い。

二二　パルメニデス Parmenides of Elea (Παρμενίδης ὁ Ἐλεάτης, fl. late sixth or early fifth century BC). いわゆる「プレ・ソクラテス」の哲学者の一人で、「ギリシア哲学の祖」とされ、ソクラテスやプラトンらに大きな影響を与えたとされるが、その著作としては、自然の成り立ちを論じた詩の断簡が残るのみである。アリストテレスの彼への批判は、その真空(絶対無)の否定論に関わるもので、それ以外の点では総じて高く評価していたようである。

二三　メリッソス Melissus of Samos (Μέλισσος ὁ Σάμιος; fl. 5th century BC). 彼はパルメニデスの弟子とされ、アリストテレスは彼が師の説を拡大解釈したとして批判していた。なお、アリストテレスのやや尊大な性格や人柄については、ディオゲネス・ラエルティウスの「哲学者列伝」に様々な逸話が紹介されている。しかしアポロの口を借りてではあるが、アルベルティがなぜここまでアリストテレスを酷評しなければならなかったかはよく分からない。

二四　テオフラストス Theophrastus (Θεόφραστος, 371-287). アリストテレスの盟友で、その死後にアリストテレスの学校「リュケイオン」を引き継いだ。彼以前の哲学者たちの学説を祖述解説する多くの著作を遺した。彼がデモクリトスを高く評価していたことがプラトンの気に入らず、その著書の焼却を弟子たちに命じたと言われる。

二五　プラトンの想い描いた理想郷のことを皮肉っているのであろう。

二六　ルキアノスの「雄鶏」*Gallus* (*Ὄνειρος ἢ Ἀλεκτρυών*) に登場する雄鶏が、自分がピタゴラスの化身であると名乗っていたのに引っ掛けたのであろう。これはピタゴラスの教説が、弟子たちや後世の解釈者たちによって全く変質させられてしまったことを皮肉ったものと考えられる。

二七　デルフィのアポロの神殿入り口には、有名な箴言「汝自身を知れ」*Nosce te ipsum*（γνῶθι σεαυτόν）の文字が書きつけられているのだが、これはそれをもじったものであろう。

二八　アエストス Aestus は「暑さ」ないし「逡巡」などの意、ファメス Fames は「飢餓」あるいは「強欲」で、これらを神に仕立てたのはアルベルティの創作と見られる。一方、フェブリス Febris は「熱狂」ないし「狂騒」の意で、これが神としてパラティウムの神殿に祀られていたことがキケロの *De natura deorum*, III-63 に見える。

二九　ウムブラ Umbra は「影」の意で、これを神に仕立てたのはアルベルティの創作であろう。ノクスについては前出の注一七を参照。

三〇　このことについては、第二書の注一六を参照。

三一　フムス Humus とは「大地」の意であるが（女性名詞）、これは「ホモ」homo（男性名詞、通常は人間一般を指すが、特に男性を指すものとして用いられる場合もある）がその性機能を失なって、もとの姿である土に帰った（プロメテウスは土をこねて人間をこしらえたとされる）ことを指すのであろうが、それと同時に humus と homo という言葉の対比でおかしさを誘おうとしたものとみられる。

第四書

ここまで見てきたのは、悪意や不実の働きが、一旦は完全に排除されたものと信じられていたそれが、再び復活したものの駆逐され、おかげでモムスがかつて自由であった身分の時に働いた悪行を上回るような苦難に遭う破目になった経緯についてであったのだが、ここからはそうしたモムスのかつての所業が、神々の大いなる権威をいかに危険に曝すことになったかを語ることとなる。これにはたっぷりと滑稽な笑いが詰まっていて、それはこれまでの物語をはるかに上回るものであり、それらにあったおかしさの記憶を打ち消してしまうほどである。

すでに触れたごとく、人間たちは皆、いわば奔流のごとく都市に流れ込み、祭りや見世物に喜び勇んで参集する。ラッパを吹き、笛の伴奏をつけながらカスタネットやシンバルを打ち鳴らし、ホルンを吹くなど、みんなで寄ってたかって音楽を奏でた。その音は神々の頭上の大屋根まで届き、その大合奏を鳴り響かせる。そこにさらに人間たちの歌声や大騒ぎの声が加わり、様々な声が入り混じってそれを倍加させるのであるが、時ならぬ素晴らしい音響は天上界すべてに響き渡り、賞賛をもって迎えられた。

中でもストゥポルの神（愚鈍の意）は、こいつは全くのたわけ者であって、モムスの真似をしてユピテルに取り入るべくわざと馬鹿げたことばかり言っていたのだが、生来が無神経で粗野な男なので、ユピテルの許へずかずかとやってきて、田舎弁丸出しで言う、「ぷひょー、殿様よ、下界じゃ人間どもがとんでもねぇ騒ぎをおっぱじめてるだで、こいつぁ連中の皮を皆引っ剥がして、そいつで天上界をすっぽり覆ってしまったらよかんべな。」これに対しユピテルは言う、「お前は何がそんなに大変だと騒いでいるのだ、何事だ、ストゥポル。いったい何を思いついたのだ。お前の知ったかぶりはなんとも可愛らしいことばかりなのだが、今度は天界が寒気に覆われても平気で裸でいられるとでも言うのか。」

　これには神々は大笑いしたが、それでも皆は、てんでに下界を見下ろすことができるような場所に陣取り、目と耳で確かめるべく、恐るおそるその催しを見物することにした。そこでは国を挙げての大行事が執り行なわれており、それぞれの町々の主催で、全ての母親たち、孫の嫁に至るまでを動員して行列を組ませ、聖なる火で街中を清めさせていた。そのため沢山の松明やランプが夜の闇の中を動いていたのである。街の主要な入り口には乙女たちが集まって美を添え、バッカスとその一党の神々の到来をたたえる歌と踊りを披露している。その壮観さを見ては言葉を失ってしまうほどであり、またあらゆる場所でそれが見られ盛大に執り行なわれており、豪華この上ないものであった。

　一方、昔の言い伝えでかつてプロメテウスが罰を受けて苦しめられたときに神々がやったと言われているのと同様に、幾人かの神々が海の中にいるモムスを訪れ、彼の落ち込んでいる心を引き立たせようとしていた。ナイアスたち（水のニンフ）、ナパエアエ（沼地のニンフ）、ドリアデス（森のニンフ）、ポルキスたち（ネプトゥーヌスの息子）やその他の連中である。モムスは、神たちの額にある火が沢山集まって煌めいているのに気づき目を上げる、彼は泣いておりその目からは涙が溢れ出て、疲れ切った様子で投げやりとなっていたが、なぜこれほど沢山の火が天空に寄り集まっているのか教えてくれるよう頼みそのわけを知って、盛大な催しを羨む気持ちが起こり、もはやそうした催しに加わることが望めないのを悟って腹の底から深いため息をついた。すると彼の吐き出した息が辺りいちめんを暗くし、暗雲となって下界での素晴らしい様子を見えなくしてしまう。この様を見てモムスは、自分の心とその技が、これまで悪を働くことに用いてきたそれが、いまここに来てくれている神たちにまで、つまり折角自分を親切に見舞って惨めな状態を慰めようとしてくれたニンフたちにまで、甚大な被害を及ぼし兼ねないのに気づき、一人一人にその厚意を謝した。そしてこの場を覆い尽くさんばかりに広がっている雲を、高い山の頂まで運んでそこに固定しておくように頼み、そうすることで、自分をさらに苦しめ惨めになさしめるようなそうした盛大な見世物が〔神々には〕見えなくなるようにしてほしいと言った。モムスが見舞われた災厄を慮って、ニンフたちは力を合わせてその仕事をやり終えたが、その結果、神々のための神殿や礼拝堂は、人間たちがお参りするその祭壇もろとも、雲に覆われて〔神々からは〕見えなくなり、音が聞こえてくるだけとなって、何か危険なことでも起こったのかとも考えさせてしまう。

　神々を讃える歌声が笛の伴奏とともに聞こえてはくるが、その様子は最初はちゃんと見えていたのが見えなくなってしまったことから、神々は半ば我を忘れてそれを近くで見たいという気持ちに駆られ、下界に降りてみようと話し合う。そしててんでに人間たちの家々の屋根の上に降り立ち陣取った。

独りヘルクレスだけは、おそらく人間たちからの妬みが自分に向けられ、そのため再び天界に戻るのが難しくなるかもしれないのを惧れたのだが、そのような〔わざわざ人間どもの催しを見物に行くような〕振る舞いは神の権威にとってふさわしいことではなく、また人間どももそのように考えてしまうだろうというもっともらしい理由をつけて拒否した。もし下界でとてつもなく凶悪で凶暴なことが出来し、人間どもを抑圧し疲弊させ多くの者たちを苦しめ、皆がそれを恐れてなすすべがなくなったりすることがあると、彼らはいともたやすく考えをぐらつかせ、心がうわつき欲望に満たされそれに突き動かされてしまう。たやすく非行に走り、大勢の人々がそのような行為を非道とみなし排撃していることも顧みない。生来が粗暴ですぐにかっとなり、反省せず、自制できず、他からの親切な忠告や助言に耳を貸さず、どんな正しい命令でも従わせることができなくなる。しかも大勢の人々がそれを忌み嫌いわがままだと考えていることも知ろうとしない。実際、それがどんな恥知らずなことで人を苦しめるものであるかには全く思いを致さず、自分が同じ苦しみに遭って初めて悟るのである。何とも不思議なのは、人間どものほとんどが一途に正しいことを守ろうとしているにもかかわらず、その一方ではたやすく正気を失い大勢の狂乱に同じてしまうということだ。これがヘルクレスの言い分であった。

それでも神々は、嫌がるヘルクレスは放っておいて、劇場にも入ってみることにしたが、まずユピテルの目を捉えたのは、無垢の大理石でできた無数の円柱群と、まるで大いなる山塊かと見まごうばかりのその巨大さであって、称賛すべきは、かくも無数の巨大なものが様々な土地から運び込まれ組み上げられ目の前に間違いなく建ち上がっているということであったが、しかし同時にそれを目の当たりにして考えさせられたのは、その壮大な造りが称賛に値しまた飽くことなくそれを眺め賞美させるように仕向けるものであることは否定できないが、これが遅ればせながら自分の判断の愚かさを咎めるものであるのに気づかせたのであって、つまりこの素晴らしい建築家たちに相談することをせずに、哲学者たちなどに頼って将来に向けて執るべき方策を聞こうとしていたことの愚を悟らされたのである。彼ら〈建築家たち〉から意見を徴すればたちどころにそれを知り納得できるであろうし、また彼らの学殖でもって皆を容易に信じ込ませられるだろう。ユピテルはそのように考えた。

その間に人間たちの一団は、火で街を清める儀式を終え、各自食事のため家に帰って休んでいた。そこで神々は明日には計画されていた演劇の催しが行なわれ、それを見られるだろうと考える。神々は話し合った、「どうした方が良いだろう、一旦我々も家に戻るか、それとも演し物を見物するためにここに居続けるか。」それを見たいという方が皆の希望であったが、どこで今夜を過ごすのか、天界に戻るか、それともそれぞれに捧げられていた神殿に行くか。そこで誰かが思いついたのが、我々は神なのだから、それぞれ自分の姿の像に化けることができるし、その姿で劇場に居たらどうだろうということで、そうすればわざわざ天界との間を往き来する手間を取らずに済むし、何ら危害を加えられる懼れもなく、その威風でもってその場に格式を添えることにもなるだろうというのであった。一つだけ面倒なことがあった。その化けた像の姿で劇場のどこに陣取るかである。

このことで神々はさんざん頭を悩ませたが、ストゥポル神は筋骨たくましく力持ちであり、そのことを鼻にかけていたもので、考えるいとまも与えず、辺り構わず、あたかもバッカスの信者たちの狂乱のごとく、馬鹿げたことをやってのけてしまうのだが、そのこと自体は当面の目的のためには好都合であったのが分かり、他の神々も皆それぞれの真似を始める。つまり劇場に置かれていたそれぞれの神をかたどった像を自分たちが化けたものに取り替える作業で、皆それぞれに掛け声をかけてそれを肩に担いで運ぶ仕事に取り掛かった。像はやたらと重たかったのだが、それを抱えて森の中の穴倉の中に運び込み、そのうえで汗を流しながら劇場に戻って、像に姿を変えてそれぞれ空いた場所に落ち着いた。何とも滑稽な仕事ではあったが、どうにかやり終えたのである。それぞれがストゥポルのやり方に倣ってもとの像があった場所に落ち着いたのだが、しかしクピドやメルクリウス、あるいはその他の翼を持っていたり履物に翼がついていたりするような連中には、元の像が劇場の高い破風などに取り付けられていたために、それが叶わなかった。

こうして神々はそれぞれの望む場所に陣取ったのであり、そのこと自体も全く笑止なことだったが、しかしもっと記憶に値するような出来事が、劇場から運び出されて森の中に置かれたストゥポルの像と劇場の方のそれらの両方にまつわって起こっていたのである。というのは、森のその場所には、たまたまオエノプス[三]という哲学者でありながら役者でもあった者が来合わせていて、彼は、昔モムスが哲学者たちと論争していた際に立ち会っていたことがあり、全くの恥知らずの無分別な厄介者ではあったが、この祭りのための芝居に参加すべく駆けつけてきたところを、盗賊たちに捕らえられひどく痛めつけられながら、ストゥポルの像がある場所まで引き立てられてきていたのであった。そこまで来たところで盗賊たちは相談を始め、捕まえていた捕虜は生かしておいて目玉を抉り取ったうえで放してやろうかなどと話し合う。これにはオエノプスは身の危険に恐れ慄き、それまで彼は神も天上界も存在しないと信じかつそれを主張して来ていたのであったが、このように捕らえられ身の危険を感ずるに及んで、あらゆる神々に助けを求め、祈りを捧げ始める。

しかしそのうち盗賊たちの話し合いは、どれだけ身代金を払わせてこの人間を釈放したら良いかでまとまっていた。夜は暗くなり風も止んでいる。そこで盗賊たちは拷問のための道具を整え始める。ある者は縄を取り出し、ある者は棘だらけの木の枝を取ってくる、また別の者は石を擦り合わせて火を起こし始める。

ところがそれをやっているうち、私の言う記憶すべき出来事が起こったのだ。すなわち、火がパチパチと音を立てて燃え始めると、そこで盗賊たちが暗い穴倉の中に見出したのは、自分たちのすぐそばに何やら彫像らしきものがあることであった。そこでもっと光を当ててみると、それがまごうかたなく神が無言のまま立っている姿であるのが分かり、予期せぬ驚きのため持ち物を取り落とし呻き声を上げて、捕虜もとり逃してしまう。その慌てぶりたるや見もので、武器を放り出したまま、まるで酔っぱらいのようにあちこちにぶつかりながら逃げ出し、ある者は地面に突き出た丈夫な木の根に躓き、またある者は反対から来る仲間と衝突し相手を突き飛ばして遮二無二逃げようとするが、自分の方も怪我をして血を流し歯を折ってしまい猛り狂うし、別の者は神を見て、自分自身ももう一つのストゥポルの像になってしまったかのごとく動けなくなりその場に立ちすくんでしまう。

こうした騒ぎの中でも、オエノプスだけはそれに動じることがなかった。穴倉から出てみて、泥棒たちが慌てふためいて逃げ出したのが分かった。そこで打ち捨てられていた武器を拾い上げ、動けなくなっている一人の髪の毛をひっつかんで引き倒し、盗賊たちが自分を縛ろうとして用意していたその縄で縛り上げる。そしてこいつを街まで意気揚々と引っ張って行くことに決めるが、心の中では、以前自分が言い触らしていた神など存在しないということは、その神が危機から救ってくれたのだから、もう信じないことにすると誓っていた。森の中でオエノプスはこんな風に考えたのである。ところが劇場の中へ入ってゆくと、そこで彼を待ち受けていた役者仲間たちは彼に対し冷たく、神々に対しても全く敬意を払わないのみか、彼の遅刻を責め、大いなる神々を悪しざまに罵って、彼に一晩中見張り番をしているように命じた。

これには彼は大いに怒ったが、さらにその怒りを募らせたのは、役者の中に加わっていた奴隷の一人がワインで酔っ払った挙句、ユピテルの像に向かって口にするのも憚られるとんでもない不敬なことをしでかしたことである[四]。その中身を伝えるには言葉を選ばなくてはいけない。しかし続けることにしよう。

オエノプスは宗旨替えをして信心を持つようになった手前、その行為を手厳しく咎めた。これに対し奴隷は刃向かってきて、「そのお前は、哲学者だったはずだろう、それが何でいま俺にそんなことが言えるんだ。いったいどこでそんな信心を拾ってきたんだ。お前はこれまで永遠の神を否定して、それに似せて作られた彫像など何の有難味もないと言っていたじゃないか」と言いながら、その当面の生理的欲求を満たすだけでなく、さらに腹に溜まっていた重荷を排出できるように支度にかかった。

オエノプスは叫ぶ、「おい、この悪たれ、この場所を何だと心得ているんだ、そんな汚らしいもので汚すとは。」不作法に加え酔っ払っている奴隷は、「てめぇもそうだが哲学者たちは皆、神様だって同じことをするはずだと言っているじゃないか」と言う。オエノプスは、「それはここにいる神たちの面前でそれを笑い飛ばすことになるのだぞ」と言う。不作法者の方は、「学のある哲学者さんにはそんな風に見えるのかい。神なんぞ役に立たないしその像などは空っぽだと大ぴらに言っていたくせに、そんなものは火と鉄でもって作り出されたもので、人間が何かの化け物に似せようと考え出したものだと言っていたのじゃないかね。お前はこれまで、こんな中身空っぽのブロンズの塊は、職人が槌やらフイゴでもって固めメッキして作り上げたものだと言っていたはずだ。まさか、オエノプスよ、共同水道のところに同じような像が取り付いているのに、ついこないだもそこから水を汲んだことがなかったとでも言うのかね。そんなブロンズの塊にお祈りしても何の役に立たないし、たといそれがユピテルの像だとしても同じことだとまで言っていたはずだ。劇場の中でこんな歌が歌われているのは、まさにその通りじゃないか。」

　ブロンズや大理石で聖なるものの顔をこしらえても
　そいつは神じゃないし、誰がそれにお祈りなぞするものか。

オエノプスはこれに怒り、その言葉に憤慨して言った、「けしからん、そんな言い方はやめろ。お前のそんな不敬な歌など聞きたくない。あっちへ行け。」これに対し不作法者は、オエノプスに襟首を掴まれながら、腹にあった厄介なものをけたたましい音とともに排出しながら叫ぶ、「お前こそあっちへ行け、お前の方こそ不信心者じゃないか、俺の神聖なる勤めを邪魔するとは。これがこの場所を清める神聖な儀式だということが分からんのか。」そしてまた大きな音を発する。オエノプスはそれ以上言うのはやめたが、酔っ払いを蹴飛ばして自分の排出物の上に突き倒し、さらに階段から転げ落とした。酔っ払いはしばらくの間泣きわめき、汚い言葉を吐き続けていた、「俺は神についてお前と同じことを言っていただけじゃないか、それをお前は咎めてこんな酷い目に遭わせるのか、これじゃお前は自分が否定していた神のやることをそっくり真似してるだけじゃないか。」

ユピテルはこの成り行きを見届けて、こんなふうに考える、「いったいこの夜のことを、儂としては善しとして受け取るべきなのか。これは儂の知ったことではないかもしれないが、酔っ払いの言うことの方を聞くべきか、それともそれを咎める方を取るべきか。それにしてもとんだ目に遭ったものだ。ワインのがぶ飲みでこんなにも血が騒ぐものか。こんな大層なことは、どんな大掛かりな芝居でも見られるものではないだろう。役者たちは汚いことをやりたい放題だったが、我々がこの劇場の中にいるのに全く気付かずにそれをやっている。しかし儂としてはどうすれば良いだろう。どんな風に振る舞えば良いのだろう。〔もし我々に気づいていたなら〕あの哲学者だと言っていたオエノプスにしろ、あんな風に怒り出したりはしまい。それは良いとしても、この後どうするかだ。ともかくこれで、民衆たちの信心の在り方がどんなものかだけは分かった。」

この一件が落着するとすぐにオエノプスは、仲間たちから、どうして男を一人こんな風に捕まえて引っ張ってきたのか、また今まで神を全く信じないと言っていたのが急に信仰に目覚めて聖なるものすべてに望みを託すようなことを言い出したのか問いただされており、自分に降りかかった出来事について語っていた。しかし神が助けてくれたのだと知ったという話については信じて貰えず、たまたま運よく好都合なことが起こったもので、それを有難がって、誰かの恩恵のせいにしたのだろうと言われてしまう。彼が見たと言うのは、ユピテルでもフォエブスでもなく、ましてやユノーでもなく、そんな有名で人気があってそのための神殿が建てられているような神ではなくて、あまり見かけない珍しい神だったのだ。

役者たちは言った、「そんなら、劇場の中には神々みんなの像があるはずだから、片っ端から調べて、どの神が助けてくれたのか確かめて、そいつを我々を悪いことから守ってくれる守り神にしたら良いじゃないか。どうせ偉い神々連中は下々の人間の面倒などは見てくれないのだから。」そこでそれをやってみることにした。灯で像の周りを照らしながらすべての場所を調べ廻り、次から次へと像の顔を見てゆき、とうとうストゥポルのところに行き当たったが、オエノプスはそれを見るなりうやうやしく跪き、その周りで皆で拝むように言った。しかしストゥポルの顔とそのなりを見て、役者たちはあまりの不恰好さに笑い出してしまう。口をあんぐり開けて、唇は分厚く、目玉はぎょろりとし、平べったい顔で、耳は重たげにぶら下がり、ともかくあらゆるところが一度見たら忘れられないようなものであったのだ。詳しく見るほどに、役者たちはその様子に笑いを抑えることができず、「おやおや、なんとまあ恐ろしげだこと、これなら盗賊たちを逃げ出させられるな」と言ったものである。それに対しオエノプスは言う、「しかし本当にこれが、私の神を信じる心を強めさせたのだし、これ一人で、大勢の武装した恐ろしく残虐なことをしでかす連中を、これが出現しただけで、ヘナヘナにしてしまったのだから。」

このやり取りを聞いていたストゥポルの神は、至って鈍感で石頭の持ち主ではあったが、その称賛の言葉には心を動かされずにはいなかったし、同時にその侮辱の言葉に対しては苛立ちを隠せなかった。そこで人間たちの企てていることや彼らが置かれた状況について思いを巡らせた。「人間どもはあんなに悪態をつき神々を苛立たせるような振る舞いをしておきながら、そこには当の神はいないはずの神の像の方を怖がったり驚いたりするのは、いったいどういうことだ。神からの恩恵を疑うような偏見に惑わされて、その恩恵のことを忘れてしまっている。太陽やら月やら、その他諸々の、神があることのまぎれもないしるしを認めておきながら、それらが役に立つと信じることを悪し様に言うのだ。そのくせ俺の銅像が俗界に打ち捨てられていたのを、残虐で凶暴な盗賊たちが神だと思い込み、また信心を呼び覚ますことになったりする。ところが当の神である俺の方は、彼らに慈悲を垂れたり神として恩恵を与えたり、あるいは神らしく立派に振る舞うような技などは学んでこなかった。だとしても、連中がこの俺に対して容赦もなく不敬なことを働いてくるのをどうやってやめさせることができるだろう。」ストゥポルはこのように考えていた。

実際、オエノプスは、神をうやうやしく拝みはしたものの、興奮はおさまっておらず、自分が受けた恩恵のことなどは忘れてしまう。そんなわけで臆面もなく、ストゥポルの顔に鉄片で引っかき傷をつけてしまった。こちらは本物のストゥポル神なので、まともに引っ掻かれた痛さは相当なものだったはずだが、生来が鈍いため、何をすべきかも分からずじまいだった。一方それをやった人間の方は、つい嬉しくなって出来心でやってしまったのだが、その傷を隠そうとして何度も引っ掻いて傷口をさらに広げてしまう。神々は後にこのこと〔つまりストゥポルが言っていたこと〕を思い返して言ったものである、すなわち、人間の皮を剥いで天界に持ち帰り展示できたとすれば、中身のない空っぽの人形だとして笑って見ていられるかもしれないが、しかし人間どもの方がはるかに苛酷なやり方を知っていて、巧みな独自のやり方で危険を冒すことなくでき、しかもそれは他人を貶めて笑うどころではなく、もっと手酷い侮辱方法であることが否定できないようなやり方のだ、と。

このように劇場での出来事を語ってきたが、これをお読みいただいただけでも、この小著の中身の面白おかしさが感じて頂けたのではないかと思うが、すべてではないにしろ、あるいは羽目を外し過ぎ、我々の真っ当な道徳意識から外れるところがあるように受け取られるかもしれない、しかし著者としては、宗教や宗教的文化を語るについては、それらの少なからざる重さ、神聖さに常に配慮を振り向けてきたつもりである。斟酌を願いたいのは、本著全体を通しての私の説明努力が、それぞれの出来事に際して権力者たちの恣意がいかに最終的に不名誉で深刻な事態を招いてしまうかを知らしめることであって、終始そのために持てる知識と判断力のかぎりを尽くそうとしていたのだが、おそらくは語るべきことの複雑さのために、言葉足らずとなっていることもあろうかと思われるのである。しかし弁解はこれぐらいにして、物語の本筋に戻ろう。

劇場の中でこんなことが起こっている間に、冥界でも新しい事態が、滑稽なしかし本来は厳粛なこととして受け取られるべき出来事が起こっていた。というのはカロン（冥界の川アケロンで死者を運ぶ船の渡し守）[五]が、死者

（※）これについては不明

たちの口から、近いうちに地上世界全体が破壊されることになり、そのためパルカ（運命の女神たち）やヒスピアデス※たち[六]が人類の中に紛れ込んで、彼らすべてを悲しみで疲弊させ破滅の危機に追い込もうとする作業を開始しているという噂を幾度も聞かされていたのである。それについてカロンは、創られた当初は最も美々しくこれ以上望めないほどに仕上げられたとされていた世界が、自分はそれをまだ見たことがないので、それが見られなくなってしまわないうちに見ておきたいものだと思った。しかしそれはかなり大変な行程になりそうなので、冥界にいる死者たちすべてからその困難さのほどを聞いて準備しておこうと試みたのだが、わずかな情報しかなく満足すべき知識は得られなかった。準備なしで決行するのはしたくないが、大勢の死者たちの中からは誰一人として勇気付けてくれる者はなく、また何らかの見返りなしでは牢獄の中に置いてある元の体を取り戻してわざわざ冥界から脱出しようとは望まなかった。彼らは、死は多くの苦しみから救ったのであって、生前の災厄から解放してくれたと言うのである。要するに、人間に戻ることは悪に見舞われ、苦しみに遭遇するだけだと力説していたのだ。

　ところがたまたま亡者としてやってきていた中に、ゲラストスという者[七]がいて、彼は哲学者で人品卑しからざる者であったが、しかしカロンは長いこと彼をほったらかしにしていて、その理由は彼が極貧のために船賃を払うことができなかったからであった[八]。そこでカロンは彼と取引し、もし彼が人間たちのところへ旅するのに同行し案内してくれるなら、その後で無料で川を渡してやろうと申し出た。ゲラストスはその役目を引き受けるのを承諾した。しかし彼にはそのことでどんな事態に遭遇することになるかは知る由もない。彼は考えていた、自分はこの場所（つまりアケロンの川の彼岸の冥界〕で、永久に生者でもなく死者でもない状態のままでいなければならないのか。そのため誰からも気づかれず知られないまま、辛い思いを募らせながらいなければならず、友人にもあるいはもっと金持ちの連中にも頼るすべはない。いわんや亡者の中で船賃を分けてくれるような者がいるわけがない。

カロンは早速、身支度に取り掛かったが、船の処置にはかなり頭を悩ませ、冥界の中のどこかに片付けて置くのが良いかとも考えたが、奇抜な方法を思いつき、船を裏返して頭から被り、あたかも天蓋のように仕立てて、オールは手に持って杖代わりにした。年寄りであったにもかかわらず、この面倒な大仕事を見事にしっかりとやりおおせたのは驚くべきことであった。これは大勢の見物たちを驚嘆させたのだが、ゲラストスもカロンに対して、どうして船を水辺に置かないでわざわざこんな風に運ぶのか問いただしていた。それに対しカロンは答えた、「ここでてめぇら亡者の馬鹿さ加減について説教せにゃならんのか、俺様に船の扱い方を命令する奴などあるものか。ついこないだ、ポリファグス（大食らい）という名の人間の一人がそんなことを俺に言い出して、まるでアルゴ号九の乗組員気取りだった。そこで俺は奴に聞いた、『お前はどっから来た。生前に海戦の指揮でもやったことがあるのか。』そいつは言った、『身内には何人か漕ぎ手をやっていたのはいるよ。』俺はそいつが艦隊の指揮をしたこともねぇくせにそんな怪しからんことを言うでしゃばりを笑い飛ばしたが、奴は自分が少しもやってみたことのねぇものについて、なんの考えもなくしかも臆面もなくそれを知っているようなことを言ったのだ。実際、一緒に船に乗っていた亡者仲間の一人が声をかけて来て、『カロンよ、こいつの言うのは嘘だよ、こいつもまたこいつの身内も、海など見たこともなく、絵で見たことすらないんだ。こいつらは山国育ちでずっと石工稼業で暮らしていたんだ』と言ってくれた。こんな出過ぎた奴でも、もし自分がこの先水の上を渡るすべを身に着けて船を操っている時に、同じような出過ぎたことを言われて怒らずにいられるものかね。」

ゲラストスは言う、「しかしそれでも、彼は別段あんたを辱めるつもりもなかったろうし傲慢でもなかったはずで、ただそれについて何か別のやり方がありそうだと言ってみたくなっただけじゃないのか。」カロンは答えた、「別のやり方だと。冥界へ来てまで新しいことを勉強しろと言うのかい。とんでもねぇ。大した度胸だ。このカロン様に向かって船の漕ぎ方を教えようと言うのかい。」

ゲラストスは答えた、「これはあんたの言う通りだ、カロンよ、私の言い方はあんたを責めているように取られてしまったようだ。あんたはそれを丸ごとあんたの船の操り方すべてを非難しているものとして受け取ってしまったようだが、私としてはそんな出過ぎた失礼なことを言ったつもりはなかったし、そんな責めるようなことまではしなかったのだが。」カロンは言う、「違うと言うのか、お前は厚かましいことをしたこともなければ無理なことも言わなかったと。俺にただ働きをしてくれるよう頼んで来たのは厚かましくはねぇのかい。百回も断ったのに、それでも飽きもせずひっきりなしにしつこくそのことをせびって来たのは、無理強いじゃなかったと言うのかい。」

ゲラストスは言った、「私が非常識だったことを責められればその通りと言うしかないが、カロンよ、あんたの働きをくさすつもりはなかったし、あんたが難しい作業に苦労しているように私には見えたから言ったまでで、あんたがやっていることを止めてしまえと言った訳じゃない、穏やかに聞いてみただけじゃないか。」カロンは答えた、「お前を納得させるまでは仕事の手を止めておけと言うのか。お前は何についてでも、穏やかにお願いするとばかり言ってくる。」ゲラストスは言う、「その通りかもしれない、余計なことを言ってしまったようだが、物事の道理からすると普通のやり方ではないように思われたのだ。これは哲学的に物事を考えようとするときにまず最初に取る態度で、金銭的な問題はまず完全に度外視しておくことにしているもので、それを一緒に扱うのは問題をひどく難しくしてしまうし、それに邪魔されずに自由に考え理解できるようにするためなのだ。」

カロンは怒鳴った、「おいおい、人を馬鹿にするにもほどがあるぞ、お前は、難しくて込み入ったことを考えるときには貧乏でなくちゃダメだとでも信じているのか、それが心を自由にしてくれるのだと言うのか。その貧乏のおかげで、お前はこんな惨めなことになってしまってるのに、それが大したことじゃねぇと言うのか。それが厄介だといって忌み嫌い、それをないことにすれば心が空っぽにできると言うのか。銭を稼ぐことこそまずいちばんに心得なきゃならんことだろう。お前だってそれは分かってるだろう。それが分かっていて、なんでそんなことを言うんだ。哲学者ならそれはちゃんと分かってるはずだし、寒さや空きっ腹の暮らしから逃げるために商売に精を出して、不自由のない安楽な暮らしを手に入れようとするんだろう。お前は生きて来たと言ってる。だけどそれは生きることじゃねぇよ、ゲラストスよ、生きるってのは悪と戦うことだ。そんなことを言ってるから素寒貧で震えることになったじゃねぇか、今のお前がまさにそれだ。しかしお前の言う知恵はどこにあるんだ、哲学者の知恵とは何の役に立つんだ。」

「知恵が何のためにあると言うのか。」ゲラストスは言った、「それによってすべてを知るのだ、星々の成り立ちや雨をもたらすもの、稲妻の元やその働きを知るのだ。大地や天空、海などすべてだ。それらを観察し発見するすべを知るのだ。慈悲や生活態度について、人間を和ませるものを知り、それらが法の定めるところと同様な形で役立つものであるのを示すことだ。」カロンは言う、「そんなご立派なことを言う偉い人間もいるのかもしれないが、その言葉通りにやれているのかね。お前の口ぶりだと、法を定めることも人間同士仲良くすることも、分からなかったことを発見したり観察したりすることも、まだちゃんとはできていねぇのじゃねぇか。」ゲラストスは言う、「そのことを考えるのが我々のいちばん大事な仕事だ。」カロンがまた言う、「それがいちばんの仕事なら、お前が見舞われている苦しみや不便さを取り除いて楽になるようにするのも仕事じゃないかね。」ゲラストスは答えた、「それは言われる通りかもしれない。」

　カロンが重ねて言った、「お前の言うような法律ができたとしたら、この亡者を運ぶための船[10]を少しでも軽くしてくれるのかね。」ゲラストスは答えた、「それはあんたが自分の仕事として考えるべきことだろう。カロンよ、あんただってひもじさや災難を避けるために仕事に精を出すのがいちばん大事な勤めだと言っていたじゃないか。」カロンは言う、「たしかに、少なくともオールを漕ぐのは俺の仕事だ。」ゲラストスは言った、「あんたは冥界では新しい技を習い覚えることなどできないと言って、それを否定していたのじゃなかったかね。葦ペンを使うことが私が生きていたときに学んだことで、オールを使うことじゃなかった。」

　道々ずっとこんなやり取りをしながら、冥界のはずれのいわゆる地平線と呼ばれるところまでやって来たが、そこには広い間隔をおいて向かい合った二つの門があり、一つは冥界から出て大洋に向かい、もう一方は地上に向かうもので、一方〔地上へ向かう方〕は象牙で豪華に飾られ、他方は角で飾られた粗末なもので地下の通路に通じていた――。カロンはこれまで水は見慣れていたので地上へゆく方を選んだのだが、急な坂道を急いで登って来たうえ、こうした強行軍には慣れていなかったもので、疲れ果てて、初めて小さな草原に出ると、そこで横になってしまった。

カロンは鼻や眼、耳、その他すべてに鋭い感覚をそなえていた。そこですぐに鼻で花を感じ、それが草原のあちこちに散らばり香りを振りまいているのを知って、それを摘み集めては眺め入り、その素晴らしさを愛でて疲れを忘れるほどであった。ゲラストスは、〔カロンが〕まるで子供のように花を喜んでいる様子を見て、案内役の務めとして先を急ぐようにせき立てた。花などはそこいら中どこにでも見られるのだし、〔子供ならともかく〕大人の人間どもはわざわざそんな風に摘み集めたりはしないものだとさとしにかかる。しかしその忠告はほとんど聞き入れられず、どれほど言葉を尽くして言っても無駄であった。

この後もすべての道すがら、カロンは自然の事物の心地よさやその多彩さに心を奪われ、丘や谷、泉、川の流れ、湖、その他あらゆるものに目をみはり、ゲラストスにこのように貴重なものがいったいどこから地上にもたらされたのか訊ねた。そこでゲラストスは、哲学的論議には長けているとの自負から、専門用語を駆使して説明を始めた。「カロンよ、まずその初源から知らなければならないが、自然の事物は無から生成することはない。生成の元となる成因とは静止状態にあったものが運動を始めるということとして説明される。静止状態とは運動が終止することであり、運動とはまさにある質料が別のものに変化することと理解される。そしてまた知らなければならないのは、その運動なるものが働きかけることにより惹き起こされる変化についてであって、それは当初の不変なる個体形状であったものが流体化し変形可能なものとなることなのだが、自然の事物がいかに形成されるかは本質的には偶然の働きによるものと考えられている[一二]。しかしこのことについてはこれ以上長く説明して混乱させるのは止めておき、あんたが言っていたことへの説明に移ろう、カロンよ、ここまでは分かったかな。」

カロンは全く分からんと言い、そのやたらと大げさな勿体ぶった用語のおかげで、単純なはずのことが却って複雑に聞こえ混乱してしまうと言う。そこでゲラストスは再度、最初から、別の言い方で説明することにした。すなわち、物事が創り出される始まりは、あらかじめ心の中でその物の姿、いわゆる形相を思い描き、それがどのようにすればそうなるかが分かった時で、その準備ができたところでそれの元の形を利用、つまりそれらを部分としてつき混ぜお互いに結びつくようにすることでまた別の形相を産み出すことができ、それらの部分同士がほぼ完全に結びつきあって固まったものが〔新たな〕形相なのだ。それで出来上がったものがいわゆる質料と呼ばれるものとなる。だがどんな働きが質料を結びつけて形相に仕上げるのかを心に思い描くのは簡単ではない。そんな働きのことを運動と呼ぶのだ、云々。

ゲラストスがこんな風に説明しているのにカロンが口を挟む、「俺が聞かされて来たのは、物同士がお互いにうまく結びつきあっているのはすべて神の仕業で、もうそれ以上分けられないちっちゃな部分同士を繋げたり切り離したりしてできているということだったが。お前はそれについてはどう考えているんだ。哲学者どもは何でも分かってると言うようだが、お前の話で聞く限り、いっぱい言葉で説明されてもかえって何が何だかさっぱり分からなくなる。俺には、お前の話し方は間違ってると思うよ、物事の始まりの大本が心だと信じ込んでしまっているようだが、言ってみれば、これはガキがよくやるように帰り道を忘れてしまっているようなもんじゃねぇか。俺たちが地獄の方まで帰る長い道のりをちゃんと説明するにはどうする。しかも途中にはスティクス[一三]から出る暗い靄が立ち込めているし、今も行く手には亡者たちの呻き声や嘆き声が鳴り響いて来ているじゃねぇか。」

実はその時、〔カロンは〕一匹の狼がいるのを見つけていて、訊ねたものである、「おい、あれは亡者の魂がさまよっている姿じゃないか。」ゲラストスは笑って言った、「間違えちゃいけない、カロン、ここまではこいつは見かけなかったかもしれないが。しかしあんたが見つけたそいつは、その唸り声が人間たちには見張り番の衛兵たちに役目が終わって交替時刻を知らせるラッパのように聞こえると言われているものだ。靄は湿気がもたらすもので、そのためにものを見誤らせることがままあるのだが、これについてはあんたを見くびっていたようだ、あんたはそれを亡者の魂だと見て取って、私にそのわけを説明しようとしているのだね。」カロンは答えた、「俺にはそいつがあの〔死んだ〕王の〔魂の〕ように思えたんだ、あの王の。」

ゲラストスは言った、「その狼のことを王だと言いたいのだろう。そいつは人間にとっては危険な生き物なのだが、しかし実は人間どももそれを、かつて野垂れ死にをした亡者の魂がその姿になったものだと考えているのだ。」その間、狼は打ち捨てられていた死骸の肉を食い荒らしそこにとどまっている。カロンは言う、「そうだろう、これでようやくお前から認めて貰えたようだな。こいつは冥界では何も食えなかったんだ。ここにいるこいつの魂はきっと、あの王のものに違ぇねぇ、そいつのことについては、以前に俺の船に乗せてやったペニプルシウス[一四]という宮宰とたっぷりと話し合ったことがあるんだが、その話は聞きたければ帰り道にでも話してやろうか。」

ゲラストスは答えた、「望むところだ、しかしあんたはその王のことも狼のことも、どこかで見聞きしたことがあったのかね。」カロンは答えた、「おゝ、お前もやはり哲学者だな、よかろう、お前らは星の動きは気にかけていても人間のことは全く知らねぇんだな。このカロン様が、渡し守である俺様の方が、お前に教えてやる番だ。こいつは哲学者じゃなくて（と言うのもそいつらの理屈はどれもみな訳が分からず、言葉も中身のないものばかりだから）、絵描きから詳しく聞いた話だ。こいつはもっぱらこれの〔人間の〕体の形[一五]のことばかり調べていて、お前ら哲学者たちが星空のことを測ったり調べたりしているよりもっと熱心に、それに取り組んでいるんだ。よく聞いておけよ。これは滅多に聞けねぇことだぞ。絵描きが語ったのはこんなことだ。」

「〔創造主が〕人間の姿を創り上げるには、それを見定め仕上げてゆくために大変な技が注ぎ込まれた。実際、それは泥に蜜を混ぜたものか、あるいは蝋を温め柔らかくしたものを使い、それを銅の鋳型同士を合わせたものの中に押し込んで、顔やその他とにかく目に見える部分を、頭の後ろの部分やら背中、性器などもすべて、そうした型押しで作ったのだという。沢山の種類の人間の型を作っておいて、その中から失敗したり出来の良くないもの、重さが足りなかったり中身がなかったりしたものは選り分け、そのうえで女の型も作ったのだが、男の性徴は取り除き、また小さかった部分は盛り上げるようにした。同じように泥と沢山の鋳型でもって様々な動物を創り出した。この仕事が出来上がってみると、人間に見えてもあまり好ましい形ではないものもあったが、ともかくそれで良しとし、また別の生き物の部類にした方が良いと判断したものもあった。」

「そして出来上がった者たちに対しては、山の上にある御殿を目指してまっすぐに登ってゆくように勧め、そこに住めば結構なもので溢れていて楽しく暮らせると教え、決して別の道に外れてしまわないように念を押して、その道は最初は険しいがその後は楽になるのだと告げた。しかしこの話はまだ先がある。人形どもは山に登り始めるが、中には山を下ってしまう者が出てくるし、愚かな雄牛や驢馬、その他出来の悪い四つ足類とかは、馬鹿げた間違いをしでかして、逃げ出す途中で荒れ果てた沼地に迷い込んで難渋しているところに、その土地に巣食う様々な化け物たちに出遭ってしまい、仕方なくもと来た道に戻り、その不細工な姿を曝し続けることになったのだ。」

「その一方では、泥からは同じような姿のものが出来てしまっていたため、そこで別の顔を作る必要から、仮面で顔を隠すことを思いつき、それを何とか人間の顔らしくしようとして様々な顔の部分をつぎはぎして作ってみたのだが、それを本物の顔の前に取り付ける必要上、正確に人間の顔のようには作れなかった。そんな訳で、様々な化け物じみたものが見られることになってしまった。こういった仮面と呼ばれる作り物は、アケロンのところまで来ると全く残らず、それというのも、その流れから出た湿気でみな溶けてしまうからだ。だから向こう岸まで仮面をつけたまま辿りつける者はいないことになったのだという。」

ゲラストスは言った、「面白い愉快な作り話だが、カロンよ、どこまで本当なのかね。」カロンは言う、「嘘じゃねぇよ、そんな泥でできた仮面から欠け落ちた髭やら眉毛やらのかけらが、俺の船の底にはいっぱい落ちてらぁ。」

カロンがこんな話をしているうちに、もう劇場のすぐ近くまで到達していた。そこでゲラストスに訊ねて聞かされたのは、この途方もない大構築物が何に使われるもので、劇場と呼ばれていて、面白おかしかったり悲しかったりする作り話を演じてみせ、人間の愚かさ加減を笑い飛ばすための場所なのだが、これを造るには大変な手間がかかっており、山を崩してそれでもって築き上げられたものだということであった。しかも神を辱めるような、時には猥雑であるようなことを様々な折に演じるのが、都市の中では許されているのだという。

ちょうどその時、オエノプスが、例の役者兼哲学者でその滑稽な振る舞いについて前に話したその彼が、船を頭に被った者が向こうからこちらにやってくるのを見つけ、これは誰かまた新しい役者がやってきたのかと考え、役者仲間に芝居をやめて隠れるように言い、カロンが何か芝居を始めるつもりではないかと眺めていた。

劇場の真ん中まで来たところで、ゲラストスは聞いた、「これをあんたはどう思うかね。」カロンは頭を振って、このご大層な劇場もその豪華な装飾もどちらも、あの草原に咲き誇っていた花々と比べるなら到底それには及ばないと言う。彼が驚いたのは、人間どもがあのか弱い手でこれほど沢山のものを創り出すことができていながら、それをもっと真っ当な目的のために役立てるすべを知らないということであった。「それに、どうしてあの花々のことをそっちのけにして、石の方を褒めるのだろう。花の方にこそ、本当に美しくて好ましいものがあるのに。人間どものやることには少しも褒められるようなことなんぞ見当たらないし、ろくでもねぇことの方にどっさりと手間をかけている。つまるところ、お前が言うのはそういうことになるんじゃねぇか、哲学者さんよ、物事の始まりについて議論する一方じゃ、この場所は、馬鹿げたことをどっさりやってみせ、それでもって人の気持ちを煽り立てるやり方で、暮らしを良くしようとするものだと抜かす。いったい誰に向かってやろうとしてるんだ、大人にか。罵り合いならそいつらがいつもお互い同士やっていることだし、それが何の役に立つんだ。若い連中にか。この連中は阿呆でいつもふざけたことばかりしているんだから、聞き分けられるはずなどねぇ。詩人たちの方が、哲学者なんぞより人の暮らしのだらしなさ加減には詳しいし、うまく説明できるだろう。」

ゲラストスは答える、「そこだよ、カロン。〈劇〉詩人たちの言うことならみな喜んで聞くし、容易に心を動かすことができ、共感させ、しっかりと心に残るのだ。それにこの階段席いっぱいを埋め尽くすことになる立派な連中が、みな熱心にそれに見入るだろうことからしても、これが馬鹿げたこととも退屈なことだとも考えていないのが分かるだろう。実際、よく言われるように、神だって一人だけじゃなく沢山いて、必ずしもいつも力を合わせて一つになって働きお互い同士を尊敬して何も言い合いをしないというわけじゃないだろう。」これに対しカロンは、神々の彫像を一つ一つ眺めやりながら言った、「ゲラストスよ、お前はこいつらが一つにはまとまっていないし、お互い認め合ってもいないと言うのかい。」ゲラストスは笑って答えた、「おそらくこのうちの誰か一人は、他の大勢が尊敬している者の前で、笑っているんじゃないか。」

神々の彫像をすべて見回しているとき、カロンは入り口のアーチの外で誰かがひそひそ話しをしているのを耳にした。「あの話しぶりは、ゲラストスがよく言っていたのと似ている、ゲラストスに扮したとしても、あんなにそっくりに話ができる者が他にいるわけがない。」カロンはこれを聞いて、かつてある者から聞いた話で、生前のゲラストスの言葉についてその思慮深さを褒める者がある一方で、それは怪しからんものであらゆる事柄を疑わせるものであるとして多くの攻撃に曝され、人格そのものまで卑小であるとして無視されていたのだということを思い出した。必ずしも彼の生前の理論が評価されているわけではないにしろ、それらは今でも生き残って伝えられていて、神々を攻撃し批判する論法に役立てられていたのである。とはいえ、もとよりそれはオエノプスの論法に与するようなものではなく、人々をその大いなる不正に対する復讐心へと駆り立て恐れげもなく冒涜するように仕向けることとは、ゲラストスは一切避けていた。

その声を耳にして、ゲラストスはそれがかつて話を聞いた覚えのあるオエノプスの声であるのを知った。そこでゲラストスは言う、「カロンよ、見て欲しいのはこれらの何とも誇らしげな立ち姿だ。」そう言って彼は陰口を言っている連中の方へ近づいて行った。死人が近づいてきてそれが自分たちを嘲っているのだということに気づくと、オエノプスはこれは逃げるしかないと考え、捕虜も取り逃がしてしまう。

それを見届けるとゲラストスは再びカロンの方に向き直って言った、「これはまるで運動選手のようで、今にも歩き出しそうに見えるほど見事にできているじゃないか。これはある人物そっくりで、生前に私が親しく付き合っていた者のように見えてしまうほどだが、実は彼は私に対して、それとは反対のことを言っていたのだった、つまり私がこうしたものを見て心を動かされ喜んだりするのを咎めていたのだ。しかし今や私はこれが人間そっくりに作られた作り物であることを知っているし、あんたが私にそれが人間をかたどって作られたものだと話してくれた通りだ。こんな作り物に向かって、それから何かのお恵みが期待できるはずなどないと言ったことで、生きていた間にはそれへの批判や攻撃にじっと耐えなければならなかったのだが、死者となった今は名指しで批判されたところで、いっこうに気にならない。」

こんなことを話している最中に突然、カロンの重たい船に石がぶつかって大きな音を立てたが〔実はこれは例の酔っ払いが、力まかせに乱暴にそれを投げつけたためであった〕、これにはカロンは劇場中に響き渡るような呻き声を上げた。ゲラストスは酔っ払いの狼藉に怒り狂って、彼をめがけて突進したがカロンは言った、「放っておけ、ゲラストス、放っておけ。お前は今は〔生身の人間じゃなく〕影法師なんだぞ、あいつは石を持って俺たちの後をつけていたんだ。もうたっぷりと歩き回った。これだけ馬鹿げた呆れ果てるようなものばかり見せつけられては、もう何も見る気はしない、これ以上その馬鹿さ加減に怒ったり呆れさせられるのは御免だ。もう帰ろう。」

ゲラストスはカロンを思いとどまらせようとするが、二人とも完全に浮き足立ってしまい震えていたのだ。実は劇場にいた神たちがこの様子を見て、大笑いしてしまったからなのだが、その笑いはとんでもない前代未聞の災難を神々にもたらすことになるのである。その出来事についてはこの後で詳しく語ることになるが、とりあえずここでは、カロンが自分も慌てているのを押し隠して、すぐに快活な態度を取り戻してみせたことを伝えておこう。

彫像たちが笑ったのを聞きつけるとカロンは言った、「こいつら笑ったぞ、見ただろう、こんなのは気味悪いけど笑ってしまうな。」最初は舞台の陰にいた旅芸人連中が笑ったのかと考えたのだが、しかしそれがみな神々の笑いだったことに気づいたのである。ゲラストスは劇場に通い慣れていなかった訳ではないのだが、〔それだけにこの珍事に驚いて〕途端に慌てふためき叫んだ、「大変《ババエ》だ、カロン、大変《ババエ》だ[一六]。とんでもないことが起こったぞ。」カロンはその慌てぶりを見てさも驚いたように言う、「お前はいったいどうしたんだ。石から[一七]殴られたとでも言うのかね。」彼〔ゲラストス〕はほとんど茫然自失で、どもりながら、おずおずと言った、「笑ったんじゃないか、彫像が。」「それがどうした。」「笑ったんだぞ。」カロンは言った、「それがどうしたと言うんだ、彫像だってひどい目に遭えば泣くだろうし、笑うことだってあるだろうに。」

ゲラストスは膝がガクガクしただけでなく血の気まで失せてしまったのだが、仕方なしにカロンの後に従って、どうにか町の外へ通じる分かれ道までやって来たところで、船の舳先に取り縋って言った、「止まってくれ、カロン、頼む。」これに対する答えはこうであった、「お前らは、人間が仮装したり嘘をついたりするのを嫌いながら、石像が笑ったぐらいはビクビクするほどのことでもねぇのに仰天してるんだから、そんな奴らの言うことなんぞいちいち聞いてやれるか。それにお前は俺が花を摘んで喜んでいるのを咎めてけなし、失敬にも笑い飛ばしやがった。石像が笑ったと言って腰を抜かしただけでなく、今度は歩けねぇと言うのか。しかししょうがねぇ、聞いてやろうか。」

ゲラストスは疲れ切ってしまい動くのもやっとだったが、「カロンよ、あんたは今度は、あんたがけなしていた哲学者のような言い方で詭弁を使って、私を子供扱いするのか」と言う。カロンは言った、「そりゃそうしたくもなるさ、俺だってそれぐれぇは覚えたぞ。その言い方をいま使って見たのさ。」ゲラストスは、もともとカロンにこれ以上苦労をかけるつもりはないので、むしろ帰り道の苦労を減らそうと言うべきだと考え、言葉を挟んだ、「確かに、私もあんたから随分教わったことがある。それはそれとして、言いたかったのは私がよく知っている帰りの道順のことだ。」

カロンは言う、「陸地伝いに帰ろうと言うのか。」実は彼が帰りを急ぎたかったのは、早く肩の荷を下ろしてしまいたかったからでもあったのだが、こんな風に言った、「ヘルクレスの棍棒でもありゃ、劇場にそのまま居座って、オエノプスの馬鹿さ加減に付き合っていても良かったんだが、そいつはたっぷり楽しませてくれたうえ、そのつけも払わせてくれた。つまり人間どもの中には始末に負えねぇ化け物がいて、突然そいつが襲いかかってくるのを我慢しなきゃいけなかったんだ。」

カロンはさらに付け加える、「ゲラストスよ、ちょっと考えてみてくれ。俺は何年もの間、渡し守をやってきて、そこで数え切れねぇほど色んなことを知ったし、人とやりあうための喋り方も身につけてきたんだ。その中で知ったのにはこんなことがある、頭の良い連中が口を揃えて言うには、我慢するのはいつでも良いとは限らねぇ、これは人間どもが守らなきゃいけねぇ掟のようなもので、過ぎたるは及ばざるが如し、てぇことだ、我慢するのに慣れたからといって、良いことなんぞ一つもありゃしねぇし、また暮らしの中にゃ余計なことなんぞあるわけがねぇ。おそらく貧乏暮らしに満足している奴には、その辛さを我慢することだけで、それ以外のことができなくなってしまうんじゃねぇか。」ゲラストスは言った、「おゝ、なんと賢明な言葉だ。それは私にも思い当たるふしがある。私は忍耐する苦労を背負い続けてきたために、耐える以外のことができなくなっていたのだ。」

こんな話を交わしているうち、もう海のそばまで来ており、ゲラストスはその場所を見渡すと怖気付いてしまったが、カロンは苛立って言った、「またここで動けなくなったと言うのか。」ゲラストスは答えた、「あんたを怒らせるつもりはないんだ、カロンよ、あんたのやろうとしていることには従うことにする。だけど私は今までこんな広い水面を見たこともなくて、どの方角をとったら良いか言うことができないし、この先の安全を見通すことなどできないのだよ。」カロンは言う、「冥界への道筋なら心得ているよ、だから逆に今まで見たこともなければ聞いたこともない方を選んだのだ。俺が舵取りをして行先を決めるから、さぁ船に乗れ。」

　穏やかな海を渡っている間、カロンは言った、「どうだ、哲学者の言うことなんぞ信じねぇ俺のやり方の方が楽だろう。お前はだめだと言って、俺のことを疑って邪魔しようとしたじゃねぇか。ところが言うことを聞かなかったおかげで、こんなに具合良く航海できてるんだ。海のことを、お前はアケロンの川と同じように流れていると思ったんだろう。これが広いってことはその通りだが、しかし地獄の底の方がもっと厄介なことがあるのは間違えねぇ。そこに巣食っているような化け物どもは、海の上じゃ見当たらねぇだろう。おそらく地獄で見舞われるような悲劇めいた災難に出遭うことはねぇはずだ。おゝ、こんな結構なことがあるなんぞ考えもしなかった。こんな風にゆったり構えて眺め回していられるとは、何と有難いことだ。今陸の上で人間どもの中にいたらどうなっていたか。分かるだろう。俺らが今いるのは、浮かぶ共和国なんだ！[一八]」

　ゲラストスは言う、「おゝ、カロンよ、あんたは素敵な言葉を思いついたものだ、この船を共和国だと言おうとするのか。何と素晴らしい的確な言葉だ、これに勝る表現はない。これは確かに立派な国家で、小さかろうと大きかろうと、とにかく独立した統治形態をそなえている。その狙いとするところや希望を見定め、安定に気を配り、あらゆる状況に応じて決定を下しまたそれを実行することができるのだ。国家というのはその大小を問わず、まさにこの形に倣って形成されるべきであって、その中で議論し合い、将来を考え、状況を見極め、あらゆる方策や行動方針を取り決め、実行してゆくのだ、世界をうまく統治してゆくのにこれ以上に優れたやり方はない、これとは正反対に、あらゆることを座視し民意を無視するのが暴君のやり方で、最悪の結果をもたらすことになる。賢者の意見を徴し、それに従い、進んでそれを実施してあらゆることを取り治めてゆくのが、国家を強固なものとなさしめるものなのだ。不和や反目は国家を混乱に陥れ、災厄をもたらしてしまう。しかし不慮の事態が起こったとしたらどうしたら良いか。避け難いような災厄が起こったとしたら、例えば海賊に遭遇したとしたら！」

海賊という言葉が発せられたのを聞いてカロンは、そのような情け知らずで凶暴なものに出会うとどうなるかは、これまで幾度も聞かされていたもので、ひどく怯えた。しかしすぐに取り繕い全く気にかけない風を装って、ゲラストスのうっかりと口にした言葉を咎めた。「ゲラストスよ、お前はいったい何度、俺たちが冥界に戻るのを邪魔するようなことを言うんだ。一度は航海の行先が不確かだと言い、今度は危険に遭うと言って戻りたがる。何をそんなにビクビクしてるんだ、生きているときにそんな目に遭ったのか。しかしそんなことが起こらねぇとも限らんから、一度陸へ上がって様子を見ることにするか。」そう言って急いで進路を入江の方にとり、奥の方まで船を入り込ませた。ゲラストスはカロンを怯えさせてしまったのを見てとり、笑って言った、「今度はあんたの方が逃げたがっているようだね。しかしあんたは船を操る中で鍛えられていて、不運な亡者たちが暴れてもそいつらをちゃんと送り届けてきたじゃないか。そいつらが、あんたがしてきたのを真似て、あんたの髭や髪を引っ張るようなことがあっても、やり過ごしてきていたのだろう。」

カロンは船を岸につけるとそこの住民たちと出会い、海賊たちが近所の公衆浴場にいたのを見かけたが、彼らはそこでお互い同士で諍いを始め、散々乱暴狼藉を働いた挙句にそれに飽きて山の方へ逃げて行ったという話を聞いた。カロンは船から離れて放置しておくわけにはゆかないと考える。彼はすっかり疲労困憊しながらも力を振り絞って、やっとこの入江までたどり着いたのだった。しかしどうにか船を近くの干潟まで引っ張ってゆき、生い茂った葦原の中に隠しておくことにした。ゲラストスも物陰から這い出して草むらに身を隠すことにする。

そこへ海賊一味が戻ってきたが、彼らは獲物を手に入れたことで上機嫌で船に飛んで帰ってきたのであった。公衆浴場では喧嘩していた連中も一緒になって騒ぎながら、その酒盛りの場限りの王を決めるという、彼らが仲間内で取り決めた何とも奇妙で聞いたこともないようなゲームを始める。車座になって、水の中に鼠を放り込み、その鼠を最初に盥のなかから掴み上げられた者を王にするというのである。この一種の籤引きのような選挙方法を考え出したのは船漕ぎ奴隷の連中なのだが、王を選び出すには最も公平なやり方だとも言える。だから皆が笑いながら遊びとしてできるのであって、水浴びをしているときにふざけあうようなものなのである。兵舎にいる兵隊たちや乱暴で卑しい船漕ぎ奴隷たちでも、また裏切り者たちの集団ですら、こうした王選びの遊びをやるのだ。以前に王になっていた者も、大多数から言われればすぐにその地位を譲り渡す。すべてが遊び以上のものではなく笑いの種とするためであって、誰でもそれに加わって海賊の頭目になれるし囃し立てられるのである。

新しい王は一座の酒盛り仲間たちに向かって忠誠を誓うよう求める。そしてその誓いの証として、皿に真っ黒い煤を盛ったものを皆で祭壇にお供えし、新しく頭目になった者も同じことをする。もし誓いを拒む者があれば、その王の前で皆から厳しく糾弾される。そして罰として水の中へ飛び込まされる。さらに水に飛び込めという宣告に加え、彼は大勢の者たちの手で口を塞がれることになる。海賊の頭目やその仲間たちによる懲罰は、その反逆者が降参したのを見届けてようやく終わりとなる。王に与えられた権限は、船尾に陣取って舵取りを任されたり、出港を宣言したり、宴会を取り仕切ったり、あらゆる行ないにまで及ぶのであるが、やがて潮が満ちて来ると、彼らはもと来た方へと戻って行ったのであった。

ゲラストスはこの海賊の頭目選挙の一件を、見た通り逐一カロンに伝えようと急いで駆けつけた。しかしその報告をカロンは全く聞こうとしない。実はカロンもまた、一味が戻って来たことで慌てて隠れ、じっと息をひそめてはらはらしながら成り行きを見ていたので、ゲラストスに抱きつき口づけまでして彼を泥だらけにしてしまった。「あぁ良かった、これでほっとした。こんなにうまくことが運ぶなんぞ、誰が考えられただろう。恐ろしいことが綺麗さっぱり無くなったのが分かってこんなに愉快になるなんぞ、思っても見なかったぞ、おかげでこれまで俺に仕向けられてきた悪態なんぞどうでも良い気分になったんだ、ゲラストスよ、笑ってしまうだろう。」

ゲラストスは言う、「私があんたを笑って、からかっても良いと言うのか。」カロンは言った、「だってそうじゃねぇか、お前が言ってたその言葉通り、どっさり危ねぇことが起こっちまったんだ、笑えるだろう。この俺が、お前の言うことに逆らってきたこの俺が、危ねぇと思って、まるで柳の木になったようなつもりで、その根元の泥の中に体を埋め、顔だけもたげて今まで我慢してたんだ。

あいつらの言っていたことはちゃんと聞き取れたが、一人がこんなことを言ったのが聞こえた、『よかろう、承知した。泥の中でくたばらせておけ』。これには俺も身体中震えが止まらなくなり、どうすることもできなくなったもんだ。話を続けると、そいつらはみんな喜んでそれに同意して、まるで生贄の臓物を放り出すかのように、その死体を寄ってたかって放り投げ、それがちょうど俺が隠れていた葦原までとんできた。これで俺にも初めて、王なるものがどんなとんでもねぇことでも許される特別な者で、そいつに刃向かうことができねぇもんだということが分かったんだ。だから劇場で、俺が船を兜がわりにかぶっていたのをひっぱがそうとした奴のことなど、どうでもいいような気持ちになった。あの時俺はこんな風に考えてたんだ、おいおい、こんなところでまで、死人を運ばされることになるのか。」

カロンはそう言って、そのままの格好で急いで船に戻り、船出の支度を始める。ゲラストスは泥だらけの汚れを落とすために水浴びしてから冥界に戻った方が良いと勧めた。カロンはそれを断り、冥界の連中にはこの汚れまくった姿を見せて、人間界にいたときにはさっぱりとしたなりをしていたのが、人間どものおかげでこんな風になったと知らせるのだと言う。ゲラストスは言った。「あんたの考えていることは分かったよ、あんたはその今の姿を仮装《ペルソナ》ということにして冥界に戻ろうとしてるんだ。」

カロンとゲラストスはこんな話を交わしていた。潮も満ちてきたところで、海賊とその王のところまで話を戻すことにするが、その一件がカロンに思い出させたのが、後で話してやろうと約束していた、ペニプルシウスとその王について長談義を交わしそこから多くの重要なことを学んだのを、狼を見て思い出したのだということであった。ところがその話を始めようとした矢先、新たな危険をもたらす事態が生じる。海がものすごい勢いで渦を巻き荒れ始め恐ろしさこの上なく、大波を引き起こし岩をも砕くほどとなり、船乗りたちには助かる希望をすべて失わせ、流れ着いてどうにか難を逃がれられたかと思った先は近づくのも難しいような岩場であり、そこはなんとモムスがいる場所で、この途方もない嵐を引き起こしたそもそもの大本は、彼の不思議な力のなせる業であって、それが大気に悲鳴を上げさせたのだと言える。それが引き起こした騒動が、すべての風たちを争いに巻き込むこととなったのだ。

もっとも、この恐ろしい事態の直接のきっかけは例の劇場での出来事で、そこでの騒ぎが回りまわって次々に騒動を引き起こし、このような海と空とが混じり合い区別がつかなくなるようなことにまで広がってしまったのである。カロンが劇場から逃げるように立ち去ることとなったのは、神々たちが一斉に笑い出したのに驚いたためであったのだが、この笑い声は大きなこだまとなって広がり、それがアエオルスの穴倉にまで届いた[一九]。風たちがその穴倉に閉じ込められていて、何事かと疑い緊張して聞き耳を立てていたところへ聞こえてきたのが、ファーマ女神がやかましい羽音を立てながら触れ回っている声で、それは神々とカロンたちの行状を喧伝していたのであった。これが風たちに、神々が見物して面白がっている芝居を自分たちも見たいものだという欲求を募らせてしまい、閉じ込められていた囲いをぶち破って飛び出し、邪魔になるものはすべてなぎ倒し荒れ狂って、劇場の中のすべてを一気にひっくり返し、その乱暴ぶりは劇場の上に張られていた日除けカンヴァスを空中に吹き飛ばし壁の一部も壊して、破風の壁に陣取っていた神々の彫像の一つまでも引き剥がしてしまった。カンヴァスや彫像へのそれと同様な被害は、他の神々すべてにも及んだ。あるものは地面になぎ倒され、あるものはぶち壊され、元の姿を保っているものは皆無と言ってよいほどであった。同じことはユピテルにも起こっており、日除けカンヴァスが纏わりついて逆さにされ、足が空中に頭が地面について鼻で体を支える始末となる。クピドの彫像は高いところから転げ落ちてきてスペス女神（希望）二〇の彫像を押しつぶしそうになったが、なんとかその腕に引っかかって壊れずに済んだ。一方スペス女神の方は、クピドを胸に抱える形となったうえ、カンヴァスが斜めにかぶさってきて何も見えなくなってしまった。神々はみな金縛り状態で、祈ることしかできない。

ユピテルとしては、神々を統べる全知全能の唯一の君主を自任している手前、その持てる力でもってできる当面必要なことは何か、神々に何をさせるべきかを考えた。どうにか思いついたのは、まず人間たちの目に神々がまるで芝居の描割のように映ってしまうような恥辱を蒙ることがなく、今後は尊敬すべき対象として受け取られるようにすることで、そのためにはまず劇場から彫像をすべて取り去るのが良いかとも考えた。しかしその一方、そのことがまた別の形で〔それを作った人間どもの〕憤激の種となることも考えられる。そこで神々には、一旦どかせていたそれぞれの彫像を元の位置に戻すよう命じ、それらがなくなったことで人間たちが怒り出さないようにした。これには神々は不平たらたらであったが、それでもその命令に従った。そのうえでユピテルは神々に劇場から引き払うよう命じたのだが、ストゥポル神は血の気を失って凝り固まってしまっていた。そんなわけで神々が天上で召集された時には、ストゥポルとそれにスペスの姿も見当たらず、これも力尽きて地上に残り、またプルートとノクス女神は進んで残ることを希望した。

プルートが地上に残ることを望んだわけについては、後で説明する。ノクス女神は（こいつのことは前に述べていたが）、彫像を自分のいたすぐ下の階段席に隠していて、そこはアポロがいた近くだったのだが、たまたまその場所が空いていたので、アポロから盗んだ神託の入った例の袋も、彫像と一緒にそこに置いていたのであった。これは人間どもの群衆の中に掏摸が紛れ込んでいて、多くの犯行を重ねているとの注意を受けていたためであった。ところがユピテルの厳命を受けたアポロが、間違えて自分の彫像ではなくノクスの像の方を、像の足の間にあった神託の袋に気づかず運び出してしまった。ノクス女神もこの騒動の中で混乱していて、動かされた自分の彫像を見つけ出す方にばかり気を取られていた。そして勘違いして、てっきりアポロがわざと自分のものではない像の方を動かしたものと思い込み、もしかしてその袋が娘の懐に隠されているのではないかと考えた。ノクスの娘というのはウムブラ[二二]で、アポロは彼女に恋い焦がれていたのだから、それを彼女に預けたのに違いないと思ったのである。実際にはその袋は、大変な嘘つきとして知られていたアムバゲス女神（曖昧さ）[二三]が足で踏んづけていたのだった。この一件は、アポロにノクスに対する憎悪を募らせる結果となり、そのことを感じ取ったノクスは、もうこの昔ながらの敵と一緒にいることはできないと考えて、そこから逃げることを選んだのであった。そして自分自身もウムブラの懐の中に隠れることにしたのである。

プルートはと言えば、飛んできたカンヴァスに驚き慌てて物陰に退避したが、そこには竃があって周りに大量の生ゴミが積み重ねられ、悪臭を放っていた。たまらなくなってそこから脱出しようとして足を踏み出した途端、何か石のような硬いものを踏みつけたのを感じ、見るとそれが金色に光る物体で、実際はガラス片であったのを何か宝石のようなものと勘違いし、何か他にも金目のものがないかと血眼になって探し始め、そこら中かき回すのに熱中する。プルートはもうそれまでの災難のことなどすっかり忘れ、そのゴミ捨て場にある大量のゴミを一つ一つ改めてゆくことを始めたのだ。それらは大変な重さで、彼の頑丈な肩をも押しつぶすほどであったのだが、それらを足で掻き分け、手で選り分け、とにかく何か光るものを見つけ出すことに取り掛かってしまっていたのである。

以上が劇場での騒動の顛末であった。ことが終わってみて風たちは、自分らがしでかした悪行の被害の大きさに気づき、顔を見合わせ口を噤んでしまったが、しかしすぐにまた腹を立てて、仲間同士でお互いその無鉄砲ぶりや乱暴さを責め始める。その言い争いは過熱して掴み合いの喧嘩になり、そこで今度は彼らは場所を海の上に移してやりあうことになったのであり、それがあの忘れ難い大嵐を巻き起こしていたのだった。その嵐を逃れようとしてカロンとゲラストスがモムスと出会うことになったその場所が、まさにモムスが自らの不運をかこっていたところだったのである。

多くの苦労を重ねその挙句に恥辱を被ることとなったにもかかわらず、モムスの表情は荒れ狂う海を前にして、何か安らいだようで涙を流すこともしておらず、悪を忘れてむしろ心の苦しみを自ら憐れんでいるようであった。その様子を見て、自分たちも大変な目に遭ってきたのだが、何かしてやれることがあるかと訊ねた。モムスはそれに対し、「おゝ、同病相憐れむと言うべきか、あんたらは難船するようなひどい目に遭いながら、私を憐れんでくれるというのか」、そう言って涙を流し、荒れる波しぶきが顔にかからないように少し体を水から引き揚げてくれるよう頼んだ。引き揚げられて見ると、モムスはゲラストスとは顔見知りであったことが分かった。人間界にいたとき、モムスはゲラストスと重大な問題を巡って多くの議論を交わしたことがあったのだ。

そこで二人の間でやり取りした様々なことを思い出し、モムスは話し始めた、「あんたとは随分と色々な哲学論議をしたな。フラウス女神のおかげで天上界から追放されたが、蒙った手酷い恥辱への復讐を果たそうという、身に染み付いた愚かさから出た企てに取り掛かり、人間たちがみな、哲学者たちがしていたのと同様に、神を蔑むことになるよう企んだのだった。しかしこれは同時に、自分自身にも大きな苦しみをもたらし、当然のことながら私に対する憎しみを募らせることにもなった。しかし神々にはもっと大きな打撃を与えたのであって、彼らはその時にも私を今のような半人間にしてしまうことすらできたはずなのだが、しかしそのような処置をとることをしないばかりか、私の神としての資格を公認し、敵対していた者たちまでが、これ以上私を苦しめることはしないと言明した。私を憐れむ気持ちを惹き起こしたのは、信じられないようなそうした苦しみに私が耐え抜いたことが役立ったのだ。こうして天上界に復帰したのだが、至高の神であるユピテルすらも、私がしでかしたことに対してあたかもそれらの行ないが立派で正しいことであったかのごとく、何の咎めもなしに受けとめた。実際、私が女神やその娘に対して神殿の中で働いた凌辱行為についても皆はそれを笑い飛ばしたのだった。復帰できたことで、また昔のモムスと同様に振る舞うことができるとも考えたが、新しい気持ちの方が私を支配するようになった。そこで、神々には懇切に助言を与え、いかにも真実らしく、知識や仕事について語り、彼らの言葉からその心のうちで正しいと考えていることを察し、偏見に基づく考えを諫め、彼らの欲望のありかを知り、その表情の陰にあるものを読み取って、彼らを手なずけた。言うまでもないことだが、私の巧みな弁舌は一般の神々に快いものとして働きかけただけでなく、君主にも愛され、あらゆる問題や細々としたことについてまで諮問を受けるようになり、敵からですら喜んで迎えられた（実際にもそのように言われていたのを耳にしている）。これで私のそれまでの行状は帳消しとなり、大いなる栄誉をもって、誠実な行ないをこととする人物として迎えられたのであり、かつての悪巧みに満ちた放埒な考え方を改め、追従でもって道を誤らせるようなことを避けた。そのような心懸けを大切にしつつ神々に接したのだ。それはあらゆることに及んだ。こうして神々やユピテルから重用され、新たな施策の立案や、老婆心ながら神々がその務めを果たす上での注意を与えることにまで気を配ったし、何とゲラストスよ、それらについての詳細な覚書まで作っていたのだ、ところがそのような努力の報いが今のこの私だ。どうみたところで、ユピテルに対する誠実な助言などは、私にこの惨めな境遇をもたらす効果しかなかったのだと言わざるを得ない。あんたたちはこの顛末を手厳しく批判するだろうし、国家をないがしろにするものだと見ることだろう。しかし君主による国家統治の実態は見ての通り。彼も皆に良かれと努めているのは事実だろうが、将来にとって何が良い結果をもたらすことになるかを全く考えることなく、却って我らに災厄をもたらしてくれることとなり、正しい助言を遠ざけ悪の方を喜んで迎えてしまい、それが将来の幸福を約束してくれるものと考えてしまう。それでもまだどこかに希望は残っていると言う者もあるかもしれないが、今の私の惨めな状況の中では、これ以外に言うべき言葉を知らないのだ。」

モムスが語り終えたところでゲラストスは言った、「おゝ、モムスよ、この私も憐れまれて然るべき人間なのだ。ここで私の方からも、これまで蒙ってきた災厄について話してみようか。それはあんたにとって少しは慰めになるはずだ。私は故郷を離れ、生涯を流浪の暮らしで使い果たしてしまったのだ、絶えず諸国を巡り歩くことを飽きもせず続けていた。常に貧困に悩まされ続け、論敵や身辺の問題に苦しみ、奸計や友人の裏切りに遭い、誹謗を浴びせられ誤解され、厳しい敵視に曝されてきた。不運のため逃亡を強いられ、破産の憂き目にも見舞われた。一時は騒動に巻き込まれ、地位を追われ、苦しみに喘ぎ、窮乏に打ちのめされ、あらゆる安らぎや生きる手だてを失って、慈悲深い神々に希望を与えてくれるよう祈るしかなかった。しかし幸いなことに私には学問があり、学ぶための優れた技を身に着けていたため、常にそれが役立ち、幸運を取り戻すことができた、文筆に長じたうえ法学をもおさめた。これにより私は豊かとなり、あらゆる方面の研究を手がけ、熱心にそれらに取り組んで磨きをかけ、日々研鑽を積み、余人に引けを取るものがないまでとなった。私に対する声評は高まり期待を集めた。しかしこうした幸運は直ちに妬みを招くことになり、暮らしへの期待はしぼみ始め、不当な攻撃が始まり、成功への望みもついえ、悪がさらに悪を招くこととなる。よく言ったものだ、人間の暮らしとは所詮こうしたことに慣れることであり、人間はそのことを肝に命じておくしかないのだ。こうして見ると、モムスよ、カロンですら、彼もまた一人の神であるその彼ですら、先を見通して行動していたのだとは言えないだろう。しかしそれこそが人間の行ないの手本であり、また賢明な判断だったのだ、石像から逃げ出し、干潟の泥の中に隠れ、陸路の代わりに海路をとり、極度の危機に遭いながら、たまたまこうしてあんたと巡り合う事となった。どうするのが良いのか、どの方角へ向かうべきか、どこにも確かな手がかりはない、神々が我らにもたらした災厄がどこで幸いに転ずるのか、恵まれた存在であるはずの神々が、何故にかくも悲惨な目に遭うのか、その行ないの何がそうした事態をもたらすのか、全く分からないのだ。それはあんたたち、モムスにもまたカロンにとっても、何がどうなるのかなど、先は全く読めないと言うことなのだ。」

こんなかたちで慰め合っていたところへ、思いもかけずネプトゥヌス神が現れた、彼は風たちが無分別な行ないをしたのを知って、雲たちにもっと高いところに引きこもっているよう命じ、穏やかに動いて〈風たちを〉騒がせないようにした。三叉の鉾をかざしてのその命令により、荒れていた海も収まりかけたところで、彼はモムスに挨拶に訪れたのであった。そしてその場にカロンとグラストスが居合わせたのに出会い、どうしてここにいるのかわけを訊ねた。彼らが無分別に暴れまわった風に翻弄され漂流した経緯を聞き、またその愚行が巻き起こした騒動の原因が、彼らが劇場を混乱させ、海を騒がせ、神々を巻き込んだことにあるのを知り、モムスとカロンの求めに応じ、神々に、特にストゥポルやユピテル、プルートらに事情を説明させることを約束した。そのうえでネプトゥヌスは訊ねた、「何か他に頼みたいことがあるか。儂は海を治める仕事に戻らなければならんし、ユピテルや神たちにも会わなければならんのだ。」ゲラストスは言った、「もしお引き受け願えるなら、ネプトゥヌス様、至高の神であるユピテルに、彼自身にとってもまたその臣民たる人間たちにとっても役に立つはずの、国の治め方を記したモムスの覚書を利用するようお勧め頂きたいのですが。それには彼の威信を高めるであろう多くの事柄が記されているのです。」

ネプトゥヌスは、ユピテルにそのことを伝えてはみるが、この先もユピテルがそうした助言を採り入れて行動することがあろうとは思えないと言う。彼は自分が最高の君主であるという自負が強すぎて、人の意見を喜んで聞くようなタイプではないし、常に自分の考えに従ってやり通し、自分以外の優れた者の意見に従うのを好まないのだと。そのように言って彼はその場を去って行った。

カロンも再び航海に乗り出し、そして言った、「ゲラストスよ、殿様なるものについてのこの説明を、あのユピテルについての言い方を、いちばん知恵があるとされている奴についてのそれを、どう受け取ったら良いもんだろう。その通りだとして、そんな我儘で人の言うことを聞こうとしねぇ奴が災難に遭い、その自慢の面目を潰されるようなことになって、てめぇの権威なるものがなんぼのものか思い知らされ、それを我慢しなきゃならなかったんだ。こりゃえれぇことだぞ、人の言うことも聞かねぇしまともな忠言に従うのも嫌がるような殿様にして見りゃ。」ゲラストスは答えた、「その通りなのだがカロンよ、あんな風に王冠の周りに群がる追蹤者たちに囲まれて、日々間違いを繰り返し、欲望に駆られて道理に外れたことばかりやろうとする、私から見ると、君主として君臨するのと奴隷でいるのとでは、どちらが良いことなのか分からなくなる。」

カロンは言う、「そうだ、思い出した、嵐の前にペニプルシウスのことを話そうと言ってたんだ、その話をしよう。こいつは実際、思い出しても笑いが止まらなくなるような話なんだが、最悪の人間が殿様ぶったらどうなったかてぇことだ。」ゲラストスは言った、「そう、そのことを言おうと私も考えていたんだ、カロンよ、そんな心を持った者が、自分の心にあるすべての野望が打ち砕かれてしまったとしたら、そしてその災難が去った後、それを再び取り戻せるものだろうか。しかしあんたは、嵐が収まったと見たら、忘れずにすぐに話にかかったね。よく忘れなかったものだ。」カロンは答える、「そりゃできるさ、海の周りを山々が囲んでいるのを見つけたら、行く先を思い出せるのと同じことだ。」ゲラストスは言った、「確かに、それは山と同じだ。それでもあんたは確か、私が海賊の恐れを口走ったとき、それが命を危険に曝すこともなければ、海に道がないのも問題ないと言っていたのではなかったかね。アケロンと違って海は見たことがなかったはずなのに、知り尽くしているような口ぶりだったね。ところがどうなった。老獪な船乗りで危険を恐れないあんたが、しかも不死身のはずのカロンが。」カロンは反論する、「腕利きの船乗りで不死身だと言ったって、とてつもねぇ危ねぇことがありゃ怖がりもするさ、だが荒れていた海も、もうおとなしくなってるじゃねぇか。」ゲラストスは言った、「わかった、これで仲直りだ、カロンよ。さぁ、やりかけていた話を始めてくれ、早くその先を知りたくてたまらないのだ。」

カロンは語り始める、「大事な話だからしっかりと聞いて、中身を噛み締めてくれよ、どうやら河口に近づいたようだ、うまいことたどり着いて中へ入って行ける。懐かしい水の匂いがしてきた、間違ぇねぇ、ここの下にある洞穴を通ってあの薄暗い場所に入ってゆくことになる。この辺りは暇なときに何度も来たことがある。さて、ここまで来たからには、あとは流れに任せてゆくだけだから、ゆっくりと好きなように話ができる。」

「俺の船にメガロフォス[二三]という王とその宮宰のペニプルシウスを乗せてやったことがあるんだが、船のどこの場所が上席かで言い合いが始まった。つまり、殿様の方は、自分は偉くて尊敬されて然るべきなのだから自分で決めると言い、それに対してペニプルシウスは刃向かい、こんな風に言ったのだ、『カロンよ、あんたが決着をつけてくれないか、私は人間だし、そこにいるこいつも人間で、天上界で生まれたわけではない、私も同じだ、メガロフォスよ。お前は世の中を治める立場にあり、私はその世の中の一人だった。しかしそれはもう終わった、お前を殿様と呼ぶ必要もない、メガロフォスよ。お前ももう世の中のために働いているわけではないし、ここに来てまでお前から命令される筋合いはないだろう。私はこんなことを考えていた、つまり、我々は二人ともお互いを縛り付け合っていたのだが、お前もまた私も、どちらもその縛りから離れたとしたら、二人はどんなことになるだろうかということだ。またこんな風にも考えてみた、私の方が偉くなってお前を思う様こき使ったとしたらどうなるか。お前はその幸せな身分が当たり前のことだと思っていた。そしてさらに貪欲にその身上を増やすことばかり考えそれに入れあげていて、我々の創り出すもの、我々の財産、我々の蓄えも、すべて自分のためのものだと考えるまでとなっていた。お前がやりたがらないこと、お前が恐れていること、それらすべてを、お前に代わって私は忠実にやって来た。お前が思いつくこと、お前が望んでいることはいずれも途方もなく、大変な気遣いを要し、疑わしく、多くの危険を伴うものであった。私はそれらの困難をものともせず、多くのことを計画通りに立派にやり遂げた。それらのどれについてもお前が自分でやったわけではない。お前は王であるおかげで多くの富を手に入れたが、国を導くような役目はほとんど果たさず、また自分自身を統御することもせず、暴君として振舞っていただけだ。そして自分が国を治めていると思い込み、そのように公言していたが、しかしそのどれ一つをとってみても、お前の栄誉に帰されるべきものはなく、賞賛の声が向けられているのはすべて市民に対してであって、お前にではない、それらの美しさや繁栄は彼らの手によりもたらされたものだ。あえて言おう、私が細心の注意と勤勉さでもって都市の美化に努め、平和と安定に心を配って来たことに対しては、皆がそれを言いまた好意を込めて称賛し、都市を繁栄させ生まれ変わらせたとしているのだ。実際、我ら民衆はそれらの仕事に心を一つにして取り組み、苦労を重ね、多くの人々の手を煩わせたのだが、それらが自分の手柄になるかなどは全く顧慮することなくやってきた。しかしお前がやったことと私が成し遂げて来たこととを比べてみよう。お前は毎晩のようにワインで泥酔して眠り、贅を尽くしてばかりいた。一方私は、いかにして都市を災害から守り、いかにお前の暴虐から市民を守るかに思いを巡らせていた。お前が何かやりたいことがあると、私はそれを世に知らしめた。お前の考えは民衆の反発を招いたが、私の施策に対しては皆が耳を傾け同意してくれたのだ。軍事行動の際には私は先頭に立ってその指揮を執った。お前はそれを見ていただけで、私のラッパの合図で侵略を食い止め撃退できたのだ。要するに、お前のやることは皆から反発を受けたが、私の言うことに従わない者はなかったということだ。しかしそれでどうなったか。お前が市民をないがしろにしてのらくらしている様は、多くの武装蜂起を都市の中に誘発することとなったし、すべての労働者たちの間にも、学生たちも、公立のものも私塾のものも、また聖俗を問わず、すべての者たちの間に妬みをもたらし、軽薄な輩に同調させることとなったではないか。このようにお前の気紛れなまつりごとによる害悪の数々を列挙しなければならないとは、なんたることか。お前が造らせた神殿や劇場は都市の美化のためなどではなく、後の世に名を残したいという名誉欲のためでしかなかったではないか。だがそれらを善政だとして誉めそやして書き残して貰えるようなことは、決してありえないだろう。むしろそれらは悪行の最たるものとしてあげつらわれるだろう。その中では、私がどのような悪に直面していたか、誰が君主たるにふさわしかったかが記されることになるのではないか。お前はなすことすべてに見境をつけることをせず、多くの混乱を惹き起こし、多くの人々を煩わせた。私は都市すべてを、望みに応じて何の苦労もなく安らかに眠りにつかせることができたのだ。今こうして二人だけとなったが、お前に考えて欲しいことがある。それはお前がすべて幸運にも譲り受けてきた領地や財産のことだ。私はそのように多くのものは持ち合わせなかったし、また今はそれらを失ったわけだが、しかしそれらの身の回りのものや財産はすべて、望み通り公平に分配してやった。それが田舎にあったものであろうと、公共のものや私用のものであろうと私心を捨て、受け渡すことができたのだが、お前の財産や領地は、果たして望み通りに引き継がれただろうか。それらを我が物にしたいと望む者は多数いることだろう。私は自分に与えられた以上のものを望むことはしなかった、すべてについてあるがままに受け止め、多くを求めようとはしなかったのだ。そしてお前が大事にしていた財産が散りぢりになってしまうのを、私は笑い飛ばすことができるのだ。』〔これがペニプルシウスの話だ。〕」

冥界に関わる出来事については以上であるが、ユピテルは一人ぼっちとなって広間に取り残され、つい先ごろに見舞われた事件や彼が言ったり行なったりしてきたことなど、ここまで語られてきた出来事を、繰り返し思い返していた。「いったいお前は、人間どもの父として、また神々の王として、どのようでありたいと望んでいたのか、そのことはお前にどんな恩恵をもたらしてくれたというのか。詰まらぬ些細なことに頭を悩ませて余計な手間をかけ、一方では危険や不快な目にばかり遭ってきたのではないか。お前は一応は、神々の議会で彼らから寄せられる様々な注文に耳を傾けることはした。しかしまともな進言を退け、人の意見も聞かずその時の気分次第で勝手に議事を進め、常に皆を呆れさせていた。汗の結晶であるに違いないお供え物をぞんざいに扱い、それを捧げてきた者たちを逆に脅かし怒らせ苦しませてしまった。自らの恵まれた境遇を恥ずべきものと取り違え、いにしえの権威を忘れて新たな欲望に駆られていた。世界を新たに作り変えようという努力は、要するに平穏無事でいられるようにということに過ぎなかった。平穏がさらなる平穏を拡大させ、その平穏こそが尊ばれるような世界となさしめることであったのだ。しかしそのあがきの結末はどうなったか。天上界の神々の中でも身分の低い者たちを受け入れてやり、それまでないがしろにされていた状態からすくい上げてやることもした。しかしそれでどうなったか。彼らはこの救済措置をむしろ馬鹿げたこととして受け取り、かつての苦しかった時期の記憶からする心の苦しみを癒すものとは考えなかったのではないか。このような悲惨な心労はもう沢山だ。いま儂に必要なのは、この執拗に苦しめ続けている悲しい記憶を打ち消してくれるような行動だ。そうだ、やるべきことはこれだ、この散らかり放題の部屋[二四]を片付けるのだ。」

そこで敷物やら壁掛けなどを引き剥がし、腰掛の類もすべて並べ替えて模様替えに取り掛かり、あちこちに散乱していた書物も然るべき場所に整理整頓し始めた。その整理作業中にたまたま手に触れたのがモムスの手帖で、それは彼がまだ健在だった時にユピテルに進呈していたものであった。これを発見してユピテルは、自分にふりかかった不運に対する苦い悔恨が蘇ってくるのを抑えることができなかった。それでも読み通してみて、一方では大いなる喜びが、また一方では大いなる苦しみが、同時に心を支配してしまうのを覚える、という以外には言い表しがたい気持ちとなったのであって、快さと居心地の悪さとが入り混じることとなった。快さを与えてくれたのは、統治のために必要とされるような事柄が哲学的教説に裏打ちされた形でいとも明解に示されているのを見出したことであった。居心地の悪さを惹き起こしたのは、そこに記された彼の威光と成功のためになすべき務めを、彼はすべて怠ってきていたということであった。

手帖の中身は次のようなことどもであった。君主たる者の心得は、過ぎたるは及ばず、また独尊は衆愚に如かずであり、他の多くの者たちには持ち得ない物を独り占めにするようであってはならないということである。善良なる者には恩恵を施し、悪をなす者にも必要以上の罰を加えるべきではない。多くの意を目立つことよりも目立たない事柄の方に向けるべきである。新しさを追いかけることは避け、必要性が大なるものであって有益なもの、国家に威厳を添えると考えられるもの、ないしはそうした栄誉に値するものであるという見通しが確かなものに限るべきである。公の場にあっては堂々と振る舞い、私生活においては慎ましくあるべきである。過ぎたる歓楽に対しても、敵に対して戦うのと同様に立ち向かわなければならない。平穏を保つことこそが、武器を磨くことにも増して平和をもたらす栄誉ある好ましい方策である。望ましかるべきは、常に忍耐と清廉なる謙譲を心がけ、目下の者に対しても穏やかに対等の立場で接することである。

こうした類の事柄が手帖には多数詰め込まれていたが、それらすべての中でも、統治にまつわる多くの労苦に対して向けられた一つの提言が最も目を惹いた。すなわち、〔君主が〕執り得るすべての施策は三つに要約され、その一つは善意を以って当たろうとするもの、次は悪意を以って当たるもの、三番目とされるのは、それ自体としては善とも悪とも言い切れないものであるという。善なるものに括られる諸事業を分掌するのは、インドゥストゥリア（精励）、ウィギランティア（注意深さ）、ストゥディウム（熱心さ）、ディリゲンティア（勤勉さ）、アッシドゥイタス（たゆみなさ）、等々の神々[二五]で、彼らはそれぞれ、大小様々の場所、アーケードや劇場、神殿、広場等の、つまり公共のために開かれた場所を快適なものとすることを役割としているのである。悪が働く場面は至る所にあり、インウィディア（嫉妬）、アムビティオ（野望）、ウォルプタス（快楽）、デシディア（怠惰）、イグナウィア（無意味）[二六]ら、それと同様なあまり歓迎されない者たちである。善とも悪とも言い切れないというのは、それが時と場合によっては善ともなり悪ともなるからであるが、これに類する数多の神々の中でも、とりわけ人間どもの中で崇められると同時に嫌悪の目で見られているのがフォルトゥーナの仕業であって、その所業の痕跡は至る所でみられ、その欲望の赴くまま、あらゆることに手を貸しているのである。

〔終わり〕

一　ストゥポル **Stupor** は「ばかばかしさ」、「愚鈍」などの意で、これを神に仕立てたのはアルベルティの創作。

二　ナイアス **Naias** (Ναϊάς)は水のニンフ、複数形はナイアデス **Naiades** となる。ナパエアエ **Napaeae** 沼地に住むニンフたち（複数）。ドリアデス **Dryades** (Δρυάδες)は森のニンフで特に樫の木の精とされる。ポ（フォ）ルキス **Phorcys** (Φόρκυς)は海の神ネプトゥヌスの息子たちをさす。

三　オエノプス **Oenopus** という名は、ギリシア語のワインを表す **oînos** (οἶνος) から採られたもののようであるが、必ずしも彼が酒飲みであったことを示すものではなさそうである。

四　つまり放尿と排便をしてしまったのである。そのことはこの後のくだりの中で遠回しに述べられている。

五 カロン **Charon** (Χάρων)は、地上と冥界を隔てる川、アケロン **Acheron** (Ἀχέρων)の渡し守で、彼らを冥界へ送り届ける役目を負っていた。多くの神話ではかなり凶暴で死者たちを乱暴に扱う存在として語られているが、ルキアノスやそれを承けたアルベルティの叙述では、神々や人間たちの非常識な行ないを批評する至って真っ当な判断力の持ち主として描かれる。

六 パルカ **Parca** は運命の女神たち(ギリシア神話のモイライ **Moirai**, *gr.*, Μοῖραι)の一人とされる。ここでは複数形 **Parcas** と表記されている(本来ならば Parcae と記すべきところであろう)。ヒスペリデス **Hisperides** についてはそのような名の神は神話上には見当たらず、あるいはヘスペリデス **Hesperides** (Ἑσπερίδες—夜の女神ノクスと闇の神エレブス Erebus Ἔρεβος の間に生まれた娘たちで、アトラス山の彼方の島で、そこの果樹園にある黄金のリンゴを守っているとされる)の誤りかともされるようだが、そうだとしてもこれが人間界に入り込んでくるというのはあまり考えられないことなので、アルベルティがどう考えてこの名を持ち出したかは不明とせざるを得ない。

七 ゲラストス **Gelastus.** ギリシア語の **gelastos** (γελαστός, 「笑うべきこと」の意)から採られたものとみられる。

八 古代ギリシアの習わしでは、カロンに支払う船賃として死者の口にコインを含ませておくことがあったのだという。**Cf. Lucianus,** 「冥界への旅」*Κατάπλους ἢ Τύραννος.*

九 アルゴ号 **Argo** は、ギリシア神話の英雄イァソン **Jason** (Ἰάσων)が黄金の毛皮を持つ羊を求めて航海した時の船の名で、その乗組員たちは「アルゴナウタイ」Ἀργοναῦται と呼ばれた。

一〇 ここで船を指す言葉として用いられている「キュムバ」"**cymba**"の語は、フェニキア伝来のものというが、ウェルギリウスやプリニウスは、特にそれをカロンの船を指すものとして取り上げている。

一一 このくだりはウェルギリウスの「アエネイス」*Aeneis*, VI, 893-896 に基づく。

一二 このゲラストスの説明は、プラトンないしアリストテレスの言葉の受け売りである。ここで「生成」や「成因」と訳したのは"**causa**"で、動詞として使われている場合には「生成」とし、名詞の場合を「成因」とした。「形相」は"form"、「質料」は"materia"である。これらは我が国の哲学界の用語に従ったものである。

一三　スティクス Styx（Στύξ）はアルカディアにあるという冷たい泉でそれに浸かると命が奪われるとされる（Vitruvius, *De architectura*, Lib. VIII, cap. 3）が、また冥界にある川の名ともされる（Cicero, *De natura deorum*, III. ; Dante, *Divina comedia*, Inferno, XIV-116）。

一四　ペニプルシウス Peniplusius というのは、ギリシア語のペネース（πένης, 貧乏の意）と、それとは反対のプルシオス（πλούσιος, 豊かの意）とをつき混ぜて作った名とみられる。この人物は *Intercenales*, Lib. IV の *Pauperas*（貧困）の中にも登場する。

一五　この「形」と訳したものには、"lineamentis"の語が充てられている。この語はアルベルティの「建築論」の中での一つのキィワードとして用いられているもので（*De re aedificatoria*, Prologo）、物の素材や材質とは関わりのない抽象的な輪郭の意で用いられている。

一六　原文は、"Papae, o Charon, papae"で、papae の繰り返しのおかしさを狙ったものであろう。落ち着き払っていたはずの哲学者が慌てふためいたのを皮肉っている。

一七　これは神々の彫像のことを指しているようだが、前のオエノプスと酔漢とのやり取りのところでは像はブロンズ製であるかのように語っていたはずである。しかしそれをいつのまにか石像にしてしまっていて、この後も石像として通しているようである。

一八　国家を船に喩える言葉は、プラトンを始めプルタルコスなど様々な古典の中に見出されるものだが、アルベルティの表現はそれを逆手にとって、船の方から国家のあり方を説明しているという点で、新鮮な響きを与えている。

一九　アエオロスとそれが支配する暴れん坊の風たちについては、第二書の注二〇を参照されたい。

二〇　スペス Spes は「希望」の意で、これを女神として祀り神殿を捧げていたということはキケロも記しているが、古代彫刻の中にはその姿を表したものはあまり見かけないようである。中世のキリスト教信仰の中ではこれは「七大美徳」Seven Cardinal Virtues の一つとしてしばしばその姿が描かれており、ジョットーの描いたものもある。

二一　ウムブラについては第三書の注二八を参照。

二二　アムバゲス Ambages は「曖昧さ」の意で、これを神にしたのもやはりアルベルティの創作とみられる。

二三　メガロフォス Megalophos. ギリシア語の「メガロス」μέγας（巨大さ）から取られたものと見られるが、あるいは王の尊大さを暗示しようとしたものか。

二四　この「部屋」には"conclave"の語が充てられている。「コンクラーヴェ」は現在ではローマ教皇選出の行事やそのための隔離されたホールを指すものとして用いられているが、本来は施錠される部屋や動物の檻などを意味した。

二五　インドゥストゥリア Industria＝精励、ウィギランティア Vigilantia＝注意深さ、ストゥディウム Studium＝熱心さ、ディリゲンティア Diligentia＝勤勉さ、アッシドゥイタス Assiduitas＝たゆみのなさ。これらを神とした例は古典古代には見当たらない。初期ルネサンスの人文主義者たちの間では、半ば遊戯的にこれらの観念を神として弄ぶことが行なわれていたものとみられる。アルベルティはおそらくこれにそうした風潮を風刺する意味も込めているのであろう。

二六　インウィディア Invidia＝嫉妬、アムビティオ Ambitio＝野望、ウォルプタス Voluptas＝快楽、デシディア Desidia＝怠惰、イグナウィア Ignavia＝怠惰、無意味。これらについても古代には神として扱われた例は見当たらない。

解題

これは初期ルネサンスを代表するイタリアの人文主義者レオン・バッティスタ・アルベルティ(Leon Battista Alberti, 1404-72）によるラテン語の長編風刺譚「モムス」(*Momus fabula*, あるいは *Momus, sive de Principe*）の飜訳である。

おそらく一四四〇年代半ばから書き始められ、一四五〇年頃には一応できあがり、写本のかたちで当時の少数の知識層に読まれていたとみられる。アルベルティはかなり後までこれに手を加え続けていたようで、数種類の異稿がある。主な稿本としては以下のようなものが挙げられる。

- Oxford, Bodleian Library, ms. Cannonicciamus Misc. 172. *Momus fabula*, cc. 121 r-211 r.
- Città del Vaticano, Biblioteca Apostolica, ms. Ottobonianus lat.1424. *De principe, Momus*, cc. 65 r-146 v.
- Venezia, Biblioteca Nazionale Marciana, lat. VI, 107 (=2851), *Leon Battista Alberti, Momus, sive de Principe*, Membranacco, ff. III, 126. Provenienza Tommaso Farsetti (1791).
- Paris, Bibliothèque Nationalee de France, lat. 6702, cc.148r-158r.

これらのうち、ヴェネツィアとパリのものは、アルベルティ自筆とみられる多くの訂正書き込みがあり、特にパリのものはその最終的な訂正稿とみなされるという。

アルベルティの生前には印刷刊行されることがなく、最初の刊行は一五二〇年になってからのことである。一六世紀の間にはイタリア語、スペイン語、ドイツ語などの翻訳もなされていた。それらは以下のとおり。

- Leo Baptista de Albertis Florentinus : *De Principe,* Stephan Guillery, ed., Roma 1520.
- Leonis Baptistae Alberti Florentini *Momus.* Jacopo Mazzochi, ed., Roma 1520.
- *El Momo: la moral y muy graciana historia del Momo*, compuesta en latin por Leon Baptista Alberto, Augustin de Almaçan, tr., Madrid 1553 (reprint 1598).
- *Momo overo del principe,* in Cosimo Bartoli, Opuscoli morali di Leon Battista Albertigenti'huomofiorentino, Venezia 1568.
- *Kaiserer*, August Gottlieb Meissner, tr., Wien 1790.

現代の刊本（対訳本のみ取り上げる。ラテン語テキストなしの翻訳本もいくつかあるようだが、それらは挙げない）としては以下のものがある。

- *Momus o del priincipe*, testo critico, introduzione e note a cura di G. Martini, Bologna. 1942.
- *omo o del principe,* ediz. critica e traduz. a cura di Rino Consolo, Genova 1986.
- *Leon Battista Alberti, Momus*, Edited and translated by Sarah Knight, Cambridge, Mass. 2003.
- *Momus*, edizione critica di F. Furlan e P. D'Alessandro, traduzione italiana di M. Martelli, introduzione di F. Furlan, Milano, 2007.

この他にイタリア政府文化省の主導によるアルベルティ全集の企画として刊行されたラテン語全著作を収めるLeon Battista Alberti *Opere latine*, a cura di Roberto Cardini, Roma, Istituto Poligrafico e Zecca dello Stato, 2010 (pp. 1315)中に採録されたものがあるというが未見。

これらのうち、一九八六年の Rino Consolo 版までは主として Oxford のものと Vatican のものを底本として編まれているが、二〇〇三年の Sarah Kinght 版と二〇〇七年の Martelli 版は、ヴェネツィアとパリの稿本による校訂を取り入れたテキストによっている。本訳稿は主として Sarah Knight 版と Martelli 版に依りながら Rino Consolo 版とも照合しつつ進めたものである。

＊

アルベルティの「モムス」は、後のマキァヴェッリの「君主論」やエラスムスの「痴愚神礼讃」、アリオストの「狂えるオルランド」、あるいはトマス・モアの「ユートピア」、ラブレーの「ガルガンチュア」などのルネサンス風刺文学の先駆とすべきものであるが、しかし十九世紀末頃までは、アルベルティの他の著作に比して取り上げられることが少なく、注目を浴びるようになるのは二十世紀後半になってからのことである。おそらく、そのグロテスクでペシミスティックとも受け取られる強烈な風刺・諧謔が、十八世紀の「啓蒙主義」の思潮の中で理想化されブルクハルトの「イタリア・ルネサンスの文化」Jacob Bruckhardt, *Die Kultur der Renaissance in Italien*, 1860 によって定着していた幸福なルネサンス観ないし「万能の天才」というアルベルティ像とは、相容れないもののように受け取られたのも一因であったと考えられる。実際、代表的著作である「絵画論」や「建築論」、あるいは初期の「家族論」などに見られる、近代の市民的倫理観に通じるような理想主義とこれとをどのように結びつけるかは、容易には答えの見出せない問題である。

二十世紀半ば以降、ルネサンス研究の深化に伴い、人文主義を支えていた社会的・政治的状況が様々な矛盾を孕むものであることが指摘されるようになるが、そうした中で「モムス」の破壊的な諧謔が、アルベルティを取り巻く当時の混乱した社会への批評ないし不満のはけ口となっていたのではないかとする見方が提起されるのは当然であった。

フィレンツェの初期人文主義を支えていたのは、レオナルド・ブルーニ（Leonardo Bruni, c.1370-1444）の言説に代表されるような、市民的自由とそれを保証する理性的統治形態探求への情熱であって、そのモデルとして彼らが注目したのが、古典期アテーナイのような「ポリス」やキケロの体現する共和制期ローマの政治理念と文化であったのだが、しかしそうした期待は、現実社会の動向の中で次々と裏切られてゆくこととなる。ミラノのヴィスコンティの専制支配に対抗する市民的自由の守り手を標榜していたフィレンツェは、有力市民たちの対立抗争の末、結局は実質的にメディチ家の支配を受け入れ、人文主義研究は彼らが望む民主的な市民共同体によってではなく、メディチはもとより、フェッラーラやマントヴァ、ウルビーノ、果ては専制支配の象徴とみなされるミラノやナポリ王国の君主たちの庇護によって支えられることとなり、人文主義自体もネオプラトニズムの神秘主義へと変質して行く。古代ローマの栄光を復活させ、また絶えることのない諸国の対立抗争の調停役となることを期待されてアヴィニョンから帰還したローマ教会も、むしろ諸強の利害に翻弄され、また教皇庁内の醜い勢力争いや汚職などのために、ほとんどその権威を失いかけていた。

一四三四年に起こった教皇エウゲニウス四世（Gabriele Condulmer, Eugenius IV, 在位 1431-47）のローマからの脱出行は、そうした当時の混乱した社会情勢を象徴的に示す事件であった。彼は清廉な人物であった反面、頑固な教皇権至上主義者であり多くの教会指導者たちと対立し、また前任教皇マルティヌス五世（Oddone Colonna, Martinus V, 在位 1417-31）の出身家系であるローマの豪族コロンナ家の既得権剥奪を図ったことから、コロンナの一党に唆されたローマ市民たちの憤激を買い、彼らからの襲撃から逃れるため、変装して小舟でローマを脱出し、その後ほぼ一〇年間をフィレンツェに居続けなければならなかった。権力者が変装して人目を避けるという事態は、「モムス」第四書でユピテルをはじめとする神々が、人間たちの劇場での催しを観るために潜入しそれぞれ石像に化けたことを想起させるのだが、実はこれはアルベルティ自身のすぐそばで起こっていたことで、彼は一四三二年にこの教皇によって教皇庁書記官（Abbreviatore Apostolico）※一に起用されていたのであった。

　このほかにも、「モムス」には彼が実際に体験したことや見聞きしたであろうことと結びつくような挿話が幾つも指摘される。例えば第一書で、モムスが人間界に逃亡して哲学者たちと論争した中で髭をむしられたという話は、アルベルティの先輩の人文主義者フランチェスコ・フィレルフォ（Francesco Filelfo, 1398-1481）が、メディチ家支配に激しく反対したため、一四三三年に自宅の門前で論敵から襲撃されて同様な目にあったことと結び付けられ、実際、フィレルフォ自身も、モムスのモデルが自分ではないかと疑っていたようで、メディチからの迫害を逃れて亡命していたミラノから、一四五〇年頃に友人に宛てて「モムス」の写本を送ってくれるよう依頼していた。また、ウィルトゥス女神が地上に降臨し、一族郎党を引き連れて華やかに行列をする様の描写は、エウゲニウス四世によって行なわれたドゥオモ本体の献堂式（一四三六年）の際の教皇と司教たちの大げさな行列を皮肉っているのだろうとも言われる※二。

　このような詮索は、アルベルティ研究者やルネサンス史に関心を寄せる者にとっては尽きない興味をそそるものだし、「モムス」を読むことの面白さのかなりの部分を占めることは否定できない。

（※一）教皇が発するラテン語の勅書や公文書の作成を手がける

（※二）ブルネッレスキはこの行列のために教皇の滞在していたサンタ・マリーア・ノヴェッラ修道院からドゥオモまでの道筋に、高さ二尺、幅四尺の木道を準備したしかしそれらの多くは巧妙にぼやかされていたりあるいは他の挿話と紛れるような形で挿入されていて、その出所をはっきりそれと特定することは難しいし、またこれがそうしたいわば「楽屋落ち」的な、あるいは自分の身辺の出来事のパロディの面白さだけを狙って書かれたものではなかったはずなのだが、アルベルティがこれを書くこととなった経緯を知るためにも、ここでその略歴を辿って見ることとする。

*

アルベルティ家はフィレンツェの名門であったが、祖父が有名な「チオムピの叛乱」に加担したかどで一門が追放となり、父レオナルドは亡命先のジェノヴァで、土地の有力貴族の未亡人との間に正式の結婚をしないまま二人の男児をもうけ、その第二子がバッティスタ・アルベルティである。幼少期から少年期まではパドヴァで過ごし、一四一四年から一八年ころまで、優れた古典学者・教育者であるガスパリーノ・バルツィッツァ(Gasparino Barzizza, c. 1360-1431)の塾に預けられて、自由な雰囲気の中で高度な古典教育を受け、同じ塾で学び後にそれぞれ優れた古典学者となる先輩たち、さきに触れたフランチェスコ・フィレルフォをはじめ、フランチェスコ・バルバロ(Francesco Barbaro, 1390-1454)やパノルミタ(アントーニオ・ベッカデッリ Antoni Beccadelli, detto il Panormita, 1394-1471)らの俊秀に混じって頭角を表し、一四一八年からはボローニャ大学で法学を修めることとなる。

しかし一四二四年に父が死去した後は、遺産相続の件で従兄弟との間で係争があり、結局遺産を受け取ることができず、苦学を強いられたらしい。途中病を得たりして一四二八年までかかって大学を終えるが、その間には法学で身を立てることは諦め、文学の途を歩む決意を固めていたようで、またすでに幾つかの著作によって新進の優れた古典学者として認められていた。一四二八年ころにレピディウス Lepidius という実在しない古代ローマの詩人の名を騙ってものした戯曲「フィロドクセオス」*Philodoxeos* は、その流麗なラテン語文体のおかげでその後しばらくは古代の作品と信じられていたという。

一四三〇年代頃からはファースト・ネームに「レオン」を付け加えたようである。その経緯は明らかではないが、彼はその後も書簡などでは常に Baptista degli Alberti と記しており、これは本来の名前ではなく、自分で勝手に名乗った「雅号」のようなものであったと考えられる。一四三二年ころまでは、身過ぎのため幾人かの高位聖職者の秘書などの職を渡り歩いていたと見られるが、その年には前述のごとく教皇庁書記官に取り立てられ、またフィレンツェ近郊のラストラ・ア・シーニャの教区聖堂（S. Martino a Gangalandi, Lastra a Signa）の主任司祭に任命され、安定した文筆生活を送れるようになって多くの人文主義者や芸術家たちと交わり、矢継ぎ早に多くの著作を発表し始める。

この間には教皇庁書記官として教皇に随行して宗教会議などの折に重要な役割を果たし、教皇からも重用され、各地の王侯・貴族や貴紳たちの知己を得ることとなる。ボローニャ時代からの親友となっていたラポ・ダ・カスティリオンキオ（Lapo da Castiglionchio, il giovane, 1405-38）が記しているところによれば、一四三七年にエウゲニウス四世が招集した、フェッラーラでの東西教会統一のための宗教会議におけるアルベルティの働き※は際立っており、多くの人々の注目を集めたという。一四四七年からは、ボローニャ時代からの友人であった先輩の人文主義者トムマーゾ・パレントゥチェッリ・ダ・サルザーナ（Tommaso Parentucelli da Sarzana, 1397-1455, 教皇在位 1447-55）が教皇ニコラス五世と

（※）おそらくギリシアからの使節たちとの応対や通訳としての活動

なったことで、その側近として教皇庁内で重きをなすに至る。

この間のアルベルティの著作は、文学、美術、数学、人生論、言語論、古典研究など多岐にわたり、多くはラテン語で執筆されたが、彼はダンテに倣いイタリア語（トスカーナ方言 Volgare）を文学表現の主要な道具として普及させる運動にも熱心に取り組んでおり、最初の大著である「家族論」（*Della Famiglia*, Lib. I-III, 1434; Lib. IV, 1444）はイタリア語で書かれた。中には一旦ラテン語で書かれたものを自分の手でイタリア語訳したものもある。一四三五年に著した「絵画論」*De pictura* は、透視図法に理論的基礎を与えたものとしてその後に大きな影響を及ぼしたが、翌年に発表したイタリア語版にはブルネッレスキへの献辞があることでも有名である※一。

一四四三年ころからは、古代ローマのウィトルウィウスの建築論 De architectura※二を基礎にした独自の建築理論書 De re aedificatoria の執筆※三に取りかかっている。ウィトルウィウスの建築論は中世以来断片的には伝わっていたが、一四一六年にアルベルティの先輩の人文主義者であるポッジョ・ブラッチョリーニ（Poggio Bracciolini, 1380-1459）がスイスのザンクト・ガレン修道院図書室でその完全な写本を発見した※四ことから、大きな話題となっていたものであった。当然アルベルティもそれには関心を抱いていたはずで、「絵画論」の各所にはその記述を承けたくだりが見出される。しかしこれは古代ギリシアなどの文献の受け売りや自分の経験から学んだ雑多な知識の寄せ集めであって、「絵画論」著者のアルベルティとしては、これをそのまま翻訳する気にはなれなかったのであろう。

これの書き直しに着手することとなった直接のきっかけは、フェッラーラの領主の息子レオネッロ・デステ（Leonello d' Este, 1407-50）からの勧めによるものであったらしい。しかし執筆途中で数年

（※一）ただしそれはブルネッレスキが透視図法発見に果たした役割についてではなく、もっぱらフィレンツェ大聖堂のクーポラへの賛辞である。またこれにはブルネッレスキとともにギベルティ、ドナテッロ、ルカ・デッラ・ロッビア、マザッチォらの名も挙げられている

（※二）十書からなることから「建築十書」と呼ばれる

（※三）ラテン語。適当な訳語が見当たらないが、とりあえず通例に従って「建築論」としておく

（※四）この年代や発見場所については異論がある

間の中断があったりして、一四五〇年頃にようやく一応の形が出来上がったようで、アルベルティ自身の口からも、また幾人かの人文主義者たちの記しているところからも、その写本が出回り始めていたことが知られる。ただしそれが一四八五年にロレンツォ・デ・メディチ(「イル・マニフィーコ」Lorenzo de' Medici, detto il Magnifico, 1449-92)の肝いりで刊行された最初の刊本に見るような十書からなる体裁が整ったのがいつの時点かについては様々な議論があり、アルベルティの熱心な信奉者であったクリストフォロ・ランディーノ(Cristoforo Landino, 1424-98)の一四八一年の著書には「九書からなるアルベルティの建築書」との記述があったりして、多くの不完全な形の写本が出回っていたことが考えられる。一四五二年にはこれを教皇ニコラス五世に献呈したのではないかとする情報※があって、これが一応の完成の時点とみなされているようであるが、確かなことは分からない。これまで伝わっている手稿でニコラスへの献辞が記されているものは見当たらないので、実際には献呈はなされなかったのではないかとも言われる。それでも、アントーニオ・フィラレーテ(Antonio Averlino, detto il Filarete, 1400-69)が一四六〇年頃から書き始めたとされる架空の理想都市「スフォルツィンダ」についての物語には、アルベルティの建築理論と同様なものが、昔の王の墓から発見された「黄金の書」に記されていたと記されており、その頃までにはこれに対する評価が定着していたことが考えられる。

(※)アルベルティの同僚の書記官であったマッティア・パルミエーリ Mattia Palmieri, d. 1483 の覚書、*Opusculum de Temporibus suis*, 1452. なおこの人物はアルベルティの遺言執行人の一人に指名されていた

これは古典建築に関するルネサンス最初の理論書であり、その後の西欧における建築理論の古典として扱われることとなるが、おそらくこの著作と関連して、ヴァザーリはそのアルベルティ伝の中で、ニコラス五世が即位間もなく取り掛かったサン・ピエトロ聖堂の改築やヴァティカンのみな

らずローマ市全域にまで及ぶ改造計画に、アルベルティが深く関わったとしている。ただし実際の設計や工事は、フィレンツェ出身の建築家ベルナルド・ロッセッリーノ（Bernardo di Matteo Gamberelli, detto il Rossellino, 1409-64）に任されていたようで、ニコラス五世の秘書であったジァンノッツォ・マネッティ（Giannozzo Manetti, 1396-1457）はそのニコラス五世の伝記の中で、この計画について詳述しているが、アルベルティとの関わりについては一切触れていない。

「建築論」第十書（第一七章）には、老朽化して傾きかけていたサン・ピエトロ聖堂身廊の壁の補修方法についての技術的な提言があり、アルベルティがこの貴重な初期キリスト教時代のモニュメント保存に関心を抱いていたことが知られる。マネッティの記述によれば、ニコラス＝ロッセッリーノの改築計画は、主祭壇背後の浅いアプスを取り壊して奥行きの深くたちの高い後陣を作り、それに合わせて身廊の壁も高くし、新たに側廊を付け加え、全体に規模を拡大しようとするものであったようだが、前述のマッティア・パルミエーリの記すところでは、アルベルティはその構造的な危険性を指摘して、計画を中断させたのだという。パルミエーリの記述についてはその信憑性を疑う向きもあり、真偽のほどは確かめようがないが、計画が実現しなかったことは確かであり、巨大な後陣の壁だけが予定の高さに達しないまま、未完で残された。

サン・ピエトロ聖堂以外のニコラスの事業についても、アルベルティがどこまで関わっていたかは多くの疑問を残している。史上最初の人文主義者教皇として特筆されるニコラスには、知識人たちや教会関係者たちから期待が寄せられ、実際、ヴァティカン図書館の前身となるものの創設や、古典学者たちを動員してのギリシア語文献の翻訳事業、ローマ市中の十数か所にのぼる古い聖堂の修復、荒廃していた水道の復旧などは、それなりに意義深いものであったが、その一方では、建築資材を確保するために古代の遺跡を破壊し、新しい街路のために容赦無く住居の除却を命じ、ローマ市民にとって自治の象徴であるカムピドリオの管理権確保を目論み、また市民側からの攻撃に備えヴァティカンの防備を固めようとして市民の反発を買うこととなったりする。

一四五三年には、有能な政治家としてエウゲニウス四世に仕えまたニコラスも信頼していたローマ出身の人文主義者ステファノ・ポルカリ（Stefano Porcari, c. 1400-53）が武装蜂起しローマ共和国の設立を宣言するが失敗し、処刑されるという事件が起こる。実際のところはポルカリの蜂起の真の目的がどこにあったのかについてはよく分からないままで、ローマの支配権を狙っていたナポリ王との密約があったのではないかとか、個人的な野心があったのだろうなど様々な見方があるが、これには何らかの形でローマ市民の間に永年鬱積していた自治への希求を代弁する部分があったことは疑いない。

アルベルティはこの事件について、友人に宛てた書簡の形をとった「ポルカリの謀叛について」*De Porcaria coniuratione* という文章（ラテン語）を遺していて、おそらく伝聞に基づく部分が多いと思われるが、ポルカリが市民に蜂起を訴えた演説と称するものまでが直接話法の形で記されている。ポルカリが極めて雄弁であったことは他の多くの記録が伝えているところではあるが、それをラテン語に移し変えるにあたっては、おそらくアルベルティの創作になる部分が紛れ込んでいると見なければならないだろう。この演説はモムスが第一書で上層市民たちの無礼に怒って民衆に武装蜂起を呼びかけた演説を思わせるものがあるが、それはともかく、彼はことの当否についての判断は一切下さず、淡々とポルカリたち謀叛者の言動を伝えるのみであるが、それは却って彼らの動機の切実さを訴えるような効果を持ち、言外に彼らに寄せる共感を告白してしまっているように見える。ニコラスのローマ改造計画にアルベルティが全く関与しなかったとまでは考えられないが、しかしこうした経緯を考えるなら、それらに対するアルベルティの姿勢はおそらく、「モムス」におけるユピテルの世界改造計画についての叙述の仕方に近いものだったと見なければならないだろう。

ついでながら、ニコラスがヴァティカン防備のために計画した、九世紀建造の古い防壁補強のための要となる円形の大塔（「ニコラスの塔」Torrione di Niccolò V）は、一四五四年に崩壊し、死者まで出る騒ぎとなった。これを「モムス」第二書に出てくるユノーの凱旋門の崩壊の一件と結びつける見方もあるが、「モムス」の完成の時点を通説のごとく一四五〇年頃とするなら考えられないことだし、また同様に、ニコラスのサン・ピエトロ聖堂改築やローマ改造計画の着手が一四五一年以後であったとされていることからすれば、それらをユピテルの世界改造計画と結びつけるのもやや無理があり、ましてやポルカリの演説とモムスのそれとを繋げて見ることはナンセンスである。

しかしこれら個別の出来事と「モムス」との結び付けはともかくとしても、ここから浮かび上がってくるのは、教皇庁内におけるアルベルティの微妙な立場である。マネッティがニコラスの宮廷内におけるアルベルティの役割について全く触れることをしていないのは、アルベルティに対して何らかの含むところがあったのではないかとの想像を誘うものがあり、マネッティ自身も人文主義者としての高い学殖を誇りとしていたことから、アルベルティの盛名に対するある種の妬みの感情が働いていたようにも思われる。おそらく強い上昇志向の人々の集まりである教皇庁内では、同僚間の感情的軋轢や妬みが生まれてくるのは当然であったと言えるが、そうした周囲の動きに超然としながら様々な折にニコラスの企図にブレーキをかけているように見えるアルベルティに対しては、マネッティからだけではなく、陰湿な形での嫌がらせや公然と無視されるような仕打ちが浴びせられていたに違いないし、あるいはニコラスにとってすらも、アルベルティはやや煙たい存在となっていたのではないかとも考えられるのである。

アルベルティに対する妬みは、しかし今に始まったことではなかった。一四三七年、アルベルティはのちにフェッラーラの侯爵位を継ぐこととなるレオネッロ・デステへ、自著の「フィロドクセオス」に訂正・注釈を加えた *Commentarium Philodoxo fabulae* を贈ったが、それに添えた書簡には、自分の青年期に蒙った災難、つまり遺産の相続を受けることができず貧困生活を送ることになった経緯を次のように記していた。「…私の父ロレンツォ・アルベルティが死亡した時、私はボローニャで教会法の勉強にかかっており、両親に喜ばれるべくまた一族の誇りになるように、懸命に努めていたのでしたが、身内のある者たちが理不尽にも、私に寄せられていた高い評価が定まりかけてきていることを妬んだのでした。…」

また彼が教皇に従ってフィレンツェに来ていた一四四〇年代初めにも、同様なことが起こっていたようで、彼が一四四一年に企画したイタリア語による作詩・朗読のコンクール *Certame coronario* は大きな話題となったが、その一方では守旧的なラテン語擁護論者たちからの反感や、新参のフィレンツェ市民であるアルベルティの活躍に対するフィレンツェの知識人たちの反発などから、その雰囲気を察知して第二回のコンクールは諦めざるを得なかったという。

（※）第二書の乞食談義でのユピテルとモムスのやりとり、第四書の終わり近くでのゲラストスの告白など

「モムス」の中では「妬み」*invidia* が極めて重大な悪徳の一つとして取り上げられているのには※、やや唐突な印象を受けてしまうのだが、それにはこうしたアルベルティを取り巻く複雑な人間関係が反映していたものと見られる。

ニコラスの死後もアルベルティは教皇庁にとどまり、カリストス三世（Alfonso Borgia, Callistus III, 在位 1455-58）、ピウス二世（Enea Silvio Piccolomini, Pius II, 在位 1458-64）と二人の教皇に仕えるが、これらの教皇のためにアルベルティが何か特別な働きをしたことを伝えるような史料は見当たらない。この時期の教皇たちや枢機卿らによる作事についてはあるいはアルベルティが関わっていたのではないかとする様々な推測が提起されているが、いずれも史料的な根拠を欠く。ピウス二世はフィレルフォの教えを受けたことのある人文主義者で、明らかにアルベルティをライヴァル視していたようなふしすらある。次のパウルス二世（Pietro Barbo, Paulus II, 在位 1464-71）が一四六四年に **Abbreviatore Apostolico** の役職を廃止したことで、アルベルティもヴァティカンにおけるポストを失ってしまう。

ローマはアルベルティにとっては必ずしも居心地の良い場所ではなかったようで、一四七〇年頃には、マントヴァ侯ルドヴィーコ・ゴンザーガ（Ludovico Gonzaga, 1412-78）に依頼して土地を入手しマントヴァに移住することも考えていたし、またウルビーノの領主フェデリーコ・ダ・モンテフェルトロ（Federico da Montefeltro, 1422-82）の許をしばしば訪れ、歓談を交わしていた。クリストフォロ・ランディーノは、アルベルティの死後の一四七四年にフェデリーコに献呈した著書「カマードリでの談義」*Desputationes Camaldulenses* の中で、一四六八年にカマードリの僧院で行なわれたとする架空の集まりの一人にアルベルティを登場させ、その口から「むかし歓待を受け、古くから親しい付

（※一）伝説上のアッシリア王で酒池肉林に明け暮れたとされる

（※二）オデュッセウスを歓待したコルキュス島の王

き合いがあったことでフェデリーコの人柄はよく知っており、そんなわけで毎年秋になると保養と称してローマを脱出し彼のところへ遊びに出かけているのだが、これは私にとっては、サルダナパルス※一の食卓から抜け出してアルキヌース※二の宴席にまぎれ込み、そこであたかもソクラテスとの対話に付き合うようなものだ」と言わせていた。

一四七二年四月一九日、アルベルティはローマの自宅（Rione di Ponte＝サンタンジェロ橋の近く）で永眠する。葬儀がどのような形で行われたかは一切伝わっておらず、ヴァティカンやローマ市が何らかの形でその業績に敬意を表したような形跡はみられない。「遺言書」によれば彼は父の墓があるパドヴァのバジリカ・デル・サントに葬られることを望んでいたというが、とりあえずピアッツァ・ナヴォナの北にあるサンタゴスティーノ修道院 S. Agostino に葬られたとされる。しかしここは改築のため一四七五年には取り壊されてしまい、その際にアルベルティの遺骸がパドヴァに移されたかは不明のままである。

＊

「モムス」は、おそらく「建築論」の執筆とほぼ並行する時期に書き進められたと考えられており、両者の関連を指摘する議論も多い。「建築論」はウィトルウィウスの再解釈が狙いであったから、当然のことながらそこでは古代ローマの建築に基づいて建築のあり方が考察されている。そしてそれは、人文主義研究がもたらしたファッションとしての古代ローマ風＝「古典主義」の風潮に、ある種のお墨付きを与えるもののように受け取られることとなる。王侯貴族やそれと同等の力をそなえるに至った上級市民たちは、建築を自分たちの権勢を示すための「イムプレーザ」*impresa*（紋章あるいは権威を示す表象）として用いようとし、アルベルティの著作はウィトルウィウスの建築論とともに「古典主義」の聖典に祀り上げられてしまう。

この著述作業と並行してアルベルティは実際の建築設計にも手を染めており、それらはブルネッレスキが先鞭を付けた新たな市民社会建設の手段としての建築というあり方をさらに推し進め、建築を伝統的な職人技から解放し、理論に裏付けられた普遍的な技術として捉え直そうとするものであり、そうした実践を通して、新たな社会工作者として「建築家」を位置付けることが目標であったとみられるが、それは必然的に建築を政治の問題と直結させることにもなる。

おそらくアルベルティ自身も、自分の著作や建築創作活動が、そうした「古典主義」ファッションを勇気付け、またそのファッションに乗じて建築が権力者の支配のための道具に利用されることとなる危険は充分に察知していたとみられる。それは避け難いことであり、「建築論」第五書で都市における諸施設について述べる際には、「僭主の支配する都市」と「多人数で協力して統治する場合」とに分けて記述しており、政治によって建築のあり方が異なってくることを、その当否の判断を下さないまま併記するのである。

そしてアルベルティが実際に関わることとなる作事はすべて、僭主ないしそれに匹敵するような権勢を備えた市民のためのものであった。悪名高いリミニの僭主シジスモンド・マラテスタ（Sigismondo Malatesta, 1417-68）のためのリミニのサン・フランチェスコ聖堂（S. Francesco di Rimini, —"Tempio Malatestiano", c.1450-61）やフィレンツェの有力市民ジョヴァンニ・ルチェッライ（Giovanni Rucellai, 1403-81）のためのパラッツォ・ルチェッライ（Palazzo Rucellai, 1453/54-73）、サンタ・マリーア・

ノヴェッラ修道院聖堂ファサード（Facciata per S. Maria Novella, 1457-70）、サン・パンクラツィオ聖堂内ルチェッライ家礼拝堂の「聖墳墓」（Santo Sepolcro nella Capella Rucellai, S. Pancrazio, c. 1458）、マントヴァ侯のためのマントヴァのサン・セバスティアーノ聖堂（S. Sebastiano, 1460-79）、サンタンドレア聖堂（S. Andrea, 1470-78）など。

アルベルティの「建築論」とその実際の建築作品を「古典主義」として捉える見方は十五世紀末までの間には動かぬ評価として定着し、それは十九世紀まで、あるいは二十世紀半ばに至るまで、建築界の常識として生き続けることとなる。そしてその固定観念は、アルベルティの建築作品の解釈にも大きく影響を及ぼし、もっぱらウィトルウィウスの提示した古典建築からの影響ないしそれの再発見の試みとして捉えられ、それから外れるような様相は、アルベルティの「素人建築家」としての限界とされることになる。ヴァザーリによるアルベルティ評価はその典型的なもので、「古典主義」の嚆矢としての「建築論」の意義を称揚しながらも、個々の作品についてはその技術的未熟さを指摘し、「理論家としては優れているかもしれないが、実際の現場を知らないためにひどい間違い（つまりウィトルウィウス的規範から外れた手法を指す）を犯している」としていた。

「建築論」と「モムス」との関わりについては、この後で考えることとしたいので、ここではとりあえず、「モムス」の成り立ちについてあらましを見ておくことにする。

アルベルティはそれ以前の一四三〇年代から、折りに触れて書き始めていた「食間談話集」*Intercenales*[二]や「アポロギア百選」*Apologi centum*（様々な事物や動物たちにこと寄せたアフォリズム集。一四三七年ころの執筆）などの中で、「モムス」と同様に神話から採った様々な題材をもとにしたイソップ風の風刺的な短文を数多く遺しており、「モムス」はそれらの集大成とも言うべき作品であったと考えられる。ただしそれらは「イソップ風」とは言っても、イソップのように批評対象が何であるかが明確に読み取られるものは少なく、短文であることも手伝ってアルベルティの真意がどこにあったのかがわからないような、結論不在のままに投げ出されている感がある。巻末には「食間談話集」の中から三編ほどを選んで試訳を掲げておいたが、その中の「信仰」*Religio* などは、登場人物リブリペタのかなり乱暴な、しかしそれなりに説得力を持つ宗教批判が、正否の判断が示されないまま読者に提示されているのであって、その不条理な印象は、「モムス」のそれに通ずるものがある。

「モムス」の主人公モムスは、元来はギリシア神話に出てくるトリック・スター的存在の神モーモス Μῶμος で、夜の女神ニュクス Nyx (Νύξ) の子ということになっており（ただしアルベルティは Nyx のローマ・ヴァージョンである Nox のことを取り上げても、それとモムスとの関わりについては全く触れていない）、神々や人間などあらゆるものに対して難癖を付ける憎まれ役・悪意の象徴として扱われていた。その後イソップやソフォクレス、アリストテレスなどに様々な形で取り上げられ、ローマ期の風刺作家ルキアノス Lucianus（Lucian of Samosata, Λουκιανὸς ὁ Σαμοσατεύς, c. 125-after 180）の多くの著作、中でも「神々の議会」*Concilium Deorum*(*Θεῶν Ἐκκλησία*) では、悪役であると同時に神々の世界の批判者として扱われる。

アルベルティはルキアノスの作品から多くのヒントを得ていると見られるが、しかしアルベルティのモムスは単なる傍観者的批判者ではなく、自分を嫌う神々への復讐を企み、あわや世界を転覆させかねない危険な存在として描かれる。しかしその武器はもっぱら巧みな弁舌であって、とき

（※）古典修辞学でいうinsinuatio＝仮装、仮託

にはデマゴーグ、ときには辛辣な批判者、あるいは追従や虚言で人々を互いに憎しみ合うように仕向ける策士とされている。彼は道徳的な信条などは一切持ち合わせず、時と場合に応じ常に自分が有利な立場となるように、自分自身を偽って見せ※、相手を煙に巻いてしまうのである。モムスの攻撃の主たる標的は神々の王ユピテルであるが、彼は傲慢な権力者であると同時に、常に孤独を感じていて周囲の様々なことに影響されやすく、特にモムスの弁舌にはたやすく丸め込まれてしまう定見のない君主である。モムスはユピテルに対する反逆を企て、一旦は天上界から人間界へ逃亡し、そこでも「美徳」を擬人化した女神ウィルトゥスVirtusが姿を消してしまうことになるような破廉恥な事件を起こしながら、様々な策謀や神々の愚かな判断にも助けられてまんまと天上界に復帰し、ユピテルに取り入って、その政策を左右するような存在にまでなる。

登場する天上界の神々の多くは古代神話や文学などに出てくるものだが、アルベルティはギリシア神話伝来の神々とローマ在来の神たちとを区別せず、おそらく意図的にごちゃ混ぜに扱い、また人間の様々な思想や感情を表す概念を擬人化した神を多数拵えて登場させ、それらすべてが何らかの形で滑稽に振る舞い、風刺・批判の対象とされる。そこではアルベルティ自身が最も大切にしていたはずの美徳の女神ウィルトゥスですら、到底実現し得ない理想を掲げることにより大衆的支持を失い、世界から姿を消してしまうものとして扱われる。風刺の対象は神々だけではなく人間たちにも及び、特にアルベルティ自身もその中の一人である、人々を導くべき宗教者や哲学者たちも辛辣に批評される。

そうした中で唯一、理にかなった正論で神々や人間世界を見つめているのは、最後の方で登場し

てくる冥界の川の渡し守カロン Charon（Χάρων）で[三]、全編が救いようがないかにすら思える鋭い風刺で満たされたこの著作では、彼の存在が救いになっているようにも見えるほどである。この物語の中の登場人物の多くが、主人公のモムスをはじめとして、いわば「観念の化け物」のようなステレオタイプ化した形で扱われ、どちらかといえば実在感が乏しい中で、カロンだけは、その荒々しい口ぶりの中から闊達な愛すべき人物像が生き生きと伝わってくる。彼の相手を務める哲学者のゲラストス[※一]は、いたってまっとうなケレン味のない学者なのだが（あるいはアルベルティ自身の自画像か）、その存在はもっぱらカロンの引き立て役に終始している。

登場人物たちは皆それぞれに自分の立場から一見もっともな弁論を展開して見せ、この著作は出来事の叙述よりはむしろそうした彼らの弁論の紹介で紙数の過半が費やされているのであるが[※二]、それらの弁舌はいずれもどこか矛盾をはらみ、状況次第で逆効果となったりあるいは滑稽なものとなったりしてしまう。そのような滑稽で、ときには下世話ですらある神々や人間の営みを語るのに、硬い公用語ないし高尚な思想を語るための言語と考えられてきたラテン語を用いたというのは、深読みをするなら、あるいはラテン語そのものをも風刺するような意図すらあったかにも見える。実際、そのしかつめらしい文体と、語られる内容とが微妙なズレの感覚を創りだし、それがまたある種のおかしさを感じさせる一因となっている（私の訳がどこまでそのおかしさを再現できているかはあまり自信がないが）。

しかし、あらゆる状況の変化に応じて様々に論理の矛先を変え、それによって場の雰囲気を逆転させてしまうという、モムスの周到な *insinuatio* の戦術ですらも、くだくだしい抽象論を好む男性側

（※一）ギリシア語で「笑うべきもの」の意であるという

（※二）物語の展開としてはやや唐突な部分も多く、辻褄の合わないところもあり、文学作品としてみたときの出来については、疑問を呈する評価もある

の弁舌には耳を貸そうとしない、ユピテルの妻ユノーJuno をはじめとする女神たちの反発を買い、最終的には彼女らの手で「女性の敵」であるとして、モムスは「去勢」させられてしまう。男性たちが練り上げた論理や修辞などは、生の現実を体現した女性たちには全く歯が立たなかったのだ。このようなアルベルティの筋書きを、アンチ・フェミニズムの表れだとして批判する向きもあり、アルベルティが育ったこの時代の家父長的権威を重視する社会の中ではそれも考えられないことではないだろうが[四]、しかしこれは、生の現実から離れた論理や修辞の虚しさを批判したものと受け取ることもできる。ここでは女性は、ある意味ではカロンが愛でた野の花と同様な自然を体現するものであり、それに反するような人間的作為を根底から批判する存在として、たまたま引き合いに出されたものと受け取っておきたい。

何れにせよ、それらの互いに錯綜する矛盾については、どこにもそれらを解決するような論理は提示されない。第二書で延々と繰り広げられる哲学者の言に仮託したモムスの神々批判と、平俗な民衆的論理でもってそれに反論しようとするヘルクレスの演説も、肝心なところでユノーの凱旋門崩壊事件で中断されてしまうし、第三書の終わりでのユピテルが宣告するモムスへの判決理由は、もっぱら専制君主としての立場からの無責任な自己弁護に過ぎず、また物語の最後でユピテルが開いてみたモムスの手帖でも、君主の取りうる三つの方策のどれが望ましいものであるかには触れられることがなく、善悪を見定め難いフォルトゥーナの振る舞いだけがクローズアップされるのである。

これをいわゆる「風刺文学」として捉えるとしても、その風刺の標的が何であったかすら最終的にはぼやかされてしまい、「風刺」という行為自体までもが風刺されているかのような、蛇が自らの尾を飲み込もうとする例の「ウロボロス」的状況の中に巻き込まれてしまう。その意味ではこの著作は、決して爽快な読後感を与えてくれるようなものではなく、名状しがたい靄に包まれるような印象を残すのである。

このように見るなら、モムスが体現するところの *insinuatio* をどのように位置づけるかが問題となってくる。アルベルティは自分の文筆活動と学究生活を支えるためには、おそらく心ならずもメディチ家をはじめとする権力者たち、王侯貴族、歴代教皇、枢機卿たちの庇護に頼らなければならず、そこで見聞きしてきたことを正面切って批判する立場にはなかった。そうしたいかがわしい権力の横行する社会と付き合って行くことが何よりも重要であり、終生そうした面従腹背の姿勢を保ち続けたと見られる。イタリア人文主義研究の第一人者であるエウジェニオ・ガリン（**Eugenio Garin, 1909-2004**）は、アルベルティを評して「仮面 *persona* の人」であったと断じていた※。実際、彼はエラスムスやトマス・モアとは違って、当時のキリスト教会の腐敗堕落を直接的に批判したりそれへの抗議を表明することは一切しておらず、常に人生論や古典の再解釈の中に密かに寓意的な形でその批評を潜り込ませるやり方を貫いていた。

そのような彼に取って、「修辞学」は一つの処世術であったことは疑いないが、それと同時に、その文学的表現の可能性や政治的役割を検証するための道具でもあり、「モムス」はアルベルティが自分自身に課したその「演習課題」であったと見るべきであろう。それは言葉の力によって、あらゆる観念の価値転換を図るという哲学的思考実験であり、その効果を見届けようとするものであった。

（※）「モムス」の中でも person の語は、insinuatio とともに一種のキィワードのごとく頻出する

（※）例えばアルベルティの先輩の人文主義者レオナルド・ブルーニ

彼はローマ時代の文人キケロ（Marcus Tullius Cicero, 106-43 BC）に傾倒しており、その修辞学論・弁論術を述べた *De inventione* をはじめとするほとんどすべての著作に目を通し、また一五世紀の間は同じくキケロの著と信じられていた作者不詳の修辞学手引き書 *Ad Herenium* も座右にしていたと見られ、言語表現における修辞の役割を考えることは、文筆に縋って生きようとする彼に取って欠くことのできないものであったと考えられる。

アルベルティにとっての修辞学は、他のキケロ信奉者※たちの目指す、古代ローマにおける格調高い政治的言説の復活とは異なり、その言葉の働きがいかに物事の判断に影響を及ぼし、事実の見方をいかようにも変え得ることを、その正邪の判断を抜きに冷徹に見極めようとする、ある意味では自虐的な試みであって、あらゆる高尚な観念もすべてその裏が疑われ、相対化されてしまう。そこでは風刺や滑稽さが、論理学や文法の規範、あるいは既存の宗教的・倫理的規範を自在に乗り越える手法として、重要な役割を与えられることとなるのである。それはキリスト教的倫理観によって支配されていた中世の著述家たちの文章とは全く異なるのみならず、十六世紀後半以後の、「常套句」*topoi* に頼った処世術的色彩の濃厚な修辞学とも明確に一線を画した、いわば「文学のための文学」を目指すものであり、「モムス」はその意味では、社会批判の形を取りながらもその一方で、論理によっては説明できない不条理をも孕む新しい文学のスタイルを構築しようとした、かつて例を見ない大胆な実験作であったと見ておきたい。

ともあれ、「モムス」は様々な読み方が可能な作品である。あるいはこれ自体が *insinuatio* の産物であったとも言えるのであって、一つのメッセージだけで理解されうるようなものではない。それは読む者の置かれた状況や立場によって、その都度、異なった意味を担って現れ、「変身」してみせる。そしてそれは言語表現のみならず、人間のあらゆる営みについても言えることであって、そうした尽きることのない新たな意味の生成が人間の歴史を彩ってきたのであり、これは「悲観主義」どころか、人間の営みに対し、その過誤や愚行まで含めて全面的に受け容れる他はないのだというある種の晴朗な、見方によっては非情ですらある諦念（「悟り」？）ないし寛容さであって、自分にとって不都合な歴史を否定し書き換えようとすることの愚かさや、物事を強引に一つの意味に縛り付けておきたいとする権力・体制のあり方、あるいは「アカデミック」な学問のあり方を批判しつつも、それを糾弾する側の偏狭さをも揶揄しているのだとも言えよう。*insinuatio* は両刃の剣であり、風刺の対象のみならず、風刺する主体をも同時に斬りつけ、ともに相対化してしまうのである。

＊

「モムス」には、様々な形で建築に関わる話題が出てくる。第二書におけるユノーの凱旋門や、第三書の神々の議会におけるディアナの建築家批判、第四書でユピテルが人間たちの作った劇場に感嘆し、哲学者ではなく建築家たちにこそ世界改造を委ねるべきだと考えたこと、マルスがアエルギヌス※という名の建築家を用いたこと、ヘルクレスが神々を建築家にたとえたことなど、それらはいずれも何らかの形で現実の世界における建築と社会との関わりのパロディであったと見られるが、ここで問題としたいのはそのようなことではない。

かつて訳者は、アルベルティの建築がそなえる両義性――「古典主義」ないし *impresa* の表現なのか、あるいはそれを隠れ蓑にした空間的実験なのか――を、「詐術」であると評していたのであった

（※）「強欲」の意味がある

が[五]、それが意識的な操作の結果であったのかどうかは分からない。むしろ建築は本来的に *insinuatio* として訴えかける特質をそなえているのであって、アルベルティはそれを検証すべく建築創作に向かったのではなかったかとも思えるのである。

特に注目されるのは、アルベルティが当時流行していたネオプラトニズムやカバラ的神秘主義に対し、理性主義的立場からかなり手厳しい批判の目で眺めていたらしい様子がうかがわれることである。二〇世紀後半以降におけるルネサンス文化研究の主流は、近代合理主義の端緒とされてきていたルネサンス精神をそれら神秘主義との関わりから見直すことに努力を注いでいたようにみうけられ、美術に現れる各種の表象をそれらの思潮と結びつけて解釈する「イコノロジカル」な方法がもてはやされており、とりわけルネサンス建築の主導原理とされてきた「比例」理論を、ピタゴラス流の数字のマジックを体現するものとして捉える見方が大勢を占め、またそれがルネサンス以後の「理想都市」論とも結びつけられて、アルベルティの建築理論はそれらに先鞭をつけたものとして位置付けられてきていた。

しかし「モムス」の中では、そうした神秘主義や「理想都市」論につきもののユートピアニズムは常に揶揄の対象とされ、相対化されている（物語の中ではプラトンは常に雲隠れし、「ユートピア」の中に逃げ込んでしまう）。もとよりアルベルティはそれらの存在意義を全否定しているわけではなく、自らもそうした風潮の中に置かれた一人として、ときにそれに調子を合わせ（*insinuare* ‼）、それらを一つの表現手法として用いることを厭わないのだが、しかしその論理的帰結を「真理」として押し付けることは慎重に避け、単一のメッセージとして受け取られることを拒否しているのである。そのようにみるなら、これは表現ないし解釈という行為そのものにまつわる危うさへの認識ないし惧れをも同時に表明しているのであって、人間の知的認識のあり方への内省を促しているのだとも言えよう。第三書で登場するアポロが、解釈の達人を自任し持ち出してくる神託とその解釈の滑稽さや、ソクラテスの言葉を拡大解釈してはならないと言いつつも、神託を入れた袋を盗まれたことで落ち込んでしまうというおかしさは、そうしたアルベルティの考え方を反映したものであろう。

　美術作品や建築が、常にある種の「メッセージ」を担うものとして受け取られ、また作る側もそれを意識して制作に取り組んでいるであろうことは否定できないし、美術史家たちの研究目標がそうしたメッセージの解釈に向けられてしまうのも避け難いことである。*De re aedificatoria* の中では、「墓」についてかなり長きにわたって論じられているが[六]、その含みの多い記述から読みとれるのは、「記念」という営みの危うさ、歴史の中でその意味を保ち続けることの難しさであって、単一メッセージを託されたような建築の命運は、いたって儚いものである。「モムス」第二書では、ユノーが贅を尽くして建設した凱旋門は、突然前触れもなく崩壊し、空中に飛び散った残骸は虹となった。

　一方そのメッセージはしばしば作者の意図を裏切る場合があるし、またその解釈は解釈者当人の立場によって違った形とならざるを得ない。というよりも、そもそも「メッセージ」というもの自体が、絶対的な解釈を許さないのであって、おのずから多義性を避けることができない。アポロのユピテルへの報告にあったごとく、ピタゴラスが雄鶏に変身したり、鸚鵡やカササギになったりするのは、致し方のないことなのである。それはあらゆる人間の作物＝技術についても同様で、パルメニデスが説きデモクリトスらが受け継いだ「無から有は生じない」という託宣が示すごとく、既存の技術の取り合わせ、ないしその再解釈によってしか新しいものは創り出し得ないのであってみれば、そして既存の技術を完全に白紙化することなどできないのであるなら、その「新しさ」というのは、デモクリトスがアポロに言ったごとく、さらなる多義性（ゴミ？）をそこに付け加えることに他ならないだろう。このような考え方を徹底した悲観主義とみるか、あるいは無限の可能性をそこに見出すかは、未だ開かれた問題である。アルベルティがその建築作品を通して、また「モムス」の叙述を通して提起した「メッセージ」とは、あるいはそうした疑問だったのだろうか。

「モムス」第四書では、人間たちが創り上げた劇場の建築が、物語展開のための重要な場としてクローズアップされ、ユピテルはそれを人間の創り上げた最も素晴らしい成果の一つとして嘆賞するのであるが、これ以外の様々な箇所でも、劇場や演劇に触れた記述が見出される。このことは、劇場という場がアルベルティにとって特別な意味を持つものであったことを示唆すると考えられており、また一五世紀後半から一六世紀全体を通じてイタリアに流行し、最終的にはアンドレア・パッラーディオによるテアトロ・オリムピコの建設にまで至る古代の劇場の再現や古典演劇の復活上演の努力にまで行き着く劇場文化への関心が、アルベルティに発するものではなかったかとの推測から様々な論議がなされてきている。

しかしアルベルティ自身は、若い時期に「フィロドクセオス」という戯作に手を染めたことがあった他は、直接的にそうした演劇活動に関わった事実は知られていないし、また「建築論」における劇場建築についての記述は、それが太古以来民衆の娯楽と慰安に寄与するものであったことを紹介する他は、ウィトルウィウスに基づく古代劇場の成り立ちを淡々と述べるだけで、その空間が他の公共建築とは違った特別な意味を持つもののようには扱っていない。実際のところ古代の劇場建築は宗教的な祭典と密接な関係を持ち、またそれゆえに神秘的なあるいは政治的な意味合いを持つものとして、その成り立ちには様々なマジカルな意味が付与されてきていたし、ルネサンス期における劇場への関心は、古代劇場にあったようなそうした空間の政治性とそれを印象付けるための空間的マジックをいかにして取り戻すかに向けられていたのだと言っても良い。それに対し、アルベルティはそうしたことにまつわる記述を意識的に避けていて、ウィトルウィウスがかなりの紙数を費やして述べていた劇場の音響とピタゴラス流の調和音程理論に基づく寸法比例との関わりにもあえて触れないと言明しており[七]、またルネサンスの人々が最も熱心に取り組んだ透視図法による空間的イリュージョンを創り出す背景装置の手法についても、全く触れることをしていない。

アルベルティ自身は「絵画論」の中では、そうした視覚的イリュージョンを利用した「覗きからくり」の実験をしていたことを語っていたし[八]、古代の文献を通じて古代ギリシアの劇場の中でもそうした試みに近いものがあったことは知っていたはずであるが、その劇場建築に関する記述からみる限りでは、アルベルティの劇場への関心は、そうした空間的あやかしや、ユピテルが感嘆した贅を凝らして飾りあげられた壮麗さとは別のところへ向けられていたと考えるべきであろう。

実際、「モムス」に描写された劇場は、その壮麗さにもかかわらず、民衆はそうした美観がそこで行なわれる見世物とは無関係のものであることを悟っており、そこに並べられた神々の彫像も単なる大理石の塊にすぎず、それにお詣りすることの愚を知り尽くしているのである。そこでの演し物を見物するために彫像に化けた神々は、酔漢から小便をかけられたり暴れん坊の風たちの仕業で散々な目に遭わされる始末で、おそらく為政者や権力者たちが共同体の威信を表現するべきものとして建設した劇場は、民衆の「シャリヴァリ」のための場所となってしまう。

第二書の中でモムスは、浮浪者ないし乞食論を展開する中で、「劇場は浮浪者のためのものであり、柱廊も浮浪者のものであり、公共の広場も浮浪者のためのものだ」と言う。モムスはその言葉の意味をその場では詳しく説明せずに済ませてしまうが、それは敷衍すれば、そうした公共空間は気ままな浮浪者の暮らしぶりと同様に、特定の目的に縛られない、それを建設した者の意図とは関わりなく、時と場合に応じて如何様にもその性格を変え得る場所であるということに他ならず、劇場とは、およそ都市建築すべてに課せられた容赦のない性格転換という命運を、象徴的に体現する場であるということなのだ。あるいは建築はすべて、劇場（それ自体「仮装」の場に他ならない）と同様に、むしろ積極的にそうした命運を引き受けるべきであり、建設者の恣意によって意味を固定されるべきものではないという主張とも受け取られる。建築の「意味」とは、おそらく建設者の意図とは関わりなく、そこに用いられた技術が背負ってきた歴史の中から自ずから発せられるものであり、それはまたその後の時間の中で予期しなかったような新たな意味を加えて行くのである。

人間生活にまつわるあらゆる「意味」やそこで生み出された抽象概念（神？）は、歴史の偶然、つまりフォルトゥーナ女神の恣意のなせる業により変質を余儀無くされる。モノ自体が変わるのではなく、それにまつわる意味の方が変わるのだ。しかしまた創作者に与えられる無限の可能性（自由）も、そのフォルトゥーナの働きにより保証されるものである以上、それらの可能性をいかに掴み取り、そのためにいかなる形象を撰び取るかが問われているのである。言い換えるなら、建築が政治による意味の押し付けに抵抗する唯一の方法は、歴史の中でそれが柔軟に意味を変えて行けるような多義性を身につけておくことであり、あわよくばフォルトゥーナの目をくらますことができるような、自己韜晦 *insinuatio* の技を獲得することなのである。

＊

実際のところ、こうした一面的な「深読み」は、「モムス」のようなそれ自体が *insinuatio* を体現したエクリチュールに対しては、要らざる余計な世話とすべきものである。そしてこれが読者に問いかけているのは、そこからどれだけの滑稽さを読み取ることができるかということであって、その辛辣な政治批判や社会批評、哲学批判、あるいは建築批判にたじろぐことなく、それらを相対化して眺められるような、いわば「度胸」が試されているのだと言えよう。

＊

一九八〇年代以降、「モムス」に関する考察は、アルベルティ研究の中心的テーマとなったかに思われるほど、現在に至るまで数多くの論考が寄せられ続けている。ここではたまたま私の目に触れた中から、幾つかを参考文献として挙げておくこととする（発表年代順）。

1954 GARIN, E., *Medioevo e Rinascimento*, Bari (1973, 1984, 1987)

1972 GARIN, E., "Il pensiero di Leon Battista Alberti e la cultura del Quattrocento", in *Belfagor*, XXVII, n. 5.

1974 GARIN, E., *Rinascite e rivoluzioni: movimenti culturali del XIV al XVII secolo*, Bari e Roma 1975 (su Alberti, pp. 131-196)

1979 ROBINSON, Christopher, *Lucian and His Influence in Europe*, London

1980 SCHALK, F., "Eine Satire des Quattrocento: Leon Battista Albertis' Momus' ", in *Italianische Studien*, III, pp. 23-33.

1988 PEROSA, Alessandro, "Considerazioni su testo e lingua del Momus dell' Alberti", in *The Languages of Literature in Renaissance Italy*, ed., Peter Hainsworth, Valerio Lucchesi, Christiana Roof, David Robey and J. R. Woodhouse, Oxford Clarendon Press 1988, pp. 45-62.

1993 BOSCHETTO, L., "Ricerche sul «Theogenius» e sul «Momus» di Leon Battista Alberti", in *Rinascimento*, XXXIII, pp. 3-52

1993 CARDINI. R., "Alberti o della nascita dell' umorismo moderno", *Schede umanistiche*, n.s., 1, 1993, pp. 31-85.

1994 MARSH, David, "Alberti's Momus : Sources and Contexts", in *Acta Conventus Neo-Latinni Hafniensis: Proceedings of the English International Congress of Neo-Latin Studies*, ed., Rhoda Schnur, Binghamtmomuduon, N.Y., pp. 619-632

1995 BOSCHETTO Luca, "Democrito e la fisiologia della follia: la parodia della filosofia e della medicina nel Momus di Leon Battista Alberti", *Rinascimento*, s. II, XXXV (1995), pp. 3-29.

1997 DI GRADO Antonio, "L'ombra del camaleonte: il Momus di L.B. Alberti", in ID., *Dissimulazioni. Alberti, atoli, Tempio*, Caltanissetta-Roma, Salvatore Sciascia editore, 1997

1998 MARSH, David, *Lucian and the Latins: Humor and Humanism in the Early Renaissance*, Ann Arbor, University of Michigan Press, 1998 1999, 2000, 2002

1999 STOLF Serge, "La dérision et le risible dans le Momus de Leon Battista Albert", *Filigrana* [n° consacré à "La dérision", 1ère partie], V (1998-1999), pp. 91-124

2000 GRAFTON, Anthony, *Leon Battista Alberti: Master builder of the Italian Renaissance*, New York

2000 VASOLI, C., "Potere e follia nel Momus, in Leon Battista Alberti", *Actes du Congrés International de Paris, 10-15 Avril 1995, Turin* - Paris 2000, pp. 443-463

2005 CATANORCHI, O., "Tra politica e passione. Simulazione e dissimulazione in Leon Battista Alberti", *Rinascimento*, s. II, 15, 2005, pp. 137-177

一　本文第一書の注三九を参照。

二　それぞれ異なる話題を扱ったアフォリズム的な文章を集めたもので、第十一書まで書き進められたと見られるが、第五、六書は失われてしまっている。また本来はその一部になるはずだが、別に独立して扱われているものや、そのための断簡と見られるものなどもあり、その全貌は捉えがたい。これまで様々な形で部分的な飜訳紹介がなされているが、まとまったものとしては F. Bacchelli e L. D'Ascia の訳、A. Tenenti による解題が付されたもの *Intercenales*, Bologna 2003 がある。またイタリア政府文化省の主導によるアルベルティ全著作集刊行の企画が二〇〇七年頃から開始されており、そのなかの一つ「アルベルティ。ラテン語全著作」*Leon Battista Alberti Opere latine*, a cura di Roberto Cardini, Roma, Istituto Poligrafico e Zecca dello Stato, 2010 の中に新たな校注によるものが採録されているようだが、未見。

三　ルキアノスにもカロンを扱った風刺譚「王の冥界への旅」*Κατάπλους ἢ Τύραννος* や「カロン、あるいは監視人」*Χάρων ἢ Επισκοποῦντες* などがあり、アルベルティはそれらからもヒントを得ているようである。なおエラスムスにもカロンを主人公とした短編があり、これは戦争のために多数の死者を運ばなければならなくなり、老朽化した船が沈没してしまい、新しい船を調達するためにカロンが地上にやってくることになっている（Erasmus, *Cologuia*, c. 1513)。

四　実際のところ本著の様々な箇所には女性やその考え方を揶揄したような表現が見られることは確かで、おそらく古代ギリシアの喜劇作家アリストファネス Aristohphanes (Ἀριστοφάνης, c. 446- c. 386 BC) の「女の平和」や「女だけの祭」、「女の議会」などをヒントにした部分も多数あるが、「モムス」では、それを批判する男性側の論理そのものも徹底的な批判の対象とされているのだから、一概にアンチ・フェミニズムと決めつけることはできないだろう。

五 「アルベルティ」、中央公論美術出版、二〇一二年。

六 *De re aedificatoria*, Lib. VIII, cap. 2〜4.

七 *Ibid.*, Lib. VIII, cap. 7.

八 *De picture*, Lib. I-19.

付録

「食間談話集」、第一書からの抄訳
――「信仰」、「ウィルトゥス」、「ファトとフォルトゥーナ」

これは *Intercenales*, Lib. I から「モムス」と関わりの深いと考えられる三篇を抄録したものである。底本としたラテン語テキストは、バッケリとダシア編の校訂版（*Intercenales*, a cura di F. Bacchelli e L. D'Ascia, premessa di A. Tenenti, Bologna 2003）所収のものを用いた（これらのラテン語テキストはエウジェニオ・ガリン編の *Prosatori Latini del Cinquecento*, V, Torino 1977 にも採録されているが、それらはテキスト・クリティクにかなり問題があるようで、バッケリ編のものとは相当異なっており、内容に辻褄が合わない部分がある）。

「信仰」の中に登場する対話者の一人、リブリペタ Libiripeta は「食間談話集」の *Scriptor*（写本係）、*Defunctus*（死者）や *Somnium*（夢）でも現れており、「製本屋」（筆写した稿本を製本して販売する）の意で、コージモ・デ・メディチがサン・マルコ修道院に作った図書館の管理を任されていた人文主義者ニッコロ・ニッコリ Niccolò Niccoli（1364-1437）がそのモデルではなかったかとされる。彼はかなり傲慢かつ強欲な人物で、コージモが収集した貴重な稿本を片端から写本にして売りさばき、私腹を肥やしていたと言われる。一方ではこの語は「勘定高い人」のニュアンスもある。また話し相手になっているレピドス Lepidus は、アルベルティが若い時期にレピディウス Lepidius という偽名でものした戯作「フィロドクセオス」と関わるものと考えられ、アルベルティの自画像とみなされる。

「信仰」*Religio*

リブリペタ：このイチジクの木は、いたく神聖視されているもののようだ。おかげで大勢の人々がその実を摘み取ろうとして命を落としてきた、かの有名なティモンのイチジクの木のように[一]。だがここでレピドスが待っているはずだ。

レピドス：やぁ、リブリペタ。おそらくこの神殿では生贄を捧げようとしても、かなり長く待たされることだろうな。

リブリペタ：全くその通りだよ。ところで君は、神々とやりとりするのにあんな長々と祈祷をする習わしを、どう思っているのかね。

レピドス：それはきっと神の慈悲を促し嘆願することで、我々の祈りに応えてくれるようにということじゃないか。

リブリペタ：この聖なる屋根の下には神々がいてくれると考えているようだが、そこには大勢の神職たちが潜んでいるだけなのに、君はそれが〈神々から〉ちゃんと聞いて貰えてると思っているわけだ。

レピドス：君は神々があらゆるところに宿っていることなど知らないと言うのか。

一　プルタルコスの「マルクス・アントニウス伝」、七〇には、アクティウムの戦いに敗れたアントニウス(Marcus Antonius, 83-70 BC)が身を隠そうとする自分を、人間嫌いとして知られたアテーナイ市民ティモン(Τίμων ὁ Ἀθηναῖος, 431-404 BC)に喩えたとし、そのティモンの事跡を短く紹介しており、それによれば彼は自分の家の庭にあったイチジクの木に人々が群がるのを嫌い塀で囲ってしまい、一切人々との付き合いを絶ったまま亡くなったと言われる。シェクスピアは彼を題材にした戯曲「アテネのタイモン」を作った。

リブリペタ：その理由や、イチジクの実の下に人々が群がって来るわけは、ここで説明できるよ、そいつは迷信で、神殿の中ではそうするものだという慣習から出たものだ。実際、君は絵に描かれた神に願い事をするのと同じことを、他人に対してもするだろうか。

レピドス：そんなことするわけがないだろう。

リブリペタ：それは図々しいというべきで、君はそのように振る舞うことは自分の勝手だと思い込み、彼らを大事にしているのだから、必要に応じて君の言葉でもって彼らを動かすことができると考えているのだろう。ついでに言っておこう。誰でも神々に縋ろうとする時にまず最初に祈るのは、現在とそれに将来にわたっての幸せのことで、それが長く続くことを願うはずだ、君ならどうする。

レピドス：その通り。当然だよ。

リブリペタ：おゝ、それこそ愚の極みなのだ、神がいつでも血眼になって巡回していて君たちのことを考え働いてくれるというのか。神が君に対して良かれと計らおうとすれば、他の者が持っているのを取り上げてもってくることになるのじゃないか。僕に言わせれば最悪のお詣りの仕方で、そんなやり方は果たして正直なものだと言えるだろうか。これはいわば他の者から奪わせることで殺し屋を儲けさせているようなものじゃないか。

レピドス：君の言おうとすることは分かるよ。だけど僕のお祈りするのはそんなことじゃない、働いている人間が願うのは、例えば自分の畑のキャベツがちゃんと育ってくれるようにというようなことなんだ。

リブリペタ：我々人間の厚かましさを神々が嫌がっているなどということは、どうやったら分かるのだ。

レピドス：しかしリブリペタ、君だって、神々が強欲な人間を助けるのを大いに楽しんでいるなどとは思わないだろう。

リブリペタ：レピドス、君はまさか、諸々の災厄を創り出している張本人が、実は他ならぬ人間自身なのだということを否定しはしないだろう。少し上を見て、イチジクの実がどんな風に小枝からぶら下がっているかを見てみろよ。これが神が君の願いに応えるやり方なんだ。よほど注意してそれがどんな風に取り付いているか読み取ろうとしない限り、レピドスよ、それがちゃんと中まで熟しているかまだ熟れていないのかは分からない。人間の災厄は人間自身がもたらしているものなんだ。僕の知る限り、嵐に見舞われた船乗りたちは、海を知り尽くし波にもまれてきた者たちなら、それが神の仕業だなどとは考えないはずだ。しかし〔人間たちは〕自分たちの無分別や愚行の後には、重大な災厄が決まりごとのように引き起こされることに慣れっこになってしまっている。そこでそんな災厄が起これば神がすぐに差し止めてくれるはずだと考えるようになり、その原因を問うことなく、あたかもコンクールや競争のごとく神にすがり始めるのだ。もし君が災厄から逃れたいと望んだとしても、神の方も君からその悪を取り除いてやることが望ましいと考えるとは限らないし、人間が人間同士痛めつけ合うことを諫めるのでない限り、神が擁護してくれることはないはずで、むしろ人間の方に矛先を向けるべきだろう。しかも実は神々がその悪の根源だったのだとしたら、君の昔ながらのやり方などは何の慰めにもならないだろう。人間たちが災厄に苦しんできたのは昔からあったことで、それを運命のせいにしたり、あるいは時のなせる業だとし、それらはいずれも神の意向に従って起こるものだと考えてきたのであって、神々が割り振られた務めとは関係なくその意の赴くままに振舞っていることには全く疑いを挟まず、親しみを篭め、あるいはうやうやしく、果ては断食のような馬鹿げたことまでして礼を尽くしてきた。しかも君は、神々は我々哀れな人間と似ていると考えられるとも言ってきたのじゃないかね。無分別で不注意な人間と同じような者が、どうやって我々の判断を助け、同じように無分別な者たちを変えられるというのだろう。さらに言えば、多くの物事の取り収めに関して神々が懸命に働いてはいないということは、立派な学者でも言っていないし、神々は宇宙が永久に存在し続けるように計らっているというのだ。そうだとすりゃ、君たちを悩ませてきている狂ったことというのは、もし神が存在しているのだとすれば、それは神々が古い言葉や説得方法を一から作り直し、心の働き方を別の楽しいものにしようとしているのかもしれない。もっと付け加えるなら、卑屈な身分でいることが嫌になって、君たちの期待や望みに応えるようなやり方は放棄してしまったのかもしれない。おしまいとして記憶しておいて欲しいのは、君たちが信仰しているごとく、確かに神々が太陽や月はもとより星々の運行まで最大の注意を払って支配しているものだとするなら、また神々の望むままに海の水を動かし、風や雷鳴をもたらし、その他あらゆる恐ろしい事象をも統御しているのだとしたら、とても忙しすぎて、人間どもの途方もない頼み事に耳を傾ける余裕などないだろうということだ。それでは細々とした事柄に対してはどうか。その場合にも、人間どもの不快なダミ声よりは、セミやキリギリスなどの透き通った声を聴く方を喜ぶだろう。しかも今や、神々は、いかがわしい願い事に応対するので手が一杯になっているはずだ。善人は自分の持てるもので満足し慎ましく暮らしてゆけば、悪を乗り越えることができる。ところが悪を願う方は、善への願いなどは物の数にならぬほど際限がなく持ち込まれるのだ。

レピドス：君はとんでもないことを言ってくれたね、リブリペタ、だけど君の言うのは議論のための議論だろう。こんなことでは僕の神に対する考え方は変わらないし、善人たちのお祈りや捧げ物は天上の神々も喜ばないはずはない。信心が多くの悩みを退けてくれるという信念は動かないし、神々が最終的には自ら助ける者を助けてくれるものだと確信している。ごきげんよう。

「ウィルトゥス」*Virtus*

メルクリウス：ウィルトゥス女神よ、あなたは手紙で私にここへ来て会ってくれるように頼んでこられた。で、私に何をしてほしいと望んでおられるのか聞きに来ました。それをうかがった上で、ユピテルの許に戻ることにします。
ウィルトゥス：よく来てくれました、メルクリウス、あなたが私を憐れんで好意を寄せてくださったことに感謝しております、天界中の神々すべてが私を嫌っていたわけではないことがわかりました。
メルクリウス：あなたのお話を聞かせてください。ただ、できるだけ手短にお話くださるようお願いします、すぐにでも戻るようにユピテルから命令されているものですから。
ウィルトゥス：私たち二人の間ですら、私の苦しみをお伝えすることがかなわないのでしょうか。それは敵から私が受けた迫害のことなのですが、しかしかの大いなるユピテルのご意向なのか、またこれまで姉弟のごとく慈しみ合い一緒に務めを果たして来たあなたまでがそう考えておられるのかわかりませんが、これも聞き入れてはいただけないのでしょうか。おぃ、私はなんと惨めで全ての力を奪われてしまったことでしょう。いったい誰に助けを求めたら良いのでしょう。このような悪に見舞われ続けるのでは、いっそ女神などでいるよりは木片にでもなってしまった方がましです。
メルクリウス：それじゃあなたの気の済むようにお話しください。
ウィルトゥス：お話ししましょう。裸にされた無残なこの姿を見てください。これは皆、あのフォルトゥーナ女神の無慈悲で邪悪な仕打ちのせいなのです。私はエリジウムの苑にあって威儀を正し、古くからの友人たちに囲まれていました、プラトンはもとより、ソクラテス、デモステネス、キケロ、アルキメデス、ポリュクレイトス、プラクシテレス、その他諸々の賢者や芸術家たちで、みな生前に立派で信心深い行ないをして来た人々です。そこでは少なからぬ人々が相次いで丁寧に私に挨拶に訪れてくれましたが、フォルトゥーナ女神は無作法かつ傲慢、厚顔不遜にも、大勢の武装した手下どもを引き連れて荒々しく乗り込んで来ました。そして言うのです、平民どもよ、大いなる神の入来にどうして道を空けないのか。私どもへのこの無礼な侮辱には少なからず怒りをおぼえ、言い返しました。あなたが立派な女神なのだとしても、私をも平民呼ばわりするとは。あなたこそここにいる大勢の人々のために道を譲るべきでしょう。すると彼女はいきなり私に刃向かって来たのです。私が最初にこれにどう応対したかは申し上げないことにして、我々の仲間のそれぞれの言動についてお話ししましょう。そこで哲学者のプラトンは神々の役割について論議を始めました。すると彼女は叫ぶのです、このおしゃべりめ、そこをどけ、神々の仕事に疑いを差し挟むようなことを言うとは何事だ、と。雄弁家のキケロも沢山の言葉を費やして説得に当たりましたが、一群の武装集団の中からずかずかとマルクス・アントニウスがしゃしゃり出て来て、付き従っていた剣闘士に命じてキケロの顔を散々に殴りつけさせたのです[二]。仲間の他の者たちは恐れをなして情けなくも逃げ出してしまいました。それでもポリュクレイトスは絵筆をもって、フィディアスは鑿で、アルキメデスはホロスコープをかざして、また武器を持たない者たちも素手で、武備を固めた兵士たちと勇敢にわたりあったのでしたが、蹴散らされ、打ち負かされてしまいました。私は惨めさの極みに陥れられましたが、私と共にいた他の神々や人間たちも同様で、ぶちのめされ足蹴にされ打ち捨てられましたし、私を身ぐるみ剥がし泥の中に突き倒した上で、彼らは勝鬨をあげて去って行ったのです。私は完全に打ちのめされ、何よりも願うのは、天界へ昇って最高の神ユピテルにこの経緯を伝えることです。そう願いながらすでにひと月も経ってしまいました。ここに来合わ

二　キケロは生前アントニウスを非難しており、前四三年にアントニウス配下の兵士によって殺害された。

せた神々みなにそのことを訴え続けて来たのですが、残念ながらその度ごとに聞かされるのは言い訳ばかりです。神々が、さもうるさそうに言うには、カボチャの花が咲く頃に〔その花の中にいれば〕、もしかして美しい翔の蝶を惹きつけることもあるかもしれないと言うのです。どうなっているのでしょう。皆はいつも仕事をするのには私をのけ者にすることで結託しているのです。カボチャの花が咲けば沢山の蝶が飛んで来ます。農夫たちはカボチャがダメにならないかと気を配りますが、しかしどの神も人間たちも、私のことは全く気にもかけてくれません。このことではあなたに重ねてお願いしなければなりませんが、メルクリウスよ、あなたは常に神々に人間の生き方を説明してこられたのですから、私の願いが正当で神聖なものであることを説明していただけるはずです、なんとか私を擁護して私の望みに応えて下さることはできないものでしょうか。どうかお願いです、私を人間どもの笑い者にしてしまうような噂をやめさせてください。これは神々の世界の秩序を辱めるものですし、能無しの人間どもまでが私を寄ってたかって最低の女神呼ばわりしているのです。

メルクリウス：分かりました。私もこれには困り果てています。しかし、昔馴染みの我々の間だから申し上げられることですが、あなたのフォルトゥーナに対する反感が、あなたを擁護することを困難にし難しくしてしまっているのです。と言うのも当のユピテルまでが、他の神々はともかく、フォルトゥーナの働きのおかげを大いにこうむっていると考え、その力や権能を高く買っているのです。またフォルトゥーナは神々の間でも重きをなしていて、その武力で神々を駆り立て押さえつけているのです。ですからそのことを御賢察なさって、フォルトゥーナがあなたへの反感を忘れてしまわない間は、あなたは位の低い神々の間に身を潜ませておられるのが良いでしょう。

ウィルトゥス：では私は永久に身を隠していなければなりませんね。私は裸で惨めに打ち捨てられてしまった姿のままで。

「ファトとフォルトゥーナ」Fatum et Fortuna

発言者不詳：哲学者よ、あなたの理論は明快で良く分かった。それは、人間の心がすべて、眠っている間は完全に解き放たれ、自由になるということだった。しかし初めの方で、あなたが特に力を込めて「ファト」と「フォルトゥーナ」のことを夢に見たと語られたのに興味をそそられた。そこでお願いだが、目下私は他にすることがないし、もしあなたさえよければ、どのようなわけでそんな大事なことを眠っている間に夢に見られたのかもっと聞かせて欲しい、それは我々を悩ませている問題なのだ。

哲学者：喜んでお話しよう、親愛なる友よ、あなたの望みとあらば。これはしっかりと記憶していただくに値することでもある。それはこんなことだった。私は幾晩もかけて、ファトのことを記したこれまでの文献を懸命に読み漁っていて、それらの著者の多くは私にとって好ましいものであったが、しかし満足を与えてくれるまでには至らなかった。そこで私の知識不足を補うすべを探し求めていたところであった。その作業に疲れていつの間にか眠りに落ちたが、その眠りの中で、自分があたかも高い山の頂にいて、そこはまるで無数の人間の影のようなものでできており、その只中にいるように感じたのだが、その場所からは周囲をくまなく見渡すことができた。その山はあらゆる部分がけわしく屹立していて、近づくことのできない切り立った断崖となっており、一本の急峻な小道が通じているだけであった。山の周りには激しく荒れ狂い渦巻いている急流があり、しかもその流れに向かって無数の影の大群がけわしい道を通って途切れることなく降り続けているのである。私のいる場所でも数え切れない多くの影たちがいることに驚き呆れ、驚嘆を抑え切れなかったし、地上にこのような急流があるとはどんな旅商人でも知らないだろうと思われたのだ。初めのうちはこの多数の影たちがどこからこの近づき難い山にやってきたのかを知ろうとしたが、そのいとまもなくだいいちに私の目を惹きつけたのは、その流れの中で現れた奇跡であって、その始終を注意深く見届けることができたのであり、それはまさに驚嘆に値するものであった。一つの影が流れの中に身を沈めるや否や、それは幼児の姿となって現れ、そして流れに揉まれているうちに徐々に成長した人間の形に見えるようになった。そこで私は問いかけた。おぉ、影よ、そなたは人間の姿のように見えるが、もしも何らかの形にもせよ人間らしさをそなえているのであれば、そのことにより我ら人間にものを教えることもできるはずだ、どうか教えてくれ、この川の名は何というのだ。

　これに対し影は次のように答えた。お前は間違えている、人間よ、お前は人間の体らしいと見ておきながら、我らを影だと考えてしまっている。我らは天上界のものであり、神の火の力によりお前と同様な人間の姿を装っているのだ。

　私は言った、おゝ、私はどんなに幸せになれることだろう、もしそなたがして見せてくれたように私も考えることができたとしたら、つまり我らの父祖が何処より来たれるものであって、その大本たる神がいずれに在してどのように考えておられるものかを知り得たとしたら。

　それに対し影は言った、黙れ、人間よ、それを問うてはならん、それは神の神秘に属するものであり、人間がそれを究めようと望むことなどは許されないのだ。お前はその肉体に加えその中に心をそなえているが、その上にさらにそれが何故に許されているかを考えることはできないのであり、それはお前がその目で見たものを疑うことができないのと同じであって、いかなるものであったとしても、それを見られたことだけで満足しなければならん、この川の名は「ビオス」〔*gr.*: βίος：生命〕というのだ。

　私はこの言葉に大いに困惑した。そこでもっと知ろうとして訊ねた。そなたは、神々の一人であるなら、もっと分かり良いように、ラテン語でその名を言ってくれないか。もとより私はギリシア語に対しての称賛を惜しむものではないが、しかし私にとってはやはり母国語が最も分かり良いと白状することを許して欲しいのだ。

影は答えた。その流れのことはラテン語では「ヴィタ」と呼び、人間どもの命のことだ。その川岸は「モルス」〔*lat.*, mors：死〕であって、そのことはお前が今はっきりと見ているごとく、その両岸の中に影が消えて行ってしまうことからも分かるだろう。

私は言った、おぉ、何と驚くべきものを目にしたことか、今まで全く知らなかった、こんなにも高く水が両岸に打ちつけることがあるとは、この流れはどこをとってもみな勝手に別々に動き荒れ狂い、至る所で泡立ち岩にぶつかっている、いったいこの流れはどこから来ているのだろう。至高の善たる神よ、なにゆえにかくも異なる動きをするのだ。

影は答えた。それはこうだ、お前はおそらく岸の方が安全だと間違って思い込んでいるのだろうが、そちらの方こそ最も危険が大きいのだ、確かにこの流れの底には沢山の岩礁が隠れており、鋭く尖って折重なり、それらの岩は数え切れないほどなのだ。だが両岸の岩に、賑々しく壮麗とも言えるほどに高く波が打ち付け砕け散ってゆく様を見よ。その岸に取り縋る方がはるかに危険であることが分かるだろう。流れの只中では至る所、縋る手だてもないまま岩に打ち付けられてゆく様が見えるではないか。何と無残なことか、荒れ狂う流れに弄ばれゆくとは。たといその岸の岩が崩れずにいたとしても、そこは難儀な場所なのだ。そこにとどまることができたとしても、流れの中にいるよりもはるかに激しく波が打ち付けて来る。それゆえ、最初に働きかけて来た力に従って、その命の流れに身を委ねるのがより賢明な選択なのだ。そのように行動することで、頼りになる有用な経験が得られ、また小舟や板のようなものに掴まって流れを下れるような、しばしの余裕も得られるだろう。しかしそのような中で岩礁や両岸の岩を避けてゆくために要する力は多大であり、翼で飛ぶのを会得することと同様に称賛さるべきであろう。そうした企てに立ち向かおうとする者があると分かれば、当然のことながら、それは大いなる神々の意に適うものであり、それを助け栄誉を与えるべく意を用いるはずであって、そうすることは神々にふさわしいからだ。人間どもはそうした者の栄誉を称えて、努力家、威厳のある者、情熱家、先見の明ある者、活動家、禁欲家などと呼ぶだろう。それに対し川岸に安住しようとする者は、神々が進んで恩恵を与えようと考える者たちのうちには含まれない。不信心をことする者、僭奪者、冷酷で、路を誤れる者、厚顔無恥な者、こうした類の者たちが両岸に居座るのであり、憎むに値する者たちである。

そこで私は言った、たしかに、少なからぬ者たちが努力をして小舟に取り付くことができているし、船尾に収まっている連中もかなりいれば、多くの者がそのおかげで難を逃れ喜んでいる。多くの者に福をもたらし、もがいている者に手を差し伸べ、善き者たちを助ける、それは人間にとっては称賛に値しまた喜ばしいことなのだが、それらすべては大いなる神の慈悲のなせる業に他ならなかったのだ。

これに対し影は答えた。その通りだ、人間よ、お前の言ったことこそ、見過ごされることのないようにと私が望んでいるところなのだ、小舟に乗っている者たちがみな、慎ましさを心がけ、公正さを標榜し、知識を欲し、誠実に振る舞い、立派な行ないを目指すことを厭わない、そうした者たちに対してのみ、神は恩寵を与えようとするのである。それは流れに抗ってもがいている人間たちすべてに対してというわけではなく、小舟の中に安んじて身を託し、素直でかつ徳を心がけ、不死なる神が恩寵を与えてくれることを念じているような者たちに対してである。神が何よりも最も気にかけているのは、舟を操る船頭たちが、死を厭わず美徳〔勇気〕の命ずるところに従っているかということだ。このことを付け加えるのには多くの理由があり、それが大勢の者たちの平穏と安らぎを保証するものだからである。その小舟の群れを見るがよい、それらは人間たちが国家と呼んでいるものなのだ。それらはいかにも巧みに流れに乗り操られて、どんな荒波にも耐えられるように見える。しかし水の勢いは破壊的で、舟が大きければ大きいほど、危険に見舞われる公算は大となり、波によって岩に打ちつけられることも多くなる。それはしばしば転覆させられ、いかに経験を積んでいて、ふりかかる矢弾の危険の中を生き延びてきた老獪な古強者といえども、それから逃れるのは難しい。小さな舟は、そのような場合、容易に冠水し沈んでしまうのは確かだ。だが、おそらくその方が岩礁だらけの両岸の間を切り抜けてゆくには適していて、沢山の人々を乗せたものよりは優っている。確かなことは、難船を避けるために最も大事なことは、船の大きさがどのようであれ、それに乗り組んでいる者たちが、その心構えができていて、注意を怠らず、信心深く、真摯に割り振られた務めを果たすかどうかであり、仲間の安全のためには労を厭わず、自らの危険を顧みずに行動できるかである。しかしすべての人間たちの中でもとりわけ注目して守ろうとするのは、数は少ないかもしれないが、板切れに身を任せていながら、臆することなく流れを注視し観察している者たちのことである。その板切れのことを、人間どもは技術と呼ぶのだ。影はこのように語った。

これに対して私は訊ねた。それはどういうことだ、前に言われたことと違うではないか、美徳〈勇気〉の力により船を正しく操り全ての危難を乗り切ることができるのだとしていたのが、今度はたった一枚の木切れにすがって命の川を下れというのか。

影は答えた。大多数の者たちはできれば板切れよりは小さな舟の方を求めることだろう。しかし冷静で自由な心根の持ち主は、舟には苦労や大きな危険がつきものなのだから、それに頼るような間違いはおかさない。実際、大勢の人間が集まれば、そこには大混乱や愚行が付きまとうものなのだ。烏合の衆の中では、秩序を保つことや礼節、平静さ、また正しい判断を保つことに資する余裕などは望めない。万事かくのごとくまとめることが難しいのであれば、いかに王や船頭が有能であったとしても、舟がうまく操れるかどうかは請け合いがたい。そのようなわけで、舵取りを任された者は、何をさしおいても、まず舟が岩にぶつかったり浅瀬に乗り上げたりすることのないように、また無用な積荷のために船足が重くならないように気を配らねばならず、それを果たすための充分な知恵が求められ、また必要とあらば、わざと浅瀬に乗り上げさせる覚悟も求められるのであって、それが船頭の役割であることをわきまえなければならない。それは多くの苦労を伴うものであり、慎ましく簡素さを望む者にとっては、平穏な暮らしとは程遠いものである。さらに付け加えれば、船尾の方に陣取って安穏としている大勢の者たちは、危難の際や転覆の恐れに際して舟を救うためには何の役にも立たず、ただひたすら船頭が岩礁を避けてくれて、難儀なことにならないように、願っているだけなのである。しかも舵が衝撃で壊れてしまうようなことにでもなれば、岸に打ち付けられ、オールを用いることもままならず、無理やりの途方もない力ででもない限り動かすことはできないし、それは却って舟に危険を及ぼし、意味がなく無駄なことであって、危険に加勢することになるだけで、呆然とし疲れ果てて動くことができなくなり、舟は自分の重みでたやすく沈んでしまうことだろう。

影はこのように言ったが、私はその言葉よりも、目の当たりにしている驚くべき光景の方に気を取られた。私は流れに目を向けていたのだが、そして訊ねた、神々よ、波の只中でもがいている者たちが見えるが、彼らは辛うじて頭が水の上に出ているだけのようだ、いったい今見えている者たちは何者なのだ。

影は答えた。彼らは人間の中でも全く最低の類の者たちで、疑い深く、ずる賢く妬み深いと言われる者たちであって、生来ねじ曲がった卑劣な心根の持ち主で、死は彼らの宿命なのだ、流れに従って泳ぐことを嫌い、他人の泳ぎを邪魔することを喜びとしているのだ。また別の者たちでも同様な有様となっているのを見るが良い、彼らはあるいは手で岸にしがみつき、あるいは悪辣にも他人の手から木切れを盗み取ろうとしている。またある者は手足を水草や泥に取られ、流れの中で災難から逃れることもままならなくなっている。およそこうした類いの者たちは、他者を一緒に巻き込もうとする。それはお前たちが愚かな強欲と呼び習わしている輩である。彼らはこの後すぐに、ガラスの壺の中に呑み込まれることになるのだが、その器は追蹤ないし悪意と名付けられるものなのだ。最後に付け加えれば、足だけしか見えていなかったり、無用の丸太のごとく波にも揉まれているように見えている者たちがいるだろう。彼らの生死にまつわる振る舞いについては、哲学者たちが議論の中で様々な言葉で言い表そうとしているのだが、結局は説明し切れていない。彼らは貪欲で、快楽に溺れ、怠惰にまみれている者たちだ。しかしそのように見えている者たち全てからから離れている者こそが、最高の栄誉に値するのだ。

私はそこで全ての場所をくまなく見渡して見た。そして訊ねた。しかしここにはそれらの群れから離れているような者は全く見当たらないではないか。

影は言う、そうではない、翼のある履物を身につけた者が、波の上を飛び越え、渡っているのが見えないのか。

確かにそのような者が一人いるのを見つけ、私は訊ねた、これはどういうことだ、どうして彼が称賛に値するのだ、彼がどんな働きをしているというのだ。

影は答えた、お前はその働きが何かと訝っているようだが、率直で不正とは無縁であることをもって、人間どもはそれが神の行ないだと考えているではないか。翼が体現するのは真実と率直さであって、その履物は忠実な伝令役のしるしである。彼は神のなせる業を知らしめる働きをしているのであり、また流れの中で板切れにすがっている者を見つけ出し、彼らを手助けする方法を考え、それら板切れの一つ一つにまで優れた技術であるとのお墨付きを与えるのである。これら残りの連中〔つまり板切れにすがっている連中〕は、ある意味では神に近い存在であって、もとより彼らは翼も履き物も持っておらず、完全な神の仲間ではないが、神にも匹敵する威厳をそなえ尊敬に値する半神なのだ。彼らの働きのおかげで、それら板切れを寄せ集められるならば、その新たに組み上げられた板切れだけで、岩礁や浅瀬の只中を見事に切り抜けることができるだろうし、その組み立て手法からはその他のあらゆる水上を渡る技術が編み出されることになるのだ。それゆえ、こうした者たちをこそ、人間は褒め称えその恩恵に感謝すべきであって、困難を極める命の流れの中で彼らの働きによりそうした板切れという有難い助けが与えられたことを忘れてはならない。

夢の中で見聞きしたこれらの事柄は、とりわけ翼のある神々のことは、新たな驚異の念を呼び覚ました。しかし何と言っても、流れの中で逆さに沈んでゆくという罰の恐ろしさは身に沁みた、板切れの助けはおろか泳ぎを支えてくれるようないかなるてだてもないのだ。そして夢から覚めるとすぐに、夢で見た物語を思い返し、その夢のおかげでファトとフォルトゥーナのことをより明確に思い描けるようになったと感じた。実際これ以上にうまく説明できるものはない。ファトとは人間の生の道筋に他ならず、その独自の定めに従って粛々と進んでゆくのである。一方フォルトゥーナはまことに気ままに振る舞い、流れを荒れ狂わせ、あらゆる助けや舟までも破滅にさらしてしまうのだ。フォルトゥーナに立ち向かうことは困難であることを思い知らされたのであり、止むことのない急流の中ではひたすら泳ぎ続ける以外に途はないのである。しかしそれでもなお、人間の知恵と勤勉さが重要であることには変わりはないのだ。

あとがき

「モムス」のラテン語＝イタリア語対訳本を入手したのは、一九八八年から八九年にかけてのイタリア遊学中のことであった。確かそれはパドヴァ滞在中に知り合った若い美術史研究者。拝戸雅彦氏（現愛知県立美術館勤務）が見つけてきてくれたものだったように思う。

当初はこのイタリア語訳を頼りにして内容を理解したつもりになっていたのであったが、幾度か読み直す中でこれがラテン語テキストからは大きく離れた部分があることに気づかされていた。二〇〇三年になって、パリ国立図書館蔵写本やヴェネツィアの写本などに基づく新たな校訂版が出たが、これの英訳も私の見るところかなり問題があり（発言者を取り違えたりして辻褄が合わなくなっている他、原文には見当たらないくだりがあったりする）、いずれはラテン語の原テキストからの翻訳を試みなければならないと考えつつ、自分の貧弱なラテン語の知識で果たせるか自信がなく、しばらく放置していたのであったが、二〇一二年にアルベルティの建築に関するモノグラフ（「イタリア・ルネサンス建築史ノート、『アルベルティ』、中央公論美術出版」）を書き終えたところで、ようやく翻訳に取り掛かることにした。

これは、原テキストの文字通り一字一句を、分厚い Lewis and Short の辞書で確かめつつ進めるという、西洋古典の専門家から見れば幼稚極まる御苦労千万な作業であったが、ともかくこの愚直なやり方で、二〇一七年六月までかかって一通りの翻訳を終えた。この間にはアルベルティが引いているルキアノスをはじめとする様々な古典文献や他のアルベルティの著作（とりわけ「食間談話集」など）の読み直し作業なども必要で、予想外に手間取ってしまった。

アルベルティへの関心は大学院生時代からのことであったが、もとよりその時点では「古典主義者アルベルティ」という教科書的位置付けに対する漠然とした疑問を感じていたのみで、研究に取り掛かるための具体的な手がかりも文献的知識も皆無の状態であった。初めてアルベルティ論らしきものに手を染めたのは、一九八〇年にものした「獅子の建築――アルベルティ試論」(『新建築学体系』、6、建築造形論)、彰国社)で、これは主として *De re aedificatoria* の文体とその構成にまつわる疑問から通説への批判を試みたもので、読み返してみると我ながら赤面してしまうような幼稚な論理で、それを「モムス」と結びつけてみることもしておらず、しかもあちこちに事実の取り違えがあったりするなど、できることなら著作目録から抹消してしまいたいようなものなのだが、その当時の美術史や建築史研究の中では、そうした通説批判の論説は少なかったはずで、ようやく一九九〇年代になって欧米でもそうした論調が主流となってきたことから、私の直感が必ずしも間違いではなかったと勝手に独りで満足していた。

しかしそのような疑問をアルベルティの具体的な建築手法とどのように結びつけるかには、ほとんど見通しは立っておらず、本腰を入れてアルベルティ論に取り掛かるまでにはかなりの時間を要し、どうにか決心がついたのは教職を完全に退くこととなる二〇〇九年以後になってからのことである。イタリア・ルネサンス建築史ノートの『アルベルティ』に取り掛かった時の状況もさして変わらず、悪戦苦闘しながらようやく到達したのがその建築の「詐術」的仕掛けであった。迂闊なことにそれを書き終えた後も、それがまさにモムスの *insinuatio* に他ならなかったことに気づかずにいて、改めて「モムス」を読み直す中で、その修辞学概念の重要さに思い当たり、慌てて古代ローマの修辞学手引書 *Ad Hernium* やアリストテレスの「修辞学」を読み直したという始末である。*Ad Hernium* は、「記憶術」と劇場との関わりを調べるために幾度か通読していたはずなのだが、記憶術のための *locus* としての空間構造のことにばかり気を取られていて、それを見逃していたのであった。

一方、修辞学については、一九八〇年代以来、それとバロック文化との関わりを取り上げた国際シンポジウム（第三回人文科学国際会議「修辞学とバロック」*Rettorica e Barocco*, Venezia 1954）の内容に関心を惹かれ、門外漢のくせに無謀にもバロック期のアリストテレス修辞学研究の問題に首を突っ込み、この時期の代表的なアリストテレス研究であるスペインのバルタサール・グラシアン Baltasar Gracián (1601-58) の「機知論」*Agudeza y arte de ingenio*, 1648 のイタリア語訳や、トリノの文人貴族テザウロ Emanuele Tesauro (1592-1675) の「アリストテレスの遠眼鏡」*Cannocchiale aristotelico*, 1654（これの第五版のファクシミレ版 Torino 2000 は当時イタリア留学中の小林衛氏のご厚意により入手できた）などを拾い読みすることを続けていて、これらをどのように利用するかは未だに決心がつかないままなのだが、「モムス」を読む中で、アルベルティにとっての修辞学が、もっぱら *impresa* の表現手段ないし処世術として位置付けられているそれらバロック期のものとは、大きく異なっていたことに改めて気づかされた。

しかし「解題」でも触れたごとく、このような捉え方は、「モムス」の、またアルベルティの建築のごく一部分に触れているにすぎないだろうことは、充分承知している。「モムス」を訳し終えてみて、まだアルベルティのへの理解には至らぬ部分が多々あったことに気づき、もし私に残された時間が許すものならば、アルベルティの建築については改めて取り組んでみたい気持ちがあるし、おそらくバロックの修辞学も、それをこの時代の建築作品と突き合わせて見てゆくなら、また違った捉え方がありうるのではないかとも考えたりしている。もっともそれらについての考察の仕事は、間もなく八十路を迎えようとしている今となっては、若い方々に期待するしかない。

この翻訳作業に当たっては、私の大阪市立大学勤務中にゼミ生として在籍された奥洋彦氏から様々な形でご援助をいただいており、原稿の体裁を整えたり誤植の訂正等には同じく大阪市大時代のゼミ生であられた河原和彦氏の手を煩わせた。両氏のひとかたならぬご厚意に、この場をお借りして謝意を述べさせて頂く。また全くの落第教師であった私に対して、今なお暖かい友情を示してくれ、時折私を囲んでの歓談のためにわざわざ参集してくださる大阪市大、九州大学時代のゼミ生、並びに友人諸氏に、心から感謝する次第である。

二〇一七年九月　　福田晴虔

【著者略歴】

福田晴虔（ふくだ・せいけん）

1938年　秋田県に生まれる。
東京大学工学部建築学科卒　建築史専攻
東京大学助手、大阪市立大学工学部講師、助教授、九州大学大学院教授、
西日本工業大学教授などを経て、現在九州大学名誉教授

主著（著作・翻訳）
《パッラーディオ》、1979年、鹿島出版会
アルド・ロッシ著《都市の建築》翻訳（大島哲蔵と共同）、1990年、大竜堂
《建築と劇場－十八世紀イタリアの劇場論》、1991年、中央公論美術出版
ジョン・ラスキン著《ヴェネツィアの石》I,II,III翻訳、1994-96年、中央公論美術出版
《ブレネッレスキ》（イタリア・ルネサンス建築史ノート〈1〉）、2011年、中央公論美術出版
《アルベルティ》（イタリア・ルネサンス建築史ノート〈2〉）、2012年、中央公論美術出版
《ブラマンテ》（イタリア・ルネサンス建築史ノート〈3〉）、2013年、中央公論美術出版
その他

モムス――あるいは君主論 ©

平成三十年十月二十五日印刷
平成三十年十月三十一日発行

著者 Leon Battista Alberti
訳注者 福田晴虔
発行者 山野善郎
印刷製本 ヤマダスピード製版

建築史塾あるきすと
福岡県糟屋郡粕屋町仲原二丁目八―三二
電話〇九二―九三八―八五六五

万一、落丁乱丁のある場合は送料当社負担でお取替えいたします。
建築史塾あるきすと宛にお送りください。

ISBN 978-4-9908068-1-1 Printed in Japan